GAY CULTURE HOLIC

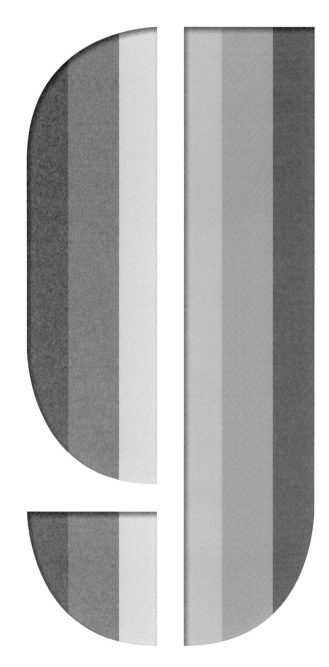

친절한 게이문화 안내서

GAY CULTURE HOLIC

씨네21북스 한국게이인권운동단체 친구사이 〈게이컬처홀릭〉 편집위원회

GAY CULTURE HOLIC

친절한 게이문화 안내서

1판 1쇄 2011년 2월 1일
1판 2쇄 2011년 5월 10일

지은이 한국게이인권운동단체 친구사이 〈게이컬처홀릭〉 편집위원회
펴낸이 김상윤
편집 이성욱, 피소현
디자인 에밀리
마케팅 정윤성

펴낸 곳 씨네21(주)
출판등록 2005년 3월 25일 제 301-2010-124호
주소 서울시 중구 예장동 1-52 대명빌딩
전화 02-6377-0524
팩스 02-6377-0577
전자우편 book@cine21.com

값 13,500원
ISBN 978-89-6600-001-2 03810

차례

들어가며 **08**

Gay Culture Land | 주류문화를 유혹하는
                     | 퀴어문화

Music **서바이버들의 게이 송가에 환호하라** | 대중음악에 나타난 게이코드 16

Movie **퀴어영화 연대기** | 1959년에서 2007년까지 걸작 10편 30

Drama **드라마퀸들은 여전히 목마르다** | 게이들이 사랑하는 드라마 52

Sports **우리는 어디에나 있다, 그라운드에도** | 게이와 스포츠 66

Fashion **게이, 패션계를 움직이다** | 패션과 게이를 둘러싼 소문과 진실 78

Comics **게이만화를 애무하다** | 모두를 위한 퀴어만화 퍼레이드 96

Novel **퀴어소설 탐험기** | 퀴어들을 위한 독서일기 108

Art **게이 아트 살롱** | '온전히' 열린 미술을 향하여 118

Space **우리들의 삶터, 게이 해방구** | 국내외 게이스페이스 130

Gay Culture Report | 대한민국에서 게이로 산다는 것

게이, 한국을 살다 | 가상 시나리오로 본 게이들의 삶 **150**
또 하나의 우리 | 게이들 사이의 차이를 말하다 **196**

Gay Culture Guide | 행복한 게이로 살기 위한 나침반

사랑할 때 알아두어야 할 것들 | 성소수자의 제도적 현실 212
당신이 게이에 대해 궁금해하는 것, 하지만 묻기엔 망설여지는 것 |
이성애자 상담실: 자경궁 박씨 언니에게 물어보세요 226
퀴어 아카데미 | 게이 컬처 용어 사전 242

Gay Culture + α | 부록

게이 104명에게 묻다 | 설문조사 보고서 2010 **270**
추천! 성소수자 관련 도서 목록 **292**
성소수자와 함께하는 단체들 **300**

▼ 들어가며

　　한국에는 수많은 게이들이 살아가고 있다. 지금 이 글을 읽는 당신의 주변에도 분명 게이들이 존재하고 있을 것이다. 하지만 일상생활에서 진짜 동성애자를 만나는 건 그리 쉬운 일이 아니다. 자신의 네트워크 속에 분명 몇 명쯤은 존재해야 자연스러운 것인데, 동성애자를 만나기가 쉽지 않다니. 그렇다면 이들은 대체 어디에 있는 것일까?

　　한국 사회에서 '게이'나 '동성애자'라는 단어는 이미 낯선 것이 아니다. 특히 수많은 대중매체들은 최근 몇 년간 '동성애'에 대해 유례 없는 뜨거운 관심을 보이고 있다. 이 책을 읽는 여러분들은 영화, 드라마, 소설, 만화 등을 통해서 이미 게이를 만나보았을 것이다. 하지만 이들은 대부분 꽃미남 배우, 고뇌하는 청춘, 용납되지 않는 사랑으로 이루어진 달콤한 판타지 위에 놓여 있다. 언제부터인가 한국 사회 내에서 '게이' 이미지는 대중문화의 흥행코드이자 감각적인 유행코드로 작용하고 있는 것이다.

한편, 현실의 동성애자들은 이와는 반대로 시사고발프로그램에 등장하는 모자이크 속에 놓여 있다. 물론 당당히 커밍아웃을 하고 매체에 등장하는 용감한 동성애자들도 있지만 이들은 극소수에 불과하다. 한국에서 살아가는 대다수의 동성애자들은 의도적이든 아니든 일상생활에서 자신의 성정체성을 숨기고 살아가고 있다. 도대체 왜일까? 아마도 여러 가지 이유가 있겠지만, 21세기 현재의 한국은 여전히 동성애에 대한 차별적인 시선, 사회적 편견이 강력하게 지배하고 있기 때문일 것이다.

동성애자들은 차별적인 시선이나 사회적 편견이 어느 순간 현실에서 폭력으로 변모하거나 인간관계를 단절시킬지 모른다는 불안을 가지고 살아간다. 동성애자가 커밍아웃을 한다는 것은 자신이 속한 조직이나 커뮤니티 안에 존재할지도 모를 이러한 불안 요소와 혼자서 맞서야 한다는 것을 의미한다. 커밍아웃함으로써 가족, 친구 등 가장 가까운 구체적 현실 속의 사람들과 갈등을 빚거나, 직장이나 업무에 있어서 불이익을 당하게 될지 모른다는 불안감은 한국의 게이들이 마주하는 일상적 감정이다. 그리고 바로 이러한 점이 현실에서 동성애자들을 쉽게 만날 수 없게 하는 가장 큰 이유이기도 하다.

불과 20~30년 전까지도 한국의 동성애자들은 사회적으로 드러나지 않았던 존재에 가까웠다. 이들은 가끔씩 B급 잡지 기사에서 가십거리로 다루어지는 소수의 변태적인 인간들에 불과했다. 이러한 반투명의 존재들이 자신의 존재를 사회적으로 드러내고 자신들의 문화를 만들어온 것은 1990년대에 들어서부터다. 이는 이성애자 사회의 절대 다수가 갖고 있던 동성애에 대한 사회적 편견과 맞서며 끊임없이 활동해온 동성애자(성적소수자)들의 성과다. 최근 20여 년간 동성애자들은 이성애자 중심의 사회에서 조금이나마 숨통을 틀 수 있는 커뮤니티와 소수자 문화를 만들어냈다. 이것은 남의 눈을 의식하지 않고 사회적 편견과 폭력에서 한 발자국 벗어날 수 있는 최소한의 안전장치였다.

한국게이인권운동단체 '친구사이'에서는 2009년 가을 처음으로 〈게이컬처홀릭〉을 기획하게 되었다. 상상과 짐작에 의해 왜곡된 모습으로 다루어지는 게이, 게이문화가 아닌 현실의 게이문화를 알려야 할 필요성을 느꼈기 때문이다. 그리고 이는 지난 20여 년간의 활동이 있기에 가능한 것이었다. 이 책은 한국에 사는 게이들이 직접 기획하고 취재하고 써

내려간 게이문화(gay culture)에 대한 안내서다. 〈게이컬처홀릭〉의 발간은 한국 게이문화에 대한 일종의 커밍아웃과도 같은 의미를 지닌다. 우리는 이 책을 통해 이 땅에서 살아가고 있는 게이들의 문화와 그들이 살아가는 이야기를 전달하고자 했다. 이 작업을 통해 동성애에 대한 '몰이해'가 조금이나마 없어진다면 지금보다는 나은 세상이 되지 않겠는가.

1부 '게이컬처랜드'는 동성애와 관련한 예술, 문화, 라이프스타일 각 분야에 조예가 깊은 외부 필진의 다양한 시각을 모았다. 2부 '게이컬처리포트'에는 한국에서 살아가는 게이들로 구성된 〈게이컬처홀릭〉 편집위원회가 직접 취재한 내용을 바탕으로 구상한 가상 시나리오와 인터뷰를 담았다. 3부 '게이컬처가이드'에는 게이컬처나 게이라이프를 더 잘 이해하기 위해서 성소수자를 둘러싼 제도적 현실, 성소수자 관련 용어, 이성애자들이 궁금해 하는 질문들을 모았다. 마지막으로 부록에는 〈게이컬처홀릭〉 편집위원회에서 100명이 넘는 게이들을 만나 진행한 설문조사 결과와 추천도서, 성소수자 관련 단체를 실었다. 아직 '게이문화'라는 개념조차 모호한 상태에서 우리의 주제를 충실히, 밀도있게 담아내는 작업이란 쉽지 않은 것이었음을 고백한다. 우리는 이 책에서 게이문화에 대한 정의가 아닌, 게이들의 다양한 시선과 관점을 보여주며 게이문화의 윤곽을 그려내고자 노력하는 데 중점을 두었다.

또 한 가지 〈게이컬처홀릭〉의 특징은 '성'과 관련한 이야기가 많은 부분을 차지하고 있다는 점이다. 이 책을 구성하는 대부분의 콘텐츠는 성과 사랑 그리고 그것을 둘러싼 이야기로 이루어져 있다. 마치 '성'에만 집착하는 게이들로 보일 수도 있겠지만, 이것은 너무나 당연한 결과다. 오히려 '성'과 관련한 이러한 이야기들이야말로 이 책의 정체성을 극명하게 보여주고 있는 것이다. 〈게이컬처홀릭〉에서 '성'이 핵심이 될 수밖에 없는 것은 그것이 우리를 규정짓는 모든 것이기 때문이다. 동성애자들에게 '성적 지향'을 제외한다면 이성애자들과 구분될 것이 아무 것도 없지 않은가.

〈게이컬처홀릭〉은 한국의 동성애자 중에서 남성동성애자, 즉 게이들의 문화, 예술에 관련한 내용들로 구성된다. 한국에는 게이 외에도 레즈비언, 바이섹슈얼, 트랜스젠더 등 다양한 성적소수자들과 그들의 문화가 존재한다. 이 책에서 다른 성적소수자들의 이야기까지 담아낼 수 없었던 것은 전적으로 편집팀의 능력 부족이고 이 책이 가진 한계이기도 하다. 또한 〈게이컬처홀릭〉이 게이문화를 규정짓는 책도 아니지만, 이것이 다시 왜곡되어서 다른 성소수자들의 문화를 추측하거나 짐작케 하는 요소로 사용되어서는 절대로 안 될 것임을 일러둔다.

다만 우리는 이 책이 수많은 이성애자들에게 조금 더 동성애자

(게이)를 이해할 수 있는 교양서의 역할을 하기를 바라며, 동성애문화에 막 입문한 초보 게이들에게는 좀 더 다양한 정보와 함께 선배 게이들의 생각을 접할 수 있는 친절한 가이드가 될 수 있기를 희망할 뿐이다.

〈게이컬처홀릭〉 편집위원회

Gay Culture Land

주류문화를 유혹하는 퀴어문화

서바이버들의
게이 송가에 환호하라

대중음악에 나타난 게이코드

　'게이 음악'이란 무엇인가. 아니다. 질문을 다시 해보자. 게이 음악이란 게 존재하는가. 글쎄. 게이 음악이든 퀴어 음악이든, 결국 모든 건 취향의 문제다. 다만 우리가 게이 음악이라는 표현을 쓸 때는 '게이들이 즐겨 듣는 음악'이란 의미가 숨어 있다. 게이 뮤지션의 음악이 모두 게이 음악이 되는 것은 아니다. 게이들이 좋아하는 음악이 모두 게이 뮤지션의 음악인 것도 아니다. 심지어는 게이들이 좋아하는 음악을 만든 뮤지션이 기겁할 정도의 호모포비아 성향을 공공연하게 드러내는 경우도 있다. 이를테면, 나에게 도나 서머의 몇몇 디스코 넘버들은 영원불멸한 게이 송가(gay anthem)다. 그러나 도나 서머가 1980년대 후반에 이렇게 말했다는 사실을 알고들 계신가. "에이즈는 호모섹슈얼들을 향한 신의 징벌입니다." 태평양 건너 그 동네 흑인 커뮤니티가 의외로 가장 무시무시한 기독교 근본주의자들의 토양이라는 걸 생각해보면 그리 놀랄 일은 아닐 수도 있겠다.

어쨌거나 게이들이 좋아하는 음악은 확실히 존재한다. 1999년 캐나다 어학연수 시절, 내가 살던 집은 어딘가 좀 수상쩍은 중년 남자 두 명이 경영하는 홈스테이 하우스였다. 동양 학생 대여섯명을 동시에 하숙치던 두 남자는 언제나 친절하고, 음식 솜씨는 수준급이고, 말투는 나긋나긋했으며, 같은 방에서 잠을 잤다. 같은 집 한국 학생에게 물었다. "이 남자들 게이 맞지?" 나보다 어학연수 반년 선배인 한국 남자가 답했다. "몰라. 우리는 그런 거 안 물어봐." 말인 즉슨, 게이인 건 분명하지만 서로 불편하지 않도록 그것에 대해 왈가왈부는 하지 않는다는 뜻이었다(게다가 그 집에 기거하는 대부분의 한국 학생들이 독실한 크리스찬이었다). 물론 모든 건 명백했다. 거실에 놓여 있는 그들의 CD 컬렉션은 바브라 스트라이샌드, 빌리지 피플, 베트 미들러로 가득했다. 이 사랑스러운 중년 남자들은 우리가 북미 게이 커뮤니티로부터 예상 가능한 모든 문화적 클리셰의 총본산이었던 것이다. 우리가 게이 음악이라고 일컫는 바로 그 클리셰들 말이다.

다시 말해보자. 게이 음악이란 무엇인가. 그건 게이들이 집단적으로, 공통적으로, 공동으로, 사랑해 마지않는 음악을 이야기한다. 물론 어떤 게이들은 클럽에서 흘러나오는 〈It's Raining Men〉에 고개를 절레절레 저은 뒤 집으로 돌아가 MGMT나 루퍼스 웨인라이트의 앨범을 조용히 듣길 원할 게다. 아주 드물게, 어떤 게이들은 극단적으로 헤비한 록이나 멜로디라곤 손톱만큼도 남아 있지 않은 하드코어 트랜스에 몸을 흔들길 원할 수도 있다. 나 역시 그러하다. 하지만 많은 게이들이 목청 드높은 디바들의 댄스 넘버들을 격정적으로 아끼는 건 사실이다. 나 역시 그러하다. 하룻밤에 엄정화, 카일리 미노그, 글로리아 게이너, 웨더걸스의 노래를 한꺼번에 틀어주는 게이 클럽에는 발도 들이밀고 싶지 않지만, 어깨가 축 처진 날 클럽에서 흘러나오는 웨더걸스의 〈It's Rainning Man〉이 묘하게 가슴을 울리는 데가 있다는 건 인정하지 않을 수 없다. 이걸 뭐라고 설명해야 좋을까. 게이 송가 바이러스? 태어날 때부터 이 노래를 좋아한 건지, 아니면 게이라면 이 노래를 좋아해야 한다고 무의식중에 세뇌라도 당한 건지, 이유를 캐는 건 심리학적이고 사회학적인 연구과제가 될 터이니 여기서는 그만두자. 중요한 사실은 딱 하나다. 게이 음악의 중심에는 게이 송가라는 존재가 있다는 사실 말이다.

　　게이들이 좋아하는 모든 노래가 게이 송가의 자격을 얻는 건 아니다. 노래방에서 일년에 수백 번 머라이어 캐리의 최근 노래를 불러봐야 그건 게이 송가가 될 수 없다(힙합과 게이 송가라니, 당치도 않다). 게이 송가가 되는 조건은 간단하다. 첫째, 가장 중요한 조건은 목청 좋은 디바들의 노래여야만 한다는 것이다. 주디 갈란드, 바브라 스트라이샌드, 글로리아 게이너, 머라이어 캐리, 셀린 디온, 도나 서머 등 게이 송가를 부른 대부분의 가수들이 디바 타입의 팝 가수들이다. 그들이 부른다고 모두 게이 송가가 되는 건 아니다. 게이 송가는 특정한 테마를 다루어야 한다. '사랑의 역경을 이겨내는 이야기'를 담은 노래(글로리아 게이너의 〈I Will

Survive〉, 바브라 스트라이샌드의 〈No More Tears〉, 셰어의 〈Believe〉)
이거나, '우리는 이 세상에 혼자가 아니다'는 사실을 강조하는 노래(시스
터 슬레지의 〈We Are Family〉, 빌리지 피플의 〈YMCA〉)라면 게이 송가
가 될 가능성이 크다. '자신을 절대로 부끄러워하지 않겠다는 선언'을 담
은 노래(글로리아 게이너의 〈I Am What I Am〉, 다이애나 로스의 〈I'm
Coming Out〉)도 마찬가지다. 주디 갈란드의 〈Over the Rainbow〉나 펫
숍 보이즈의 〈Go West〉처럼 이상향을 꿈꾸는 노래들도 게이 송가의 반
열에 쉬이 오른다.

그런데 여기서 질문. 과연 한국에는 진정한 게이 송가가 존재
하기나 하는 걸까. 오랫동안 게이 커뮤니티 안에서도 음악적 취향을 둘러
싼 수많은(보이지 않는!) 전쟁이 존재해왔다. 내가 아는 몇몇 게이들은 한
국 게이들이 가라오케에서 불러젖히는 그 수많은 싸구려 댄스 음악과 싸
구려 발라드들을 도무지 참아내지 못한다. 이를테면, 1990년대 게이 가라
오케를 휩쓸었던 일종의 게이 송가 중 가장 의외의 것은 하이디의 〈진이〉
였다. 대중적으로 성공을 거두지 못한 그 싸구려 댄스 넘버가 90년대 게
이들의 애호를 받았던 건 특유의 키치적인(다르게 말하면 '값싼') 매력 덕
분이었을 게다. 하지만 그걸 비난하는 건 그리 온당치 못할 뿐더러 별로
재미도 없는 일임에 틀림없다. 과도하게 애절하고 청승맞은 사랑 노래를
향한 사랑은 서구 게이 커뮤니티에서도 오랫동안 존재해온 현상이다. 싸
구려 유로팝에 대한 애정 역시 마찬가지 아니겠는가. 골방에서 모리씨의
음악을 듣는 것과 가라오케에서 하이디의 〈진이〉를 부르는 게 꼭 이율배

반적인 취향은 아니라는 소리다. 맞다. 모리씨와 하이디를 동시에 사랑한 건 바로 90년대의 나였다(하늘에 맹세컨대 조금도 부끄럽지 않다).

게이 음악이란 이처럼 현상적으로 존재하는 것이기도 하지만, 한편으로는 특정하게 규정지을 수 없는 취향들의 집합이기도 하다. 2011년 지금의 누군가는 이태원 클럽의 폐장 시간에 흘러나오는 카라의 노래를 들으며 인생의 희열을 맛볼 테고, 누군가는 태평양 건너 동네에서 온 인디 록음악을 골방에서 들으며 눈물을 줄줄 흘릴 게다. 혹은, 어떤 사람은 두 음악을 아이팟의 같은 카테고리에 넣어두고 연달아 들으며 웃고 울지도 모른다. 바로 나 같은 사람들, 당신 같은 사람들, 그리고, 우리 같은 사람들.

▶▶ 한국의 게이 음악?

한국 게이 음악에 있어서 진정한 커뮤니티의 대동 단결이 이루어진 건 엄정화라는 존재의 등장부터라고 해도 과언은 아닐 것이다. 한국에도 본격적인 게이 아이콘의 시대가 왔음을 알린 신호탄이었던 엄정화는 셰어, 카일리 미노그, 마돈나 등 서구의 게이 아이콘들이 지닌 모든 자격을 다 갖추고 있었다. 그녀는 비극적인 사랑에 대해서 노래하고, 극적으로 과도한 무대 연출에 능하며, 경력의 부침을 극복하고 20여 년 동안 꾸준히 한국 가요계와 영화계에서 살아남은 서바이버(survivor)였으니까. 게다가 엄정화는 새 앨범 발표를 이태원의 게이 클럽에서 시도하고 케이블TV 무대 공연에 드랙퀸들을 댄서로 섭외하는 등 2000년대 중반 이후부터는 스스로를 게이 아이콘으로 자각하기 시작했다. 정말이지 훌륭한 변화다.

한편, 최근에는 게이 커뮤니티를 중심으로 1960년대 스타인 김추자에 대한 재발견이 시작됐다. 재미있는 건 엄정화가 90년대 댄스가수로서의 활동을 통해 자생적으로 게이 아이콘의 반열에 올랐다면, 김추자는 게이 커뮤니티에서 뒤늦게 게이 아이콘으로 복원된 존재라는 사실이다. 지난 1960년에 데뷔한 김추자는 당대에는 보기 드물게 섹스 어필을 내세운 여가수였다. 그녀가 한국 대중음악사에 깊은 흔적을 남긴 건 신중현이 지휘한 음반 자체의 퀄리티 뿐만 아니라 육감적인 몸매로 극적인 율동을 선보이던 디바적인 매력 때문이었다. 그런데, 다소 인위적인 게이 아이콘이라는 게 김추자의 약점일까. 글쎄. 꼭 그렇지는 않다. 서구와는 달리 한국의 전반적인 대중문화는 1970년대와 80년대를 거치면서 세대간에 다리를 놓는 데 완전히 실패했다. 진정한 한국 대중문화의 선구자들은 여전히 새로운 세대의 재발견을 기다리고 있다. 한국 영화계가 우리의 기억에서 잊혀진 이만희 감독을 모더니즘 영화의 선구자로 재발견하며 무덤에서 끌어낸 것처럼, 한국 게이 커뮤니티가 김추자를 역사상 최초의 게이 아이콘으로 새롭게 발굴해내는 건 충분히 환영할 만한 일이다. 적어도 김추자의 〈불어라 바람아〉는 게이 가라오케의 영원한 18번이 될 가치가 있지 않은가.

대중음악 역사의 게이 아이콘으로 살펴보는
게이 음악의 몇 가지 순간들

1. 주디 갈란드

〈문화 충돌: 게이 감수성 만들기〉(Culture Clash: The Making of Gay Sensibility)는 주디 갈란드가 "스톤월 시대 이전의 가장 중요한 게이 아이콘"이라고 말한 바 있다. 주디 갈란드가 게이 아이콘으로 추앙받게 된 이유? 〈오즈의 마법사〉(1939) 덕분이다. 영화 속 도로시는 세상에서 버림받은 족속들에게 용기와 심장을 주기 위해 여행을 주동하는 소녀의 이미지였다. 영화를 본 게이들이 스스로를 '도로시의 친구'라 부르기 시작한 것은 당연한 일 아니겠는가(참고로, 1950년대 미국에서는 "Is he a friend of Dorothy?"가 "Is he gay?"라는 의미였단다). 아이러니하게도 주디 갈란드의 실제 삶은 게이들에 의해서 완벽하게 망가졌다. 그녀는 1930~40년대 최고의 미남 중 하나였던 바이섹슈얼 배우 타이론 파워로부터 버림받고, 바이섹슈얼인 영화감독 빈센트 미넬리의 외도 장면을 목격한 뒤 자살을 기도하고, 심지어 네 번째 남편인

배우 마크 헤론이 자신의 딸인 라이자 미넬리의 남편이었던 가수 피터 알렌과 바람이 나서 야반도주하는 꼴도 봐야만 했다. 이토록 처절하게 게이들과 얽혀 있는 개인사가 주디 갈란드의 아이콘적인 지위를 더욱 공고하게 만들었음은 물론이다.

추천곡 역시 〈Over the Rainbow〉 한 곡이다. 학창시절 계집애 같다고 급우들에게 놀림받은 뒤 울며 다락방으로 뛰어들어간 전세계 수많은 어린 게이들이 주디 갈란드의 목소리에서 한 줄기 위안을 찾았을 게다. 어쨌거나, 무지개 너머 어딘가에는 희망이란 게 있을 거라고. 반세기가 지나도 심금을 울린다.

2. 바브라 스트라이샌드

누구는 말한다. 바브라 스트라이샌드는 별달리 아름답지 못한 외모의 유대인 여자로 태어나 불우한 가정 환경에서 살아남은 서바이버이기 때문에 게이 아이콘이 됐다고. 또 누구는 말한다. 바브라 스트라이샌드가 꼭 여장한 드랙퀸처럼 생겨먹어서 게이 아이콘이 됐다고. 그러나 사람들이 한 가지 잊고 있는 사실이 있다면, 바브라 스트라이샌드는 경력 초창기부터 뉴욕의 게이 커뮤니티와 직접적으로 교류하며 아이콘의 반열에 오른 예술가라는 것이다. 스트라이샌드는 고등학교를 졸업하자마자 맨해튼으로 건너가 당대의 유명 게이 카바레 '더 라이언 클럽'에서 처음으로 공연을 시작했고, 게이 관객들로부터 큰 인기를 모으자 맨해튼 전역의 게이 클럽에서 공연을 하며 명성을 쌓아나갔다. 후대의 마돈나 카일리 미노그, 엄정화 같은 뮤지션들이 게이 클럽에서 첫 앨범 프로모션

공연을 갖는 등 게이 커뮤니티 친화적인 활동을 전개하는 것도 스트라이샌드로부터 시작된 것이라 볼 수 있을 게다. 그녀와 함께 70~80년대 대표적인 게이 아이콘이 된 가수 배트 미들러 역시 초창기에 게이 배스하우스(gay bathhouses)에서 컬트적인 공연을 선보인 경력이 있다.

추천곡 〈Don't Rain on My Parade〉. 내 행진에 비를 뿌리지 말라니. 제목부터 의미심장하지 않은가. 바브라 스트라이샌드는 특유의 비장한 목소리로 이렇게 노래한다. "내가 원하는 모든 건 자유예요. 밤이 없는 세계예요. 그리고 당신은 언제나 제 옆에 있을 거예요. 날 안고, 날 숨겨줘요. 그리고 말해줘요. 나와 하나의 사랑, 하나의 인생을 함께 하겠다고." 완벽한 게이 송가.

3. 셰어

〈섹스 앤 더 시티〉의 한 에피소드. 요조숙녀 샬롯은 한창 데이트 중인 첼시의 요리사가 게이인지 스트레이트인지 헷갈려 죽겠다. 남자의 방에서 흘러나오는 셰어의 〈Believe〉를 듣자마자 샬롯은 묻는다. "셰어를 좋아해요?" 남자의 대답. "그럼요. 그녀는 정말이지 서바이버예요." 결국 남자는 과도하게 여성성이 강한 스트레이트 남자로 판명되긴 하지만, 이것 보시라. 여자와의 데이트에서 〈Believe〉를 틀어젖히는 스트레이트 남자는 현실에 존재하지 않는다. 셰어가 게이 아이콘이 된 건 두 가지 이유에서다. 드랙퀸을 능가하는 과도한 스타일, 그리고 엄청난 개인적 시련에도 끝없이 재기에 성공하는 강인함. 게이 잡지 〈The Advocate〉의 설명을 들어보자. "셰어는 지난 40년 동안 그 자리를 지키며 게이들이 꿈꾸는 모든 판타지 속에서 살아남았다. 그녀는 게이

들이 그저 갈망할 수밖에 없는 뻔뻔스러운 자유와 대담함을 모두 갖추고 있다." 셰어는 영화 〈실크우드〉에서 레즈비언을 연기해 오스카 후보에 오르기도 했으며, 지금은 커밍아웃한 레즈비언 딸을 위해 적극적으로 동성애자 인권운동에 뛰어들고 있다. 셰어는 진정한 게이 아이콘일 뿐만 아니라 진정한 게이 액티비스트다.

추천곡 당연히 〈Believe〉다. 〈Believe〉 이전에 〈Believe〉 같은 게이 송가 없었고, 〈Believe〉 이후에 〈Believe〉 같은 게이 송가 없었다. 카일리 미노그의 〈Can't Get You Out of My Head〉가 있다고? 지금 장난하냐.

4. 카일리 미노그

카일리 미노그는 자신의 노력으로 게이 아이콘이 된 거의 첫 번째 팝스타다. 물론 그녀는 게이 아이콘이 될 만한 모든 자격을 갖추고 있

다. 10대 시절 팝스타로 데뷔해서 불러
젖힌 비교적 저렴한 사운드의 유로팝
들이 있고(게이들이 이런 사운드를 얼
마나 좋아하는지 다들 잘 알고 계시리
라), 인기가 완전히 바닥까지 추락한 뒤
⟨Light Years⟩(2000)와 ⟨Fever⟩(2001)
앨범의 성공으로 10년 만에 다시 슈퍼
스타의 자리를 차지했으며(게이들이 바닥을 치고 살아남은 서바이버들을
얼마나 사랑하는지는 이미 앞에서 충분히 설명했다), 심지어 최근에는 유
방암을 물리치고 살아남았다(또 다시 '서바이버'의 법칙!). 그녀는 재기작
인 ⟨Light Years⟩ 앨범의 성공에 게이 팬들이 얼마나 공헌했는지 잘 알고
있었으며, 이후에는 끊임없이 게이 팬들을 위한 팬서비스를 제공했다. 시
드니 올림픽 폐막식에서 그녀가 아바의 ⟨Dancing Queen⟩을 불렀던 순간
은 게이 컬처와 올림픽 역사의 영광스러운 게이 모멘트이기도 했지만, 동
시에 게이 팬들의 구매력에 호소하는 카일리 미노그의 근사한 전략이기
도 했을 게다. 물론, 인위적인 전략이 큰 흠은 아니다. 카일리 미노그처럼
게이 아이콘이 될 모든 요소를 훌륭하게 가지고 있는 경우라면 말이다.

추천곡 ⟨Rhythm of Love⟩(1990) 앨범의 수록곡인 ⟨Better the Devil You Know⟩가
단연 백미. 북미 지역의 영원한 게이 송가가 ⟨Believe⟩라면 영연방권의 영원한 게이
송가는 바로 이 곡이다. 지금도 런던 최대의 게이클럽 ⟨G-A-Y⟩에서는 주말 저녁 피
크 타임에 이 노래를 틀어젖힌다. 벌써 몇년째인지.

5. 데이비드 보위

　　데이비드 보위는 게이 아이콘인가? 글쎄. 다만 그가 전성기를 이끈 글램 록(glam rock) 운동이 서구 음악계의 젠더리스(genderless) 열풍에 끼친 영향력은 충분히 인정받아 마땅할 게다. 사실상 서구의 게이 커뮤니티가 록 음악을 근사하게 자기 것으로 받아들이기 시작한 건 70년대 영국에서 시작된 글램 록 운동부터였다. 글램 록의 음악적 특징은, 거의 없다. 그건 포크 록일 수도 있고 거라지 록일 수도 있으며 단순히 팝일 수도 있다. 글램 록은 하나의 음악적 장르라기보다는 하나의 음악적 스타일을 의미한다. 데이비드 보위, 티렉스의 마크 볼란, 슬레이드, 록시 뮤직, 리 글리터 같은 당대 영국의 대표적 글램 록 뮤지션들은 두터운 화장과 번쩍거리는 의상을 입고 무대에 섰으며, 성정체성의 모호함을 타고 넘는 이미지는 패션을 비롯한 다른 문화계에도 큰 영향력을 끼쳤다. 그러나 물론, 보위는 게이가 아니다. 그는 전성기인 1972년 "나는 언제나 게이였고 앞으로도 그럴 것"이라고 말한 바 있지만, 이후에는 양성애자라고 말을 바꾸더니, 모델 이만과 결혼한 이후에는 "나는 도전성애자(try-sexual)"라고 말도 안 되는 소리를 해댔다. 사실이 뭐냐고? 그는 게이가 아니다. 다만 모호한 성정체성을 음악적 양분으로 삼았을 따름이다. 이 전략을 충실히 뒤따른 것이 스웨이드의 보컬 브렛 앤더슨이다. 그 역시 완벽한 스트레이트 남자다.

추천곡 〈Life on Mars〉. 이 곡의 노랫말은 전성기의 데이비드 보위답게 모호하고 추상적이다. 하지만 가사에 나오는 단어들을 한번 살펴보시라. 'Sailors'(선원들), 'Cavemen'(원시인), 'The Freakiest Show'(가장 괴상한 쇼), 그리고 'Life on Mars'(화성의 삶). 이것이 바로 퀴어 중의 퀴어다.

6. 커밍아웃한 게이 뮤지션들

커밍아웃한 게이 뮤지션들의 음악 역시 게이 커뮤니티의 오랜 사랑을 받아온 편이다. 대표적인 커밍아웃 게이 뮤지션은 조지 마이클, k.d. 랭, 엘튼 존, 얼마 전 불행하게도 요절한 〈보이존〉의 스티븐 게이틀리 등이 있다. 왜 이렇게 수가 적냐고 고민할 필요는 없다. 한국과 세계 음악계의 수많은 동성애자 뮤지션들은 여전히 공개적인 커밍아웃을 꺼리는 편이다. 위에 언급한 대부분의 뮤지션들 역시 전성기가 지나고 나서야 커밍아웃을 했다. 신인 뮤지션에게 커밍아웃은 여전히 경력의 자살이나 마찬가지다. 하지만 서서히 업계의 관행도 변해가고 있다. 최근 〈아메리칸 아이돌〉을 통해 첫 앨범을 발표한 애덤 램버트는 이미 리얼리티쇼 오디션에서부터 자신이 게이라는 사실을 명백히 드러냈다. 시대는 어떻게든 변하게 되어있는 것이다. 아이러니한 건 게이 뮤지션들 중에 진정한 게이 아이콘의 지위를 획득한 뮤지션은 밴드 〈더 스미스〉 출신의 모리씨(Morrissey) 정도밖에 없다는 것이다. 참, 모리씨는 단 한 번도 커밍아웃한 적이 없다. 그는 성정체성에 대한 질문에 언제나 이렇게 말해왔다. "전 무성애자예요. 섹스를 하느니 그 시간에 차나 한 잔 마시겠어요." 비겁한 변명입니다.

추천곡 엘튼 존의 〈Goodbye Yellow Brick Road〉. 주디 갈란드의 〈오즈의 마법사〉를 인용한 이 노래의 가사를 들어보라. "노란 벽돌길이여 안녕. 사회적인 개들이 짖어대는 곳이여 안녕. 당신 펜트하우스에 날 가둬둘 순 없어. 난 내 길을 가겠어." 그리고 〈더 스미스〉 시절 모리씨의 대표곡 〈There Is a Light That Never Goes Out〉. "만약에 이층 버스가 우리를 깔아뭉개, 네 옆에서 죽는다면 그건 얼마나 축복받은 일일까. 만약 십톤 트럭이 달려와 우리 두 사람을 치어, 네 곁에서 죽는다면. 아, 그 환희, 그 특권은 나의 것일 텐데." 이 처절하고 처연하게 아름답고 시니컬한 명곡은 발표된 지 20여 년이 지난 지금도 방구석 사춘기 게이 소년들의 마음을 달랜다.

김도훈 영화 주간지 〈씨네21〉 기자. 영화 뿐 아니라 음악, 사진, 패션, 대중문화 전반에 대한 폭넓은 관심을 바탕으로 솔직담백한 글을 다양한 매체에 퍼뜨리고 있다. 내 고양이에게만은 따뜻한 차가운 도시의 앙칼진 글쟁이.

퀴어영화 연대기

1959년에서 2007년까지 걸작 10편

퀴어 영화는 동성애자의 거울입니다. 제2차 세계대전 이후 가시화되기 시작한 동성애자라는 존재와 인권 운동, 그리고 커뮤니티의 성장을 정확히 반영하고 있기 때문입니다. 1950년대 이전만 해도 영화에서 동성애자의 모습을 찾아보기란 여간 어려운 일이 아니었습니다. 남장을 하는 여성, 또는 여성적인 남성의 이미지로 조연이나 엑스트라로 종종 모습을 드러내기는 했지만 그것은 찰나적이었습니다. 심지어는 아무도 눈치 채지 못했지요.

하지만 제2차 세계대전 이후, 동성애자 커뮤니티가 생기기 시작하면서 서서히 영화에 동성애자들이 출연하기 시작했습니다. 특히 1969년 동성애자들의 스톤월 봉기와 1960년대 말 전 세계에 불어 닥친 성과 자유에 대한 젊은이들의 저항운동을 경유하며 동성애자들의 스크린

행보는 눈부시게 빨라졌습니다. 특히 젊은 동성애자 영화인들의 활동은 눈부셨습니다. 〈케렐〉과 〈폭스와 그의 친구들〉 같은 걸작 퀴어 영화를 만들어낸 파스빈더와 〈카라바조〉를 비롯한 위대한 퀴어 영화를 만든 데릭 저먼은 호모섹슈얼을 최초로 영화에 전면 배치한 예술가들이었습니다. 또 1990년대 초반 〈리빙 엔드〉 〈완전히 엿 먹은〉 등 도발적인 퀴어 영화를 만들며 전 세계에 센세이션을 일으킨 그렉 아라키는 '퀴어시네마운동'을 주창했고, 구스 반 산트는 〈말라노체〉와 〈아이다호〉를 통해 퀴어 영화와 인디영화의 조우로 깊은 울림을 만들어냈습니다.

이 물결에 힘입어 1990년대부터는 상업영화 진영에서도 톱스타들을 기용해 〈필라델피아〉 〈인 앤 아웃〉 등 대중적인 영화를 만들게 되었습니다. 또 유럽과 미국 이외에 세계 도처에서 속속 퀴어 영화들이 제작되기에 이르렀지요. 베를린영화제의 '테디 베어상'에 이어 2010년 칸영화제에서 '퀴어종려상'을 처음 제정한 것에서 볼 수 있듯이, 명실상부 퀴어 영화의 위상과 존재 가치가 전방위적으로 입증되고 있는 상황입니다.

이 글은 1959년부터 2007년까지 10편의 대중적인 퀴어 영화를 통해 약 반 세기 동안 퀴어 영화가 어떻게 대중들과 만나고 있는지를 성찰하려고 합니다. 수많은 퀴어 영화 중 비교적 쉬운 어법으로 관객과 동성애자의 만남을 주선했던 영화들을 하나하나 다시 꺼내 보며 저 또한 또 한 번 배움의 기회를 얻는 순간이었습니다.

영화사에서 최초의 게이 카우보이는 누구일까요? 희한하게도 안소니 퀸이 그 자리를 차지하고 있습니다. 니콜라스 레이의 1954년작 〈자니 기타〉에서 동성애적 감성을 읽어낼 수 있고, 남성간의 돈독한 우정과 공동체를 통해 동성 유대적 감성을 유발하고 있는 하워드 혹스의 웨스턴 영화들이 존재하긴 하지만, 이 영화 〈워록〉이야말로 할리우드에서 제작된 영화 중 조셉 멘키위츠의 〈지난 여름, 갑자기〉(1959)와 더불어, 최초로 동성애적 감성을 전면에 드러내 보인 영화로 기록되어야 마땅할 것입니다.

보안관 크레이는 치안이 무너진 워록이라는 마을에 새로 부임

하게 됩니다. 그리고 친구 모건이 그 옆에서 크레이를 조용히 보조하지요. 모건은 딱히 부보안관 같은 지위가 있는 것도 아니에요. 단지 크레이를 따라다닐 뿐입니다. 조용히 크레이의 업무를 보살피고, 크레이가 위험에 빠졌을 때 아무도 모르게 망설이지 않고 총을 집어들지요. 심지어는 영화 말미에 총 뽑는 솜씨가 더 빠른 모건이 크레이를 쏘지 않고 단지 모자를 날리며 죽기도 합니다. 이에, 크레이는 묻지요. 대체 왜?

영화는 "왜?"라를 질문에 결코 답하지 않아요. 모건이 크레이를 사랑했기 때문에 죽음마저 불사했다는 진실을 발화하지 않습니다. 살아있을 때 모건은 크레이의 여자 친구를 질투하고 볼 때마다 화를 내기 일쑤지요. 저 멀리 결혼식이 열리는 교회를 쓸쓸히 바라보며, 자신은 그저 그런 문화와 어울릴 수 없는 사람이라고 읊조릴 뿐입니다.

특이하게도 영화사에서 최초의 퀴어 영화로 명명될 수 있는 영화가 웨스턴 장르를 빌려 출발했다는 것은 의미심장합니다. 〈브로크백 마운틴〉은 웨스턴 장르의 외피를 빌리긴 했지만, 이 영화의 주인공들처럼 총을 쏘고 사막을 달리지는 않지요. 비록 파스빈더의 〈화이티〉(1971)가 할리우드 웨스턴 장르를 빌려 성 정체성에 관한 담론을 담아내고 있지만, 이 영화 〈워록〉이야말로 영화사에서 유일한 게이 웨스턴으로 명명되어야 할 것입니다. 또한 할리우드 최초의 게이 영화이기도 하고요.

〈벤허〉〈로마의 휴일〉 등을 연출한 할리우드의 명장 윌리엄 와일러 감독의 〈아이들의 시간〉은 할리우드 최초의 레즈비언 영화라 볼 수 있습니다. B급 영화의 거장 로버트 알드리치의 〈조지 수녀의 살해〉(1962)와 더불어 매카시즘이 끝난 후의 사회적 풍경을 두 여성 사이에 일어나는 연정과 질투의 관계를 통해 세밀하게 담아내고 있는 수작이지요.

〈아이들의 시간〉은 상업영화치고는 꽤 도전적 주제를 다루고 있습니다. 하긴 이때가 '빌리티스의 딸'이라든지 사회주의 성향의 동성애 인권 단체들이 서서히 기지개를 펼 때니까 시대 상황을 반영하고 있다고 봐야 하겠죠.

이 영화는 당시 미국 사회가 동성애를 어떻게 바라보았는지를 알 수 있는 훌륭한 텍스트입니다. 못된 여학생의 거짓말로 인해 기숙학교의 두 여선생이 레즈비언 관계라는 소문이 돌게 됩니다. 학부모들은 학생들을 모두 집으로 불러들였고, 급기야 학교는 문을 닫게 되지요. 설상가상으로 막 결혼하려고 했던 여선생 카렌(오드리 햅번)은 자신을 의심하는 남자 친구 때문에 결국 이별을 합니다. 마지막은 더욱 비극적으로 끝나게 되는데, 아이들의 거짓말 때문에 이 사단이 났다는 것이 밝혀졌음에도 레즈비언으로 의심받은 여선생 마르타(셜리 맥클레인)는 목을 매 자살하지요.

한데 공교롭게도 아이들의 거짓말은 진실이었습니다. 여선생 한 명이 정말로 다른 여선생을 남몰래 사랑했고, 그녀의 남자 친구에게 질투를 느끼고 있었던 겁니다. 거짓말이 진실이 되고, 진실이 거짓말이 되는 이 기묘한 역설이 영화의 짜임새를 더욱 돋보이게 합니다.

Cruising

퀴어 영화사를 통틀어 가장 논쟁적인 영화입니다. 1980년 윌리엄 프리드킨의 〈크루징〉(국내 비디오 제목은 〈알 파치노의 광란자〉)이 극장에 걸렸을 때 미국의 게이 인권 단체에서는 피케팅을 하며 영화 상영 중지를 요구했고, 현재까지 이 영화에 대한 평가는 낮은 편입니다. 게이들을 대상으로 하는 연쇄 살인범을 다루고 있기 때문이지요. 게다가 이 연쇄 살인 사건은 1970년대 게이 커뮤니티를 공포로 몰아넣었던 실화였습니다.

〈프렌치 커넥션〉과 〈엑소시스트〉로 일약 세계적 감독으로 떠오른 프리드킨과 〈대부〉가 낳은 최고의 배우 알 파치노가 만나 회심의 일타를 노렸지만, 게이 커뮤니티의 반응 뿐 아니라 흥행 면에서도 그다지 인정받지 못했습니다.

하지만 이 영화는 로빈 우드 같은 명망 있는 퀴어 영화 평론가들에 의해 다시 재조명되었습니다. 로빈 우드는 말합니다. 게이들만 골라 죽이는 연쇄 살인마가 주인공이라고 피케팅만 하지 말고 영화를 잘 봐라, 그러면 어떤 영화보다 훨씬 더 민감하고 예민한 퀴어적 감수성이 보일 것이다, 라고.

실제로 연쇄 살인마가 게이 커뮤니티에 있다는 제보에 따라 게이로 변장해서 커뮤니티에 들어간 형사 알 파치노는 이후 점점 이상한 반응을 보이기 시작합니다. 아내와 섹스를 잘 하지 못하거나 게이 흉내를 내면서 수사를 하다가 드럭을 하거나 게이와 섹스를 하면서 자신 안의 이상한 감정을 점점 느끼게 되지요. 그리고 결국 영화는 마지막에 알 파치노와 게이 연쇄 살인마를 오버랩하면서, 호모포비아(동성애혐오증)가 어쩌면 자신 속에 있는 여성성, 동성애적 감성에 대한 부정과 증오를 밖으로 투사하는 방식일지도 모른다는 것을 시사하고 있습니다. 영화의 마지막, 알 파치노는 거울을 바라보며 자신의 정체성의 분열을 느끼고, 밖에선 그가 죽였을지도 모르는 이웃집 게이의 시체가 물 위로 떠오르지요.

개인적으로 전 이 영화가 지금까지의 퀴어 영화 중 가장 전복적인 영화라고 생각합니다. 호모포비아가 실제로는 이성애자들의 내면에 숨어 있는 동성애를 억압한 대가라는 무서운 진실, 프로이트의 정신분석학적 명제를 적나라하게 폭로하고 있거든요. 그리고 윌리엄 프리드킨은 꼼꼼한 취재를 통해 1970년대 게이 하위 문화를 스크린에 고스란히 옮겨놓았습니다. 이 영화는 게이 인류학적 보고서에 가까운 성취를 이루고 있다 봐야 할 것입니다.

퀴어영화 연대기
아이다호
구스 반 산트, 1991

My Own Private I

앞서 언급한 영화들이 사건과 에피소드 안에 동성애적 요소를 삽입한 영화였다면, 〈아이다호〉는 게이 정체성을 전면에 내세운 최초의 시도였다고 봐야 할 것입니다. 독립영화 감독 출신이자 커밍아웃한 구스 반 산트 감독은 1985년, 가난한 게이 청년과 이주 노동자에 대한 아름다운 흑백 영화 〈말라 노체〉를 통해 이미 〈아이다호〉 제작을 약속하고 있었습니다.

구스 반 산트 감독은 〈아이다호〉와 더불어 비슷한 시기에 레즈비언 영화인 〈Even Cowgirls Get the Blues〉(국내 제목은 〈카우걸 블루스〉)를 만들지만, 이 영화는 비평 면이나 흥행 면에서 최악의 영화로 평가받았지요. 하지만 전 개인적으로 이 영화 역시, 컬트 영화의 반열에 올라도 손색이 없다고 생각해요.

　　〈아이다호〉는 당시 젊은 영화적 아이콘인 리버 피닉스를 내세워 계급 문제와 인종 문제 속에서 게이 정체성를 탐색한 걸작 퀴어 영화입니다. 1993년 비디오방에서 본 〈아이다호〉. 영화를 시작해야겠단 생각이 목구멍에 걸린 가시처럼 나를 옥죄고 있던 그때, 혼자 이 영화를 보고 가슴이 먹먹해져 밖에 나가 한참 동안 거리를 쏘다녔던 기억이 납니다. 〈아이다호〉의 그 길 끝 배경으로 쓰러지던 리버 피닉스의 기면발작증은 평생을 따라다닐 것 같은 기분이었지요. 〈아이다호〉의 남창 게이들의 이미지는 나중에 제가 만든 〈후회하지 않아〉의 남창 이미지에 적지 않은 영향을 주었던 것 같습니다.

    〈번트 머니〉를 연출한 마르셀로 피녜이로 감독은 1985년 아카데미 최우수외국어영화상을 받으며 전 세계 격찬을 받은 〈오피셜 스토리〉의 각본을 집필했습니다. 이후 2000년에 아르헨티나와 우루과이를 발칵 뒤집어놓은 실제 사건을 다룬 〈번트 머니〉를 찍게 되지요. 이 사건 때문에 동원된 경찰이 1만 명에 이르고 200여 명이 사망했다고 알려져 있을 정도로, 남미를 발칵 뒤집은 범죄 사건이었습니다.

    〈보니와 클라이드〉의 아르헨티나판이랄 수 있는 〈번트 머니〉. 두 주인공 넨과 엥겔은 게이 커플이지요. 그들은 화장실에서 크루징을 하다 우연히 만나 사귀게 되고, 마약, 폭력, 절도 등 온갖 악행을 저지르며 남미를 횡단하기에 이릅니다. 그들은 경찰에 쫓기다 죽을 때까지 속도를 늦추지 않지요. 엔딩 신의 그 허무하고 바로크적인 폭력 미학은 분명 이 영화가 〈보니와 클라이드〉를 참조했다는 걸 짐작케 합니다. 이 영화의 엔딩 장면은 가장 아름다운 퀴어 영화 장면 중 하나일 것입니다.

　　　이 영화는 개인적으로, 게이 버디 로드 무비 중 가장 강렬한 영화라서 좋아합니다. 또 암울한 남미의 정치사회적 분위기를 담아내려는 그 도저한 제스처가 있어서 믿음직합니다. 이 영화는 '퀴어 시네마'의 개척자였던 그렉 아라키의 〈리빙 엔드〉보다 2년 앞서 제작된 영화이기도 하지요.

Une Que
D'a

　　2000년 당시 이 영화가 텔레비전에서 방송되었을 때 프랑스 시청자들이 열광적인 반응을 보였다고 합니다. 이 영화는 텔레 필름, 즉 TV 방영용 영화로 제작되었습니다.

　　이 영화는 게이들의 커밍아웃 문제를 정면으로 다루고 있는 작품입니다. 집안 사람들에게 커밍아웃한 후 내쫓겨 외롭게 죽어간 사촌 형 때문에 정작 본인도 게이이면서 두려움에 떨며 살아가는 주인공이 대학 부설 연구원과 사랑에 빠지면서 일어나는 커밍아웃 문제를 섬세하게 다룬 미덕이 있는 영화지요.

　　특히 이미 자식의 커밍아웃을 받아들인 연구원의 어머니가 시골에 찾아가 아들 연인의 가족에게 사실을 털어놓아 화해의 물꼬를 트는 장면과, 아들 로랑이 자신과 대면하지 못한 채 뒤돌아 서 있는 아버지에게 이렇게 말하는 장면은 시대를 거슬러, 적잖은 감동을 안겨줍니다.

"전 게이예요. 전 남자가 좋아요. 음… 세드릭 전에 보셨죠. 저 세드릭 사랑해요. 제가 게이가 된 건 제 잘못도, 아버지 잘못도 아닙니다."

한 해에 10편 안팎의 퀴어 영화가 제작되는 프랑스지만, 완성도만 놓고 보면 2000년을 전후로 한 시점에 이 영화가 가장 뛰어납니다. 별다른 소재를 차용하지도 않고, 그 흔한 '커밍아웃'을 주제로 한 영화지만, 인물간의 관계를 우직하고 섬세하게 다루면서 깊은 파장을 만들어내는 매력적인 작품이지요.

개인적으로, 게이를 자식으로 둔 부모에게 권할 몇 편의 퀴어 영화를 꼽으라 한다면 이 영화를 가장 먼저 추천하겠습니다.

 지금 중동 지역에서 가장 주목할 만한 퀴어 영화를 만드는 감
독이 바로 에이탄 폭스입니다. 그의 두 번째 장편영화인 〈요시와 자거〉에
이어 〈물 위를 걷기〉(2004)와 〈버블〉(2006)로 이어지는 퀴어 영화들은
'이스라엘에서 퀴어 영화를 찍는다는 것'에 초점이 맞추어져 있지요.

 〈물 위를 걷기〉가 이스라엘 비밀 정보 조직인 모사드의 스파이
얄과 나치 전범의 손자이자 게이 청년으로 등장하는 악셀과의 관계 위에
직조된 심리 스릴러라면, 〈버블〉은 이스라엘 게이와 아랍 게이의 관계를
통해 '게이는 총 대신 사랑을!'이라는 오래된 정식을 증명해내는 영화지
요. 마찬가지로 이스라엘 군대에서의 동성애 문제를 다루고 있는 〈요시와
자거〉는 사랑하기도 바쁜 젊은이들이 왜 총을 들어야 하는지에 대한 의

문을 담고 있습니다. 이스라엘 군은 이 영화 상영을 반대하기도 했습니다만, 오히려 군인들이 극장으로 몰려들기 시작하고, 웨스트 뱅크의 전장에서 돌아온 전투 부대원들이 상관에게 관람을 요구해 그들을 위한 공식 상영이 이루어졌다고 합니다.

구소련 체제에서 나온 〈100 Days Before the Command〉(2000)나 독일 등 유럽에서 나온 홀로코스트 게이 영화들이 군대 내 동성애 문제를 다루고 있지만, 〈요시와 자거〉처럼 직접적으로 군인 게이를 다룬 영화는 거의 없습니다.

이스라엘 군 내 두 장교의 비극적 사랑을 그린 이 영화는 실화에 바탕을 두고 있습니다. 두 장교의 비밀스럽고 아름다운 사랑을 담아낸 그 눈밭 신 하나만으로도 이 영화를 볼 가치는 충분할 것입니다.

퀴어 영화를 계속 제작해 이탈리아를 비롯 전 세계에서 각광을 받기 시작한 페르잔 오즈페텍은 분명 우리 시대에 가장 주목할 만한 게이 감독일 것입니다. 이스탄불 출신의 페르잔 오즈페텍은 양적으로나 질적으로 현재 가장 많은 퀴어 영화들을 쏟아내고 있지요. 〈터키 목욕탕〉(The Turkish Baths), 〈마지막 하렘〉(Harem Suaré) 〈그의 비밀 인생〉(His Secret Life), 그리고 〈창문을 마주보며〉.

개인적으로 페르잔 감독의 퀴어 영화 중 〈창문을 마주보며〉를 가장 좋아합니다. 이 영화 이후에도 대안 가족을 다룬 〈토성의 반대편〉을 비롯해 몇 편의 퀴어 영화들이 있지만, 〈창문을 마주보며〉는 게이 가족 이야기를 다룬 다른 작품들에 비해 완성도도 뛰어나고, 보일 듯 말 듯 드러나는 섹슈얼리티가 참으로 매혹적입니다.

　　건너편 집 사람들을 바라보며 다른 삶을 꿈꾸는 현대인들의 욕망에 대한 묘사는 일견 히치콕의 〈이창〉을 떠올리게 만들고, 제2차 세계대전 당시 유태인 게이의 애절하고 은밀한 사랑 이야기는 스페인산 걸작 퀴어 스릴러 〈경계 없는 도시〉를 떠올리게 합니다. 제2차 세계대전이 끝난 후 많은 시간이 흘렀지만 노인들에게는 비밀이 있기 마련이지요. 오롯이 시모네라는 이름만 기억하고 있는 치매 노인 다비데에게는 사연이 있습니다. 제2차 세계대전 당시 잃어버린 동성 연인에 대한 그리움을 노인의 기억을 빌려 찰나적으로 그려낸 이 영화는 망설이지 말고 현실 속에서 자신이 무엇을 욕망하는지, 어떤 사랑을 찾으려고 하는지 직시하라는 교훈을 담고 있지요.

　　게이 커뮤니티와 게이 이야기를 전면적으로 드러내는 페르잔의 다른 영화들과 달리, 이 영화는 동성간의 눈 마주침과 그 순간의 떨림이 이성애보다 더 아름다운 장면으로 보이는 기묘한 체험을 안겨줍니다.

이 영화는 제가 본 게이 성장 영화 중에서 가장 감동적인 작품 중 하나입니다. 퀴어 영화라기보다는 성장 영화라고 하는 게 더 맞을 수도 있지만, 게이 청소년 제바이스의 시선으로 응집되는 이야기에 많은 초점이 맞춰지고 있지요. 또 이 영화는 온전히 캐나다 퀘벡의 1960~70년대를 위한 영화로도 볼 수 있습니다. 믹 재거, 핑크 플로이드와 데이비드 보위를 비롯한 당시의 노래들이 사운드 트랙으로 깔리는 동안, 이 영화의 내레이터이자 주인공은 마초 아버지와 마약하는 큰 형, 내조형의 엄마가 있는 보수적인 가정 속에서 자신의 섹슈얼리티를 숨기고, 억압하고, 때론 분노의 형태로 드러내지요.

무척 잘 만든 영화입니다. 감정이 신파로 과잉될라 치면 코믹

한 요소로 분위기를 싹둑 잘라버리는 솜씨도 좋고, 제천국제음악영화제에서 상영될 만큼 이 영화의 곳곳에 포진해 있는 사운드 트랙도 기가 막힙니다.

〈겟 리얼〉(Get Real)이나 〈17세의 혼돈〉과 같은 미국 10대 퀴어 영화들이 시답잖은 사건들에 종속된 채 마지막에 선언적으로 자립과 커밍아웃을 이야기하고 있다면, 이 영화는 게이 청소년의 내면에 집중함으로써 적지 않은 울림을 만들어내고 있습니다. 적어도 2000년 이후에 만들어진 10대 퀴어 영화 중 가장 잘 만들어진 영화로 기록되어야 한다고 생각합니다.

Shelter

2000년 이후 베스트 퀴어 영화를 꼽으라 한다면 전 망설임 없이 이 이 영화 〈셸터〉를 꼽겠습니다. 미국 퀴어 시네마의 개척자인 그렉 아라키가 잔뜩 폼만 잡다가 할리우드와 보수 진영으로 투항하고, B급 악동 브루스 라브루스 감독은 여전히 포르노그라피와 영화 사이에서 갈팡질팡하며, 대부분 미국 커뮤니티에서 자체적으로 조악하게 만들어지는 소규모 퀴어 영화들이 미국 독립영화와 괴리된 채 거의 쓰레기에 가까운 영화를 양산했던 걸 감안하면, 미국에서 독립영화로서의 긴장감을 확보한 채 최근에 만들어진 퀴어 영화 중 이 영화만큼 그 균형을 유지하고 있는 영화가 없기 때문입니다.

영화 중반에 의자에서 벌떡 일어나 앉게 만든 이 영화 〈셸터〉

50

는 내 안의 연애 세포를 간만에 움찔거리게 할 정도로 잘 만든 퀴어 영화입니다. 제목이 의미하듯, 바득바득 가난한 삶 속에서 자기 인생과 사랑을 찾아나가는 한 청년에 관한 영화예요. 하지만 경쾌합니다. 몇 번의 지저분한 플래시백만 없었더라면, 이 영화의 이미지 조합은 더할 나위 없었을 것 같습니다.

그렇다고 이 영화가 〈브로크백 마운틴〉처럼 대단하게 아트연하는 영화도 아니고, 〈헤드윅〉처럼 독창적인 이미지 실험을 하는 영화도 아닙니다. 중반 이후 늘어지는 시퀀스가 존재하는 흠결이 있기도 하지요. 하지만 젠 체하지 않은 채 우직하게 할 말만 하고, 현실 속의 게이를 그려내기 위해 고군분투하는 그 날것의 느낌이 묘하게 가슴을 두드리는 힘을 갖고 있지요. 이 영화, 강추.

이송희일 영화감독. 인디포럼작가회의 의장. 퀴어 멜로 〈후회하지 않아〉(2006)로 독립영화계의 스타감독 1호로 등극. 두 번째 장편 〈탈주〉(2010) 이후 지금은 퀴어 청춘물을 준비중이다. 자타가 공인하는 독설가이나 아직은 뜨거운 사랑을 꿈꾸는 로맨티스트.

드라마퀸들은
여전히 목마르다

게이들이 사랑하는 드라마

게이들은 드라마를 좋아한다. 드라마에 등장하는 여주인공에 감정이입을 잘 하고, 그 주인공이 사랑하는 남자 주인공에 대한 애정도 남다르다. 물론 모든 게이들이 그렇지는 않다. 게이들의 주된 수다의 소재 중 하나가 드라마이긴 하지만 TV를 전혀 보지 않는 게이도 있고, 드라마를 열심히 보는 게이들을 한심하게 생각하는 게이도 있다. 어떻게 보면 게이들이 드라마를 좋아한다는 것은 또 다른 스테레오타입화일 수도 있다. 그렇지만 열성적으로 작가들의 계보를 외우고, 그 작가가 편애하는 연기자는 누구이며, 그 연기자의 연기력은 어떻고 하는 식의 비평을 하면서 특별하게 드라마를 즐기는 열혈 게이들이 존재하는 것은 분명한 듯하다. 그들 중 한 사람인 우리의 '드라마 게이' L씨의 하루를 들여다보자. 그의 하루는 시작부터 남다르다. 출근길에 DMB를 통해 보는 아침드라마는 출근 전쟁의 유일한 해방구다. 퇴근길에는 아이폰, PMP로 미드, 일드 등 해외 드라마의 바다와 함께한다. 휴일 낮 나른한 오후에는 케이블TV에서 재방송하는 지상파 미니시리즈와 특별기획, 주말극 등을 섭렵한다. 요즘처럼 매체별로 다양한 장르의 드라마가 쏟아지는 상황에서 우리의 L씨는 보지 못한 드라마라 하더라도 주요 줄거리와 출연진 정도는 USB 메모리 카드처럼 항상 머릿속에 저장한 후 적재적소에 대화 소재로 꺼내 놓는다. 사실 어디 L씨뿐이겠는가. 드라마를 사랑하는 일부 게이 드라마퀸*들이 드라마의 스토리 전개 방식이나 감독의 연출력, 연기자의 연기력 등에 대해서 논할 때면 평론가 수준의 화려한 비평이 쏟아지기도 한다.

　　노희경의 드라마에 대한 저마다의 애정 표현은 필수고, 김수현의 드라마에 대한 어릴 적 추억은 지금도 현재진행형이다. 끊임없는 비판 속에서도 끝까지 보는 임성한, 문영남의 드라마들, 그리고 남들에게 쉽게 말할 수 없는 아침드라마에 대한 예찬은 블로그나 미니홈피를 통해서라도 표현하고 만다. 〈하늘이시여〉〈아내의 유혹〉〈조강지처 클럽〉 등의 드라마는 몇 회를 건너뛰어도 극에 몰입하기가 어렵지 않았고, 여성 캐릭터들의 강한 연기는 실제 게이 커뮤니티에서 재미난 오락거리였다. 또 〈대장금〉에서 서장금과 한상궁의 관계, 시트콤 〈안녕, 프란체스카〉의 독특한 캐릭터들은 두고두고 회자되고 있다. 두 작품에는 퀴어 요소가 담겨 있어

---

*'드라마퀸'이란 주로 드라마의 여주인공처럼 감성이 풍부하고 과장된 행동을 하는 사람을 뜻하는 말로 이 글에서는 드라마를 즐기는 게이라는 뜻을 포함해서 사용하기로 한다.

게이 커뮤니티에서도 여러 가지 방식으로 패러디되었다. 그리고 드라마 속 남자 연기자들에 대해 자신만의 평점을 매기는 시간은 가장 들뜨는 순간이다.

하지만 우리의 드라마퀸들에게는 좀 다른 것이 필요했다. 멜로든, 홈드라마든, 사극이든 장르는 상관없이 내 이야기를 같이 나누고 싶다는 욕구가 강해졌고, 그러한 욕구를 생생하게 다루는 이야기가 보고 싶어졌다. 이성애자들의 결혼 성공기, 시댁식구들 틈바구니에서 고전하는 이 시대 여성들의 고군분투 이야기, 일과 사랑에 모두 성공하는 신데렐라 스토리는 지겨웠다. 같은 이야기만 되풀이하는 한국드라마를 보는 것에 싫증나기 시작한 게이들 중 1990년대 중·후반 미국드라마, 시트콤에 등장하는 게이 캐릭터들, 그리고 2000년대 초반 영국판 〈퀴어 애즈 포크〉, 미국판 〈퀴어 애즈 포크〉 〈L워드〉 등의 드라마를 인터넷을 통해 적극적으로 수용하는 이들이 나타나기 시작했다. 케이블TV에서 방영한 미국의 성인 시트콤 〈섹스 앤 더 시티〉와 〈윌 앤 그레이스〉 등을 보면서 한국의 게이들은 미국 게이들의 연애나 라이프스타일 등을 수

〈L워드〉

〈윌 앤 그레이스〉

54

다의 소재로 삼았고, 그들의 제스처나 농담을 보면서 한국 게이들과의 유사성을 느낄 수 있었다. 특히 인기를 끌었던 미국판 〈퀴어 애즈 포크〉와 〈L워드〉는 다양한 성소수자의 삶의 희로애락을 보여주면서 성소수자들에게는 꼭 봐야 하는 필수 아이템이 되었고, 청소년 성소수자들에게는 궁금증 많은 시기에 해방구로 작용하여 '판타지장르물'로도 소비되었다. 또 이 드라마들의 가장 큰 팬층 중 하나는 바로 성소수자들의 사랑이야기에 푹 빠진 20~30대 여성들이었다. 이 두터운 팬층은 이후 한국 내 퀴어 영화 소비층과 연결되어 게이 드라마, 퀴어 영화의 주요 소비층으로 성장하기도 했다.

　　1990년대 후반 이후 미국드라마에서 동성애자들의 역할은 주인공을 빛내는 감초 역이거나 재미있는 조연 위주였다. 그런데 2000년대 중반 이후 미국드라마에서 동성애자는 주인공은 아니더라도 가족의 구성원 또는 직장 내 구성원으로 출연하면서 소수자이기는 하지만 사회 어느 곳에나 존재하는 일원으로 등장한다. 드라마 〈브라더스 앤 시스터스〉와 시트콤 〈모던 패밀리〉에서는 동성애자가 가족에게 커밍아웃한 아들로 출

〈앙투라지〉

〈그레이 아나토미〉

〈매드 맨〉

연하면서 대가족 내에서 게이 아들 존재의 의미나 역할 등을 보여주었다. 〈그레이 아나토미〉〈앙투라지〉〈글리〉〈너스 재키〉 등에서는 동성애자가 의사, 간호사, 에이전시의 비서, 학생 등 일상적인 역할로 출연한다. 이 드라마들을 즐겨 본 한국의 게이들은 자신이 동성애자임을 적극적으로 드러내는 캐릭터의 등장을 먼 다른 나라의 이야기로, 드라마 속의 이야기로 받아들였다. 하지만 이런 콘텐츠를 접하는 시청자가 늘어나면서 동성애자에 대한 인식도 깊어졌고, 잘못된 편견도 많이 줄어들었다.

내가 요즘 관심 있게 보고 있는 미국드라마 〈매드 맨〉에도 게이와 레즈비언이 등장한다. 드라마의 배경은 1960년대 중반 미국 뉴욕의 한 광고회사다. 광고 제작 스태프 중 시각 디자인을 담당하는 직원이 광고주와의 관계에서 우연하게 게이임을 깨닫는 상황이 벌어진다. 여주인공의 친구로 등장하는 레즈비언도 있다. 당시 시대적 분위기를 보더라도 이들의 등장은 조심스럽지만 그렇다고 숨기거나 쉬쉬하고 넘어가는 수준이 아니다. 1969년 스톤월 항쟁이 있기 전 미국 사회에서 성소수자가 어떻게 자신을 드러내고, 직장이나 사회에 이야기하고 있는지를 적절하게 보여준다. 미국의 시트콤에서 재미를 주던 게이 캐릭터는 이제 리얼리티가 높은 드라마 장르에서 진지한 얼굴로도 등장하고 있다. 주인공은 아니더라도 이들의 존재감은 시청자에게 깊이 박힌다.

한국에서도 시작은 그리 늦지 않았다. 다만 그 수용도는 더디었다. 1999년 노희경이 쓰고 표민수가 연출한 KBS 드라마 〈슬픈 유혹〉은 그 첫 시작으로 기억할 만하다. 이 작품에서는 주인공 남성들의 슬픈 사랑이 세기말의 우울한 정서를 담기라도 하듯 안타깝게 그려지고 있다. 1999년 KBS 〈TV문학관〉을 통해 방영된 소설가 오정희의 〈새〉가 원작인 작품에서는 부산의 달동네에 사는 레즈비언 커플을 보여주기도 했다. 그 이후 지상파 방송국은 단막극을 드라마의 다양성을 보여주는 통로로 삼아 여러 가지 소재의 드라마를 선보였다. 그러면서 MBC 〈베스트극장〉의 〈연인들의 점심식사〉 〈완벽한 룸메이트〉, KBS 〈드라마시티〉의 〈금지된 사랑〉 〈너를 만나고 싶다〉 등에는 동성애자가 등장하기도 했다. 그러나 문자 그대로 보이는 정도였고, 동성애자들의 삶이 전반적으로 투영되는 드라마로 발전하지는 못했다. 이 작품들은 주로 남녀남, 또는 남남녀 사이의 삼각관계에서 고민하는 동성애자 남자 또는 이성애자 여자들의 관점에서 본 사랑이야기였다. 동성애를 소재로 삼고는 있지만 주제는 '보편적' 사랑이야기로, 모두가 즐길 수 있는 드라마로 포장되었던 것인데, 그때는 드라마 제작진 스스로가 동성애를 정면으로 다루고자 하는 의도가 없었고, 시청자도 그것을 받아들일 준비가 되지 않았던 듯싶다. 오히려 이런 드라마들이 보여준 동성애에 대한 관점은, 해외 드라마를 통해 접하는 성소수자의 이야기만으로 성소수자의 모든 것을 이해했다고 생각한 산물이 아니었나 싶다. 한국 사회의 성소수자에 대한 억압과 차별적인 현실을 볼 수 있는 기회가 없어서 성소수자의 삶이 미국드라마 속 이야기와 별반 다르지 않을 것이라는 오해도 있었다.

2000년대 중·후반 이후 동성애에 대한 소재적인 접근은 황금 시간대 드라마에 스며들어 〈커피 프린스 1호점〉 〈바람의 화원〉 〈미남이시네요〉 〈개인의 취향〉 〈성균관 스캔들〉 같은 드라마를 낳았다. 이 드라마들은 트렌디한 드라마를 좋아하는 시청자들의 동성애에 대한 다소 열

〈커피 프린스 1호점〉

려있는 관점을 수용한 것으로 보이는데, 중성적인 느낌을 주는 배우들의 매력과 동성애를 적절히 연결해 드라마를 성공적으로 안착시켰다. 이들 작품은 동성애를 전면에 내세우는 대신, 중성적 이미지를 가진 스타배우의 묘한 매력을 십분 활용했다. 그러나 이러한 전략은 〈개인의 취향〉에서 적나라하게 실패했다. 게이인 '척'하는 주인공 이민호보다 자신이 동성애자임을 밝히면서 사랑을 고백하는 류성룡의 연기에 시청자는 더 큰 호감을 보였다. 이는 진정성이 담긴 배우의 연기 때문이기도 하지만 지극히 현실적인 캐릭터의 힘도 작용한 것이 분명하다. 솔직히 말해, 당대의 젊은 배우들이 게이인 '척' 또는 여배우가 남자인 '척' 연기하는 모습은, 동성애자들이 이성애자로 연기하면서 살아가는 안타까운 현실을 이용하는 것 같아 씁쓸하다.

〈개인의 취향〉

〈인생은 아름다워〉

이러한 트릭은 결국 정면 돌파에 무너지는 법이다. 2010년 김수현의 가족드라마 〈인생은 아름다워〉에서 우리는 동성애자의 커밍아웃을 지상파 드라마에서 목격했고, 동성애자 커플이 부모와 함께 식사를 하며 자신들의 이야기를 나누는 장면을 보았다. 몇몇 보수 기독 단체 등이 '저녁 가족 시청 시간대에 웬 동성애 커플이냐! 동성애를 미화하고 있는 드라마다'라고 비난했지만 전반적으로 이에 대한 반응은 차분했다. 많은 동성애자들이 커밍아웃 장면을 보며 함께 울었고, 동성애자 자식을 둔 부모가 이를 받아들이는 정서가 지극히 한국적으로 그려져 시청자의 정서와 잘 부합했다. 물론 한계도 보였다. 재혼 가정의 큰 아들이자 전문직 의사이면서 게이인 태섭의 캐릭터 설정이 성공적인 커밍아웃 설정을 위한 안전장치가 아니었나 싶고, 너무 완벽한 커플에 대한 현실적인 거부감도 존재했다.

한편 TV라는 매체 안에서 드라마 장르뿐 아니라 시트콤, 예능 프로그램에서도 동성애를 보는 시각에 대해 변화의 바람이 분다면 어떨까? 예를 들어 언제나 색다른 가족 공동체를 보여주는 김병욱 PD의 시트콤에서 성소수자가 등장한다든가, 또는 예능 버라이어티에서 실제 커밍아웃한 동성애자 연예인이 자신의 연애이야기나 가족이야기 등으로 농담하는 것들 말이다. 성소수자도 지상파 방송에서 자신의 이야기를 보고 울고 웃을 수 있는 시대가 오기를 바라는 마음에 갖는 상상이다. 문학, 음악, 미술, 영화 등 다른 장르보다 동성애를 받아들이는 속도가 더딘 TV지만 한번 봇물 터지듯 터진다면 그 파급력은 어마어마할 것이다. 한국의 열혈 미드 시청자들은 혹시 알까? 미국드라마의 제작자나 작가, 감독, 배우 중 성소수자가 얼마나 많은지를. 한국의 시청자에게도 받아들일 시간이 필요하겠지만 준비는 이미 이루어진 셈이다. 한국의 게이 역시 흥분할 준비가 되어 있다.

우리가 사랑한 드라마 속 게이 캐릭터

윌 & 잭 시트콤 〈윌&그레이스〉

윌과 잭처럼 멋진 동성애자 친구는 없다. 윌은 잭에게 경제적 원조와 법적 자문 그리고 인생 상담 등을 해주는 둘도 없는 인생 파트너다. 잭은 윌에게 현실에서 벗어나 상상력을 풍부하게 하는, 일종의 윌의 상상 속에 존재하는 윌이다. 그만큼 윌은 잭으로 인해 삶의 이유를 찾는다. 그렇지만 결코 연인으로 발전할 수 없는 게이 친구사이. 게이 커뮤니티에서 이런 친구 관계가 있다면 지금 당장은 그 소중함을 느끼지 못할지라도 언젠가 느끼게 될 것이다.

스탠포드 & 앤소니 드라마 〈섹스 앤 더 시티〉

이들은 극장판 〈섹스 앤 더 시티2〉에서 결국 결혼에 골인하는데, 영화가 아닌 시리즈 상으로만 이해하자면 그리고 현실에서라면 절대 이루어질 수 없는 커플이다. 물론 사람 일은 모른다지만. 스탠포드는 주인공 캐리의 베프이자 게이. 앤소니 역시 샬롯의 게이 친구다. 스탠포드가 여성들이 원하는 가장 착한 게이 친구라면, 앤소니는 여성들에게 가장 솔직하게 대하는 게이 친구다. 직언도 서슴지 않는.

브라이언, 저스틴, 마이키 미국판 〈퀴어 애즈 포크〉

브라이언과 마이키는 어찌 보면 현실에 존재하는 동성 친구 관계의 전형이다. 마이키

는 마음 속으로 여전히 브라이언을 원하지만 브라이언에게 마이키는 가장 소중한 친구일 뿐이다. 저스틴이라는 재치있고 열정이 풍부한 어린 친구의 등장으로 오히려 브라이언과 마이키의 관계는 현실적으로 발전한다. 브라이언과 저스틴의 아슬아슬한 연애 속에 결국 마이키는 새로운 사랑을 만나 안정을 찾아간다. 진흙탕 싸움으로 번지는 무모한 사랑 다툼이 아니라 시로를 진정 아끼는 관계로 발전하는 것이다.

셰인   드라마 〈L워드〉

정말 마성의 레즈비언이다. 일명 '꽃부치'다. 셰인의 캐릭터는 누구나 반할 만한 매력을 발산한다. 중저음의 목소리와 보이시한 매력을 보여주는 어눌한 말투. 그리고 상대를 빨아먹을 듯한 미소. 그것만으로도 그녀는 당대 최고의 L이다.

준영   드라마 〈슬픈 유혹〉

가냘프면서도 강한 척하는 그리고 어딘가 모르게 아픈 추억이 그의 삶을 짓눌렀을 것 같은. 이러한 모든 이미지가 주진모의 매섭고 서글픈 눈매에서 비롯됐다고 보는 이들이 많다. 이러한 경력이 2008년 〈쌍화점〉의 공민왕 역 캐스팅에 도움이 되었을지도 모른다. 주진모는 어찌 보면 가장 강력한 외모로 한국 게이들을 홀렸던 최초의 게이 역할 배우가 아니었을까. 그 점을 높이 평가한다.

태섭과 경수 드라마 〈인생은 아름다워〉

누구의 캐스팅일까. 배우 송창의와 이상우는 서로의 캐스팅에 만족할까? 아무튼 완벽한 커플의 조합이다. 어디서 많이 본 듯한 설정이지만 남성 동성애자 커플이라는 큰 명제 앞에서 그러한 설정은 상관없다. 배우들의 동성애에 대한 생각도 이야깃거리다. 한국 드라마 역사상 커밍아웃한 최초의 커플이라는 표현은 원색적이지만 이러한 표현을 수긍하고 싶은 것은 이들이 소중한 존재들이기 때문.

로이드 드라마 〈앙투라지〉

할리우드 미드에서 게이의 인기 직업은 변호사 아니면 비서. 그 중에서 비서라는 직업으로 가장 성공적으로 캐릭터를 잡은 사람이 바로 〈앙투라지〉의 로이드다. 로이드의 직장 상사 아리는 잘 나가는 할리우드 배우 에이전트지만 마초이자 호모포비아다. 하지만 로이드는 그 안에서 굴하지 않고 게이 프라이드 정신을 발휘하여 상사를 바른 길로 인도하는 멋진 비서. 드라마 초기 불안불안한 캐릭터를 스스로 정착시킨 멋진 게이다.

토레스와 로빈스 드라마 〈그레이 아나토미〉

〈그레이 아나토미〉 시즌6의 절정은 토레스와 로빈스의 러브라인이다. 남자들에게 버림받고 갈 길을 잃은 듯하던 토레스가 진정한 상대 로빈스를 만나면서 자신의 삶을 찾고, 커밍아웃 문제와 아이를 갖는 문제 등 레즈비언 커플이 직면하는 현실적인 문제를 현명하게 대처한다. 토레스가 감정적인 캐릭터라면 로빈스는 문제를 논리적으로 접근하는 레즈비언. 이들이 싸우고 다시 문제를 해결하는 과정은 그 어떤 커플의 이야기보다 현실적이고, 그만큼 공감이 가는 커플이다.

미첼과 카메론 드라마 〈모던 패밀리〉

미첼과 카메론은 동성 결혼 이후 베트남 아이를 입양하여 키우는, 어찌 보면 성소수자 커플이 이성애자 중심 사회에서 가장 안정적으로 적응해서 살고 있는 커플의 모습일지도 모른다. 변호사로서 가족의 경제력을 담당하는 미첼, 일을 그만두고 육아문제, 살림살이를 전담하는 카메론. 이들이 가족 문제를 해결하는 방법은 이성애자의 그것과 별반 다르지 않더라는 얘기다. 하지만 역시 이들의 모습에는 섹시하지 않은 점이 있다. 어쩌면 섹스리스 커플이 아닐까 하는 의심마저 든다.

이종걸 낮에는 한국게이인권운동단체 친구사이에서 상근하면서 드라마 속 게이 연구한다고 미드 훔쳐보고, 밤에는 낙원동의 길녀로 분해 드라마 같은 인생을 살고자 벅차게 노력한다.

우리는 어디에나 있다, 그라운드에도

게이와 스포츠

게이와 스포츠, 가까이 하기엔 너무 먼 당신처럼 보인다? 뭐 그럴 수도 있다. 남자다움이 강조되는 스포츠에 주류 남성의 코드를 쉽게 받아들이기 어려운 게이들이(물론 모두가 그렇진 않다) 프로든 아마추어든 적응하기가 쉽지는 않을 것이다. 몸으로 부딪히고 의리로 뭉쳤다고 (여겨지는) 스포츠에서 게이들은 배제되기 십상이다.

여기 게이를 식별하는 하나의 방법이 있다. "너 체력장 때 멀리 던지기 얼마나 했어?" '초짜' 게이에게 노련한 게이들이 묻는다. 아니나 다를까, "30m도 던지지 못했다"는 답이 나온다. 그러면 게이란 '종족적' 승인 완료. 여태껏 아무도 모르는, 생명공학이 밝혀내야 할 신체 비밀의 중요한 코드인(!) '게이들은 멀리던지기를 못 한다'는 경험적 진리가 다시 확인된다. 하나를 더하면, "너 당구 치냐?" 담배 연기 모락모락 피어오르는 남성

호르몬의 공간, 당구장에 게이들이 적응하기 힘들었을 것이라는 사실은 짐작하기 어렵지 않다. 그렇다, 게이들 가운데 당구를 잘 치는 자들은 '변태'다. 흐흠.

세상에는 이런 선입견이 있다. '게이들은 스포츠를 좋아하지 않는다.' 마치 그라운드에 게이 스포츠 스타가 없다고 여기는 것처럼 말이다. 이건 단지 이성애자들의 편견만은 아닌데, 실제 동성애자 가운데서도 '게이가 스포츠를 좋아하면 변태'라고 농담반 진담반으로 말하는 이들이 있다. 그러나 게이들이 모든 스포츠를 좋아하지 않는 것은 아니다.

게이들은 무슨 스포츠를 하나?

주말이면 게이들은 그들만의 동아리에서 취미활동을 하는데, 여기에 자주 등장하는 스포츠 종목은 게이들의 스포츠 취향을 에둘러 대변한다. 오랫동안 수영은 인기종목. 여기에 탁구, 배드민턴 동아리도 더해진다. 농구 동아리도 있는 것처럼 보인다. 세계적으로 배구(혹은 비치발리볼)는 '해변'을 좋아하는 게이문화의 특성을 대변하는 인기종목이다. 아시아에서도 게이 게임스(Gay Games) 비슷한 것이 이따금 열리는데 여기서 빠지지 않는 종목도 (비치)발리볼이다. 이런 종목의 특성을 대충 얼기설기 묶으면, 하나는 몸을 드러낸다, 둘은 직접적인 신체접촉이 적은 종목이다, 쯤이 되겠다. 하나쯤 빠진 종목도 보인다. 축구다. 축구는 전체 사회에 견줘 게이 커뮤니티에서 인기가 없는데, 축구가 얼마나 남성 호르몬이 넘치는 종목인지 반증하는 예일 수도 있겠다.

아무래도 하는 것을 좋아하면 보는 것도 좋아하기 마련이다. 그래서 게이 커뮤니티엔 이성애자 사회에 견줘 농구나 배구, 탁구 팬이 비교적 많아 보인다. 특징 중 하나는 오히려 '여성' 스포츠에 대한 애호다. 모두가 남자 농구에 열광할 때에도 이들의 시선은 여자 농구를 놓치지 않는다. 특히 농구와 배구가 절정의 인기를 구가했던 1990년대 10~20대를 보낸 게이 세대 가운데 여자 농구, 여자 배구에 대한 '오타쿠'적인 애착을 보이는 이들이 적지 않다. 관중이 별로 없는 썰렁한 여자 농구, 배구 경기장에 홀로 앉아서 인기도 별로 없는 팀을 응원하는 어떤 남자를 만나면, 조금은 눈여겨 볼 일이다. 스포츠 스타를 '끈적하게' 소비하는 층도 있다. 대부분의 국민이 이름도 잘 모르는 유도선수의 '몸'을 발굴해 애호하고 소비하는 게이들이다.

그토록 많은 스포츠 가운데, 게이하면 떠오르는 종목도 없지는 않다. 김연아가 우리에게 왔을 때, 더욱 반가웠던 것은 김연아의 피겨 스케이트가 게이들이 애호하는 종목이었기 때문이다. 스포츠와 예술성이 더해진 이 스포츠는 유난히 게이들이 편애해온 종목이다. 피겨는 드물게 게이들이 즐기는 종목일 뿐만 아니라 게이 스타들이 적잖게 나온 종목이다. 남자 피겨 선수는 단적으로 말해서 게이와 게이 아닌 선수가 있다. 서구에선 이런 왕따도 있단다. 아이스링크에 가는 남자아이들 가운데, 아이스하키를 하는 애들이 피겨를 하는 애들을 놀리거나 심지어 구타도 한단다. 뻔하지, '여자 애들이나' 하는 피겨를 남자가 하다니, 너 호모 아냐? 이런 놀림 되겠다. 생각해 보라, 아이스하키와 피겨 사이에 얼마나 시베리아만큼 넓은 성별적 거리가 있는지.

게이 스포츠 스타들

"저 선수의 성별 검사를 해봐야 합니다." 이건 흔히 근육질의 여성 선수들이 받는 의심이다. XY 염색체를 속이고 XX 염색체 종목에 출전해 부당하게 메달을 따거나 상금을 타는 경우에 흔히 이런 스캔들이 생긴다. 그런데 남자 종목을 보던 해설자가 이런 말을 하는 이상한 경우도 있었다. 얼마 전 케이블TV에서 방영한 〈조니 위어를 부탁해〉에서 밴쿠버 올림픽을 중계하던 퀘벡의 해설자들이 이런 경악할 만한 발언을 태연히 주고받았다. 이날 남자 피겨 프리 스케이팅에 나와서 연기를 펼친 미국 대표선수 조니 위어를 보고서 한 말이다. 조니가 아무리 섬세한 스케이팅과 우아한 안무로 남자 피겨의 일반적 공식을 따르지 않았다고 하더라도, 채점을 기다리면서 '키스 앤 크라이' 존에서 그리스 미소년을 떠올리게 하는 장미 왕관을 스스로 썼다고 하더라도, 명백히 '차별'로 여겨질 발언을 해설자들은 서슴지 않았다. 조니 위어는 자신이 누군지 속이지 않았단 이유로 이런 대접을 받았을 것이다. 〈조니 위어를 부탁해〉에서 조니는 한 번도 분명하게 자신이 성소수자라고 말하진 않지만, 남들이 게이로 여길 만한 라이프스타일과 취향을 가감 없이 드러낸다. 여기에 '동성결혼'을 지지하는 모임에도 '영광으로' 생각하면서 참여한다. 이렇게 스스로를 어두운 벽장에 가두지만은 않은 스포츠 스타들은 언제나 끈질긴 게이 스캔들에 시달려왔다. 유리 벽장 속의 조니처럼, "저 선수 성별 검사 해봐야 합니다"라는 말을 들었던 여성 스타도 있었다.

1.영원한 테니스 여제, 나브라틸로바

　　역사상 가장 뚜렷한 업적을 남긴 동성애자 스포츠 스타의 이름은 마르티나 나브라틸로바. 그가 테니스계를 주름잡았던 1980년대 당시도, 30년이 흐른 지금도, 단 한 명의 테니스 선수에게 '여제'라는 이름을 붙여야 한다면, 그것은 슈테피 그라프도, 서리나 윌리엄스도 아니다. 4대 메이저 대회를 우승하는 그랜드 슬램을 달성했을 뿐만 아니라 40대에도 선수생활을 이어가며 메이저대회 혼합복식 우승을 휩쓸었던 나브라틸로바는 테니스 역사상 전무후무한 선수다. 여기에 게이들의 송가 〈Go West〉처럼 체코 출신의 선수로 세계 테니스계에 등장해서 미국으로 망명한 인생사도 더해진다. 요즘도 세계여자테니스계의 수장으로 행정가로서도 뛰어난 능력을 발휘하는 나브라틸로바는 은발이 늘수록 우아함이 더해지는 레즈비언 아이콘이다. 그렇게 젊은 시절에 실력에 비해 인기가 없는 선수였던 나브라틸로바는 나이들수록 진정한 커리어 우먼으로 거듭나며 여자 테니스 선수들의 '역할 모델'이 되었다. 레즈비언 드라마 〈L워드〉에서 주요 캐릭터 데이나가 '하필이면' 프로 테니스 선수였던 것에서도 나브라틸로바의 그림자가 느껴진다.

그러나 선수시절 근육질의 나브라틸로바는 여성스런 라이벌, 크리스틴 애버트보다 인기가 없었다. 나브라틸로바의 근육질 몸은 그녀의 생물학적 성별을 의심하게 할 정도였고, 더구나 그가 동구 출신이란 점은 나브라틸로바를 테니스 기계로 보이게 만들었다. 여기에 견줘 미국 출신의 애버트는 예쁜 외모에 세련된 패션까지 갖춘 '천사'였다. 최고의 성적을 올린 선수였으나 언제나 최고의 인기를 누린 선수는 아니었던 나브라틸로바는, 그러나 나이가 들수록 사랑을 받았다. 커밍아웃을 하고도, 파트너를 공개하고도 그는 당당했고 여성으로서 소수자로서 약자들의 목소리에 귀 기울이는 균형감도 잊지 않았다. 이것이 바로 나브라틸로바 인생의 역전극이다.

2.진정한 게이 스타, 그렉 루가니스

하필이면 1988년 서울에서 벌어진 일이었다. 당시 수많은 금메달 후보 가운데서도 둘째가라면 서러운 스포트라이트를 받던 선수가 있

었다. 미국의 다이빙 스타, 그렉 루가니스. 1984년 LA 올림픽에서도 금메달을 목에 걸었던 그의 선수 인생에 가장 극적인 장면이 서울에서 벌어졌다. 88올림픽 다이빙 경기 첫날, 속이 비칠 듯 하얀색 수영복을 입고 등장한 루가니스가 스프링보드를 박차고 올랐다. 그런데 문제의

순간, 수면을 향하던 루가니스의 머리가 보드에 부딪히며 수영장을 붉게 물들였다. 그렇게 엄청난 실수를 하고 크나큰 점수를 잃고도 다음날 머리에 붕대를 하고 나와서 금메달을 땄던 루가니스. 세계의 언니들은 그의 조각 같은 몸과 그림 같은 얼굴에 열광할 수밖에 없었다. 여기에 부모에게 버려져 입양된 개인사는 루가니스의 인생을 더욱 드라마로 만들었다.

오랜 시간이 지난 다음에 루가니스는 우리에게 다시 찾아왔다. 그가 동성애자이며 출혈이 있었던 서울올림픽 당시에 HIV 양성이었단 사실이 (물론 일부에게만) 알려졌다. 끝까지 자신의 성정체성을 숨기는 유명인이 적지 않은 가운데, 그는 책을 통해서 커밍아웃을 했다. 루가니스는 세상을 떠났지만, 아직도 게이 스포츠 스타하면 그의 이름이 먼저 떠오른다. 출세와 추락과 역전을 더하는 게이다운 롤러코스터 인생을 살았던 그렉 루가니스를 뛰어넘을 게이 스포츠 스타가 다시 나올 수 있을까.

3.정말로 그랬을까, 칼 루이스

언제나 비밀에 붙였으나 '게이' 스포츠 스타가 우리에게 다가온 방식은 대개 의외면서 희극적이었다. 남자 단거리 선수들의 지방 제로 근육은 남성성의 상징처럼 보인다. 이렇게 가장 남자다운 종목의 최고 스타는 뜻밖에 게이로 알려졌다. 서울올림픽 4관왕 칼 루이스의 가장 나중 지니인 비밀은 정말 게이 정체성이었을까. 특히 그의 게이 스캔들은 '특이한' 방식으로 세상에 등장했다.

칼 루이스는 1992년 바르셀로나 올림픽 남자 400m 계주 종목

에 미국 대표로 나서기를 사실상 포기하는데, 그것이 그의 연습 파트너를 위한 것이란 보도가 있었다. 문제는 그가 연습 파트너일 뿐만 아니라 인생 파트너란 것이었다. 칼 루이스는 부상 때문에 출전을 포기한다고 했지만 세상은 그렇게 생각하지 않았다. 이렇게 스포츠 스타들이 게이로 세상에 알려지는 방식은 대개 '폭로'의 형식을 취했다. 폭로를 당하기 전에 커밍아웃을 하는 것은 스포츠 스타들에게 선수 생명을 스스로 끊는 자살에 가까웠기 때문이다. 참고로, 한국 주류 언론은 스포츠 스타에 대해 게이의 기역자도 쓰기 싫어하지만, 세상에 너무 널리 알려져서 더 이상 다루지 않을 수 없을 때에야 비로소 '스캔들'을 단신으로 전했다.

4. 김연아의 선생님, 브라이언 오서

영원한 올림픽 은메달리스트. 브라이언 오서를 지금도 따라다니는 영예와 비애가 뒤섞인 호칭이다. 2010년 토론토, 김연아와 아사다 마오의 라이벌 구도처럼 1988년 캘거리올림픽엔 '브라이언의 전쟁'이 있었다. 캐나다의 브라이언 오서는 캘거리올림픽에서 미국의 브라이언 보이타노에게 정말 간발의 차이로, 지금의 채점기준으로 하면 1점도 되지

않는 차이로 아깝게 져서 은메달에 머물렀다.

세계적인 스케이터 오서가 게이란 사실은 더 이상 비밀이 아니다. 젊은 시절에 사귀다 헤어진 파트너의 커밍아웃 폭로 위협에 떠밀렸다 하더라도, 어쨌든 오서는 커밍아웃한 게이 스케이터였다. 세계가 모두 그가 게이란 사실을 알지만, 그에게 명예시민권까지 준 대한민국은 유독 그의 성정체성에 대해서 불편한 함구로 일관한다. 마치 그의 게이 정체성이 김연아의 금메달에 오점이라도 되는 듯이 말이다.

1980년대 중·후반 전성기를 보낸 선수인 브라이언 오서도 커밍아웃 인터뷰에서 자신의 정체성이 알려지면 스폰서가 떨어져 선수생활이 어려울까 무서웠다고 읍소했다. 그나마 개방적인 서구의 80년대에도 이러했으니 이전의 세계는 오죽했을까?

1960~70년대 독일에서 커밍아웃을 했던 프로축구 선수는 오래지 않아 은퇴를 해야 했다. 남자다움이 넘쳐나는 그의 동료들이 그를 따돌렸고, 그라운드에서도 상대선수로부터 모욕적인 언사를 들어야 했다. 불행은 여기서 그치지 않아서 그는 젊은 나이로 숨졌다. 이런 반면교

사가 있으니, 아니 굳이 이런 사례를 몰라도, 커밍아웃으로 불이익을 받을 것이 뻔하니 스포츠 스타 가운데 커밍아웃을 할 용자는 흔치 않았다.

정말로 한국엔 없을까?

아직 한국에는 커밍아웃한 스타는 물론이요 커밍아웃을 당한 스포츠 스타도 없다. 다만 지하철 가판대에 있는 황색 저널에 이따금 알파벳으로 점철된 기사가 실리곤 한다. 그것도 게이는 여전히 너무나 불편해서 다루지도 않는다. 이따금 여성 선수들에 대해서 포르노적 호기심을 듬뿍 담은 기사가 나오곤 했다. 2000년대 중반, 〈스포츠 칸〉은 당시 여자 농구 외국인 선수 가운데 레즈비언들이 많다고, 이들이 벌이는 행각이 이렇고, 한국 선수들까지 물들이고 있다는 기사를 '뜬금없이' 1면에 실었다. 당시 신생 매체로서 자극적인 기사라도 생산해서 주목을 받아야 했던 〈스포츠 칸〉의 고충은 이해가 되나, 지금 생각해도 왜 그랬을까 궁금한 참으로 '색다른' 기사였다. 이니셜로 점철된 이 기사로 누가 원치 않는 커밍아웃을 당하진 않았으나, 한국에서도 스포츠 스타들의 성정체성이 스캔들이 될 수도 있다는 사례로 기억된다.

2000년대를 전후해 동성애가 한국사회에도 존재하는 정체성으로 등장한 이후에 이따금 스포츠 신문 등에는 '어떤 유명한 남자 축구 선수의 숙소 방문을 열었더니 다른 남자가 있어서' 류의 가십이 무려 '칼럼'의 형식을 빌어서 등장한 적은 있다. 그러나 언론이 구체적 누군가를 '찍어서' 성정체성을 폭로한 경우는 아직은 없었다. 그러기에는 이것은 아직 너무 자극적이거나 너무 부담스럽다. 이렇게 한국에선 스포츠 스타가 게이란 사실은 금기의 영역은 물론 상상의 영역도 넘어서는 것이어서, 동성애자 선수는 커밍아웃 당할 이유조차 없는 것이다.

추신. 무엇보다 게이들의 스포츠는, 스포츠에 대한 취향은 한국에서 여전히 가시화된 적이 없다. 그러므로 이것은 코끼리 다리 만지기에 다름이 아니다.

▶▶ 브라이언 오서에 대한 이상한 침묵

김연아를 둘러싼 이상한 종류의 침묵이 있었다. 김연아의 코치 브라이언 오서는 기회 있을 때마다 말했다. 열여섯의 김연아가 처음 토론토에 왔을 때, 그녀는 행복해 보이지 않았다고, 우리 코치진의 첫째이자 가장 중요한 목표는 연아를 '행복한 스케이터'로 만드는 것이었다고. 안무가인 데이비드 윌슨은 처음에 피에로처럼 '오버'하면서 연습 중에 김연아를 웃겼고, 그때부터 연아의 얼굴에 변화가 생기기 시작했다고.

김연아의 팬들은 진심을 담아서 오랫동안 김연아의 올림픽 우승보다 더 간절한 소망은 그녀가 행복한 스케이터가 되는 것이라고 말해왔다. 그렇게 행복한 스케이터, 김연아를 만든 일등공신은 브라이언 오서, 이등공신은 안무가 데이비드 윌슨이라는 사실을 누구도 부인하지 못한다.

사실 '아버지의 눈빛'이라 불리는 오서의 눈빛과, 윌슨의 말투나 제스처(그 자체로 커밍아웃인)에는 동성애자의 인장이 너무도 선명히 새겨져 있지만 한국의 주류 언론은 어디도 이들을 '게이'로 조명한 기사를 쓰지 않는다. 아마도 그들은 이렇게 말하겠지, 오서가 게이란 것이 연아가 금메달 따는 데 그렇게 결정적 영향을 끼쳤어? 그게 그렇게 중요해? 아, 그것도 누군가에겐 중요하다는 말씀이다.

김철민 여러 잡지에 스포츠, 문화, 사회 등에 관한 칼럼과 기사를 써왔다. 마흔이 되면 철들 것이란 기대를 버리지 않고 있다. 올해로 마흔이 돼서 시험에 들었다. 남들은 유리 벽이라고 하는데, 여전히 애매모호한 벽장 안에 숨어 있다.

게이,
패션계를 움직이다
패션과 게이를 둘러싼 소문과 진실

신입 패션 기자 최종 면접이 진행 중인 어느 잡지사 편집장 실. 편집장이 잔뜩 긴장한 모습의 남성 지원자에게 묻는다.

"혹시 하는 업무나 처우, 회사 전반에 대해 더 궁금한 게 있나요? 있으면 질문하세요."

"없습니다."

"그럼 끝으로 하나만 더 묻겠습니다. 실례가 되는 질문일 수도 있는데 허심탄회하게 말씀해주세요. 민감한 사항입니다만, 꼭 알아야 하는 부분이니 대답해주셨으면 합니다. 어떤 대답을 한다고 해도 그 대답이 채용 결과에 영향을 미치지는 않을 테니 염려는 마시구요. 혹시… 게이입니까?"

순식간 장내가 쥐죽은 듯 조용해진다. 꿀꺽, 혹은 꼬르르. 면접

관으로 동석한 수석 기자들의 몸이 내는 미미한 소음들이 모두에게 고스란히 전해질 정도로.

"네? 무슨 말씀이신지…."

지극히 예민한 사안을 이토록 직접적으로 물으니 당황할 수밖에. 대답은 대개 하나다.

"저는 스트레이트인데요."

편집장은 예정대로 면접을 끝낸다. 그 대답의 진실 여부와 무관하게 지원자는 자신이 무난한 '모범답안'을 이야기했다고 생각할 것이다. 그런데 그가 문을 나선 뒤, 편집장의 방에서는 지원자가 예상치 못한 대화가 오간다.

"스트레이트 남자가 패션 에디터 일을 잘 해낼 수 있을까? 아무리 패션을 좋아한다고 해도 말이야…."

"열정이 있어 보이던데 괜찮지 않을까요?"

"열정도 열정이지만 감각도 무시할 수는 없는 일이니까 그렇지. 게다가 스트레이트가 패션계에 잘 적응할 수 있을지…."

예를 들기 위해 연출한 상황이긴 하지만 패션과 관계된 일을 하는 곳이라면 어디서나 있을 법한 이야기다.

패션계에서 게이들이 미치는 영향력이란 실로 막강하다. 트렌드를 이끌어가는 유명 디자이너는 말할 것도 없고, 홍보 담당자, 바이어, 패션 저널리스트 등 패션계 종사자 중 남자, 그중에서 명성을 떨치는 남자들 대다수가 게이라고 해도 과언이 아닐 정도. 사회적인 시선 때문에 자신의 정체성을 밝히지 못하고 있는 사람들까지 감안한다면 그 수는 어마어마할 터. "성적 정체성에 따라 패션계 사람들의 계급을 나눈다면 맨 위는 게이, 그 다음은 바이섹슈얼과 스트레이트 여자 순, 스트레이트 남자는 최하층이다"라는 스트레이트 남자들의 한숨 섞인 비탄에 누구나 고개를 끄덕이는 곳, 그곳이 패션계다.

패션계를 이끄는 게이 디자이너들

믿을 수 없다고? 그렇다면 당신이 아는 유명 디자이너 이름을 한번 대보라. 조르지오 아르마니? 칼 라거펠트? 랄프 로렌? 마크 제이콥스? 톰 포드? 니콜라스 게스키에르? 이번엔 이 질문에 한번 대답해 볼까? 그들 중 확실히 스트레이트라고 말할 수 있는 사람이 있나? 정답은 다음과 같다. '한 명도 없다.'

패션계에서 게이 디자이너들이 막강한 영향력을 행사한 것은 비단 어제 오늘 일이 아니다. 크리스찬 디오르는 자신의 후계자였던 이브 생 로랑의 아름다운 용모를 질투하는 한편으로 흠모한 것으로 알려져 있고, 이브 생 로랑은 젊은 시절 만난 피에르 베제와 '파트너'가 되어 평생을 함께했으며(이브 생 로랑이 죽은 뒤에도 피에르 베제는 생 로랑 회고전을 여는 등 든든한 후원자로 남아 있다) 발렌티노 또한 자신의 오랜 남성 파트너와 함께 사업을 일구었다. 자신의 성적 정체성에 대해 명확히 밝힌 적은 없지만 칼 라거펠트는 모델 브래드 크로닉에 대한 애정을 공공연히 표현하고(그의 사적인 모습을 몇 년에 걸쳐 포착한 사진집까지 발간했다)

조르지오 아르마니나 랄프 로렌 같은 대가들 또한 게이이거나 바이섹슈얼일 거라고 패션계 사람들은 입을 모은다.

1950년대 이전에 태어난 디자이너들이 이처럼 자신의 성정체성을 소극적으로 밝히거나 수면 위에 떠오르지 않도록 주의를 기울이는 것과 달리 그 이후 세대들은 좀 더 자유롭고 편안하게 게이임을 드러낸다. 가장 대표적인 예가

돌체&가바나

돌체&가바나. 1980년에 만나 사랑에 빠진 도메니코 돌체와 스테파노 가바나 두 사람은 1986년 두 사람의 이름을 합해 브랜드를 만들고 첫 번째 컬렉션을 선보인다. 취향과 성향이 다른 두 사람의 게이가 만든 돌체&가바나는 근육질 몸에 어울리는 남성적인 옷과 섬세하고 예민하면서 시크한 분위기를 뿜어내는 남성 의상이 절묘하게 섞여 있어 전 세계 게이들 사이에서 선풍적인 인기를 끌었다. 몸의 근육이 드러나도록 타이트하게 디자인된 티셔츠, 거기에 어울리는 환상적인 워싱의 청바지(엉덩이에 붙어 있는 돌체&가바나 메탈 로고는 엉덩이를 돋보이게 했을 뿐 아니라 한동안 감각과 부의 상징이었다), 슬림한 실루엣에 좁은 깃을 달아 도회적인 분위기가 물씬 풍기는 블랙 수트 등은 게이를 시작으로 스트레이트 남자들에게까지 입소문이 퍼지면서 돌체&가바나를 세계에서 가장 부유한 디자이너의 반열에 올려놓았다. 감각적인 트레이닝팬츠와 스니커즈, 중세

Rex

마크 제이콥스

군복을 한결 세련되게 변형한 밀리터리 재
킷 등 그들이 내놓는 옷은 늘 세상의 이목
을 끌었고, 두 사람은 승승장구했다. 비록
두 사람의 연인 관계는 몇 년 전 끝이 났지
만(덕분에 이제 더 이상 N극과 S극이 만난
것처럼 꼭 껴안고 무대로 걸어 나오는 둘
의 패션쇼 피날레를 볼 수 없게 되었다) 돌
체와 가바나는 여전히 사업상의 파트너로
브랜드를 이끌어가고 있다.

　루이비통의 크리에이티브 디렉터로서, 마크 제이콥스의 주인
이자 디자이너로서 전 세계 패션계에서 가장 강력한 영향력을 행사하고
있는 마크 제이콥스 또한 자신의 성적 정체성을 드러내는 데 거리낌이 없
다. 그는 실연의 아픔을 클럽에서 이 남자 저 남자 전전하며 이겨 내는가
하면, 새로운 연인을 만나 사랑의 늪에 빠졌을 땐 온몸을 문신으로 도배
하기도 하지만, 이런 비일상적인 일탈 행동들마저 디자인 세계와 창의적
으로 결합시킴으로써 패션계 호사가들의 입을 다물게 만든다.

　　한동안 사람들의 기억에서 잊혀진 프랑스의 정통 패션 하우스
발렌시아가를 화려하게 부활시키고 10년이 넘는 세월 동안 '핫'한 브랜드
로 자리매김하게 하고 있는 니콜라스 게스키에르 또한 소문난 게이 디자
이너다. 그는 요즘 일본의 축구 천재 나카타와 사랑에 빠져있다고 하는데
그들의 장밋빛 로맨스가 발렌시아가 컬렉션에 어떤 영향을 미칠지에 모

두의 관심이 집중되고 있다.

패션계에서 게이들이 각광받는 이유는?

그렇다면 패션계에서 이토록 게이들이 막강한 영향력을 행사하게 된 연유는 무엇일까? 사실, 패션계에서 왜 이토록 게이들이 두각을 나타내게 되었는지에 대해서 정확한 답을 제시하기는 쉽지 않다. 한 가지 명확한 이유가 있다기보다는 여러 가지 이유들이 복합적으로 작용한 결과일 텐데 그 복합적인 이유에 대해 객관적인 분석이나 연구가 이루어진 적이 없기 때문이다. 그러나 면밀한 연구나 분석을 행하지 않더라도 패션계에서 게이들과 부딪치고 게이들과 어울려 일하다 보면 그들이 패션계에서 큰 영향력을 행사할 수밖에 없는 이유를 피부로 느끼게 된다.

▌▌ 니콜라스 게스키에르

Everett

글이 그렇듯이 사진에서도 작가의 속내가 고스란히 드러난다. 피사체에 대한 애정이 크면 클수록 결과물이 아름다워지는 것. 가령, 스트레이트 남자 사진가가 여자를 찍었을 때, 스트레이트 여자가 남자를 찍었을 때 사진에 담긴 피사체의 느낌은 육안으로 봤을 때보다 훨씬 아름다울 확률이 높다. 게이라면 어떨까? 게이들은 남자의 얼굴이나 육체의 숨겨진 아름다움을 애정이 담긴 눈으로 포착해낸다. 그와 동시에 여자를 찍을 때는 스트레이트 남자들이 보지 못하는 시선, 즉 성적인 대상으로서의 매력이 제거된 여자의 새로운 모습을 포착해낸다. 여자가 보지 못하는 여자의 아름다움과 남자가 보지 못하는 여자의 아름다움, 남자가 보지 못하는 남자의 아름다움 그 모두를 포착해낸다고나 할까. 그로 인해 그들의 시선은 일반인들에게 신선한 자극을 줄 수밖에 없고, '신선한 자극'은 패션계가 늘 애타게 원하는 '무엇'이다.

디자인에서도 마찬가지. 니콜라스 게스키에르가 발렌시아가라는 케케묵은 이름을 세상에서 가장 핫한 이름으로 만들었던 2000년대 초반, 사실상 그가 만든 옷은 여자 디자이너로서는 도저히 상상할 수 없는 것이었다. 딱딱한 패드를 넣어 좁게 디자인한 어깨를 비롯해 슬림하면서도 딱딱한 실루엣의 그 옷들은 하나의 혁명이었다. 신발은 신고 걷기는커녕 서 있기만 해도 발목이 접힐 정도로 높았고, 신축성이 없어서 무릎을 구부리기도 힘들 만큼 불편한 바지들이 컬렉션을 가득 채우고 있었지만 우주에서 온 외계 생명체만큼이나 신선한 그 옷에 패션계는 열광했다.

에디 슬리먼

그가 만든 옷은 스트레이트 남성 디자이너는 물론이고—그들은 대개 여성의 성적 매력을 극대화하는 데 초점을 맞춘다— 스트레이트 여성 디자이너들도 포착해내지 못한 새로운 시각—여성 디자이너라면 아무리 패션계가 새로운 것에 열광한다는 것을 알지라도 그토록 인체를 구속하는 옷은 생각해내지 못했을 것이다—이 담겨 있었고 그로 인해 새로웠다.

남성복에서 '남자다워야 한다'는 남성 본연의 의무감을 완벽하게 거세한 톰 브라운의 슈렁큰 수트나 에디 슬리먼의 슬림 수트는 또 어떤가? 패션의 역사를 새로 쓴 옷들의 바탕에는 늘 '정해진 길'을 따라가는 것이 체화되어 있는 스트레이트로서는 갖기 힘든 '새 시각'이 전제되어 있었고, 그 새로운 시각은 늘 패션계를 뒤흔들어 놓았다.

둘째, 대동단결의 위력

"힘들어서 못 하겠어요. 이 바닥 사람들과 소통하기가 너무 어려워요."

'쏘(sooooooooooo~)' 스트레이트 남자인 후배 기자의 고민이다. 남자, 여자를 불문하고 패션계 사람들이 한두 번밖에 안 만난 사이

면서도 그토록 친근하게 구는 것을 이해
할 수 없고, 보통의 남자들끼리 하는 것
처럼 상대방을 대했다간 무뚝뚝하고 성
질 나쁜 기자 취급을 받는 게 힘들어서 견
딜 수 없다는 것이었다. 나름 이해가 갔
다. 패션계는 여자들과 게이(그 중에서도
특히 전통적이고 인위적인 남성성/여성
성의 구별에서 자유롭기 때문에 여성적
인 성향을 띠는 것으로 보이는 사람들)의
일터다. 그런 만큼 사람들 사이의 의사소
통 방식, 서로를 대하는 태도, 일하는 방
식 모두가 여성적인 성향을 띤다. 그러니
패션계에서 스트레이트 남자는 소외감을
느끼거나 적응하는 데 어려움을 겪을 수
밖에. 반면, 게이들은 스트레이트에 비해
훨씬 수월하게 패션계의 문화와 의사소
통 방식에 적응한다.

돌체&가바나

　　　그런가 하면 패션계는 막강한
영향력을 행사하는 자리에 워낙 다수의 게이들이 포진해있고, 커밍아웃
을 한 게이도 적지 않은 덕에 다른 분야에 비해 타인의 특별한 취향을 받
아들이는 데 유연하다. 게이라는 이유로 손가락질을 하거나 불이익을 당

하는 일이 다른 분야에 비해 훨씬 적은 것(오히려 패션계에는 스트레이트이면서 게이인 척하는 남자들도 있다. 그게 일을 하는 데 더 도움이 된다고 믿는 탓이다. 맨 앞에서 예로 든 것처럼 패션계에서 '스트레이트'라는 단어는 때로 '감각 없음' '촌스러움'으로 해석되니까). 이런 분위기는 당연히 게이들이 보다 자유롭게 자신의 취향을 드러내고 자신의 뜻을 펼치는 데 유리하게 작용한다.

한편, 다른 분야에 비해 덜하다고는 해도 여전히 게이는 '특별한' 사람들, 즉 마이너리티다. 게이들은 마이너리티의 한계를 커뮤니티의 힘으로 극복해낸다. 서로 마음을 여는 사이라면 동지애를 가지고 서로 끌어주고 당겨주는 것(어느 분야나 마찬가지겠지만 패션계에서도 인맥은 성공의 필수 요건이다). 게이들끼리 서로를 헐뜯고 경쟁하는 일은 '소수자'의 아픔을 딛고 살아남은 다음에 할 일이라는 것을 패션계의 게이들은 누구보다 잘 알고 있는 것처럼 보인다.

노력하는 자는 즐기는 자를 이길 수 없다

누군가 이런 질문을 올린 걸 본 적이 있다.

'도대체 왜 유명 디자이너들은 다 게이인 거죠?'

몇몇 답 중 질문자가 선택한 답은 다음과 같았다.

'정확한 이유야 누가 알까마는 스트레이트 남자들은 패션에 도무지 관심이 없기 때문 아닐까요?'

조금 웃기긴 하지만, 헛소리로 치부하기엔 일리가 있어 보인다.

메트로섹슈얼이나 위버섹슈얼 같은 말들이 생겨날 만큼 이제 스트레이트 남자들도 스타일에 관심을 갖는 게 당연하게 여겨지고, 그러지 않을 경우 도태되는 세상이 되었지만 기본적으로 스트레이트들은 '남성성=털털함'이란 개념을 탑재하고 있다. 그들은 거칠게 자라난 수염, 정돈되지 않은 헤어스타일, 아무렇게나 걸친 옷 등이 '남자다움'의 상징이라는 헛된 믿음을 수십 년간 지켜왔다.

디오르 옴므

발렌시아가

세상의 모든 게이가 자신을 꾸미는 데 지대한 관심을 갖고 있는 건 아니지만 적어도 그들은 스트레이트 남자들보다 자유롭고(스트레이트들은 대개 '꾸미는 것=남자답지 못한 일'이라는 생각을 갖고 있다), 자기 자신을 돌보는 일에 훨씬 적극적이다. 게이들 중에서도 자신을 꾸미는 것이나 아름다움에는 관심이 없는 사람들도 많겠지만, 그런 사람들은 애초에 패션계에 발을 들여놓지 않는다. 다시 말해, 패션계의 게이들은 하나같이 아름다움에 지대한 관심을 갖고 있고 자신을 꾸미는 데 열심이다. 그들은 에디 슬리먼이 만든 수트, 보통 체격의 여자들도 감히 엄두를 내기 어려울 정도로 슬림한 수트를 입기 위해 다이어트를 하고(칼 라거펠트가 그랬던 것처럼), 자신의 피부를 빛나게 해줄 뷰티 제품을 여자들보다 발 빠르게 찾아낸다. 그들에게 매 시즌 유행하는 '잇 아이템'이 무엇인지 관심을 기울이는 일, 자신을 멋지게 꾸며줄 옷을 찾아 발품을 팔거나 만드는 일은 일이 아니라 취미 활동과도 같다. 일로 일을 대하는 사람과 즐거워서 일을 하는 사람 중 누가 더 좋은 결과를 낳을지는 불을 보듯 뻔한 일이다.

산업적인 측면에서는 또 어떤가? 처자식을 부양하느라 자신을 꾸밀 경제적 여유가 없는 스트레이트 남자들과 달리 그들은 자신을 꾸미는 데 과감히 투자한다. 70만원을 호가하는 지방시 티셔츠를 살 돈을 모으기 위해 패션 행사장의 핑거 푸드로 끼니를 때우는 그들의 '가꿈'에 대한 열정은 불황에도 남성 패션 산업이 끝없이 성장하게 하는 동력이다. 그런데도 게이를 백안시한다고? 게이를 무시한다고? 패션계에선 감히 상상할 수 없는 일이다.

게이들이여, 기죽지 말지어다

예상하는 바와 같이, 내 주변에는 게이들이 넘쳐난다. 그들 중 일부는 공개적으로는 아니지만 친한 사람들 사이에서는 커밍아웃을 한 상태의 게이, 스트레이트인 척하지만 아는 사람은 다 아는 게이, 완벽하게 스트레이트로 위장하고 사는 게이 등 다양하다. 아직 자신의 진짜 취향을 발견하지 못한 잠재적 게이까지 합한다면 내가 패션계에서 만나는 남자들의 70퍼센트 이상이 게이일지도 모른다. 언젠가 게이일 것으로 예상되는 다른 매체의 후배 기자에게 물은 적이 있다.

"너 게이니?"

돌아온 후배의 답이 걸작이었다.

"선배, 그런 질문 너무 촌스러운 거 알죠? 그게 뭐가 중요해요?"

여전히 그 말의 숨은 뜻은 밝혀지지 않았지만(그래서 게이란 거야, 아니란 거야?) 한 가지는 확실한 것 같다. 그 질문이 촌스럽다는 것.

문득, 이 글 또한 참 촌스럽다는 생각이 든다. 그렇지 않나? '패션계에서 게이들의 영향력이 막강하다'는 걸 이야깃거리 삼다니⋯. 마크 제이콥스가 게이이고, 알버 엘바즈가 게이라는 게 중요한가? 그건 그 사람이 갖고 있는 수많은 특질 중 하나일 뿐인데? '사과를 좋아하는 사람들이 세상을 바꾼다'거나 '스니커즈보다 구두를 좋아하는 사람이 패션계를 움직인다' 같은 글은 아무도 쓰지 않잖아? 그러니 이제 이런 이야기는 그만하자. 중요한 건 당신이 게이냐 아니냐가 아니라 어떤 사람이냐, 어떻게 사느냐 하는 것일 테니까.

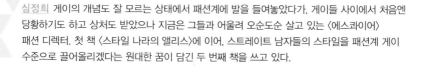

심정희 게이의 개념도 잘 모르는 상태에서 패션계에 발을 들여놓았다가, 게이들 사이에서 처음엔 당황하기도 하고 상처도 받았으나 지금은 그들과 어울려 오순도순 살고 있는 〈에스콰이어〉 패션 디렉터. 첫 책 〈스타일 나라의 앨리스〉에 이어, 스트레이트 남자들의 스타일을 패션계 게이 수준으로 끌어올리겠다는 원대한 꿈이 담긴 두 번째 책을 쓰고 있다.

나를 사랑하는 방법
패션 사용자로서의 게이

동의하건 그렇지 않건, 패션계를 이끌어 온 게이들의 현재 패션은 어떠한가?

'디오르 옴므의 스키니, 폴로의 럭비티, 마틴 마르지엘라의 로고 없이 심플한 빅백, 스포츠 브랜드들의 커다란 백팩'

고개를 끄덕이는 이들도 있을 것이고, 갸우뚱하는 이들도 있을 것이다. 사실 이 연관성이라곤 전혀 없어 보이는 브랜드와 아이템들은 현재 게이들의 스타일을 표현할 수 있는 아이템의 1퍼센트 내외가 아닐까 생각한다. 패션계를 호령하고 전위적으로 질주하는 게이들이 있는가 하면 패션을 기능성으로만 생각하는 게이들도 있다. 하지만 패션을 선도했던 이도, 패션을 기능적으로만 생각했던 이도 어느새 변하고 있다. 코코샤넬은 이런 말을 했다고 한다. "패션은 애벌레인 동시에 나비다. 낮 동안에는 애벌레가, 저녁에는 나비가 되라. 애벌레만큼 편한 것은 없으며, 나비만큼 사랑스러운 것은 없다. 기어가기 위한 옷도 필요하고 날기 위한 옷도 필요한 법이다. 나비는 시장에 갈 수 없고, 애벌레는 파티에 갈 수 없으니까 말이다." 이 말을 쉽게 해석해보면 "패션은 자기만족인 동시에 타인에 대한 배려다. 일하는 동안에는 일하기 위한 모습이, 개인 시간에는 자신을 위한 모습이 되어라. 일하기 위한 복장만큼 일하는 중에 서로에게 편안함을 주는 복장이 없고, 자기 자신을 위한 복장만큼 자신을 만족시켜주는 복장은 없다. 누군가를 만나기 위한 옷도 필요하고 친구들과의 모임을 위한 옷도 필요한 법이다."

1. 폴로티

소위 말하는 '쭉티'를 입는 사람도 많을 것이고, 약간
은 헐렁한 스웨트 소재의 럭비티를 즐겨 입는 사람
도 많을 것이다. 하지만 자신의 체형과 관계없이 많
이 즐기는 아이템이면서 코디하기 쉬운 아이템이
폴로티다. 쭉티라 불리는 일반 면티는 최근 얇은 소
재가 많기 때문에 약간은 스키니한 혹은 건장한 체형의 사람
이 입었을 때가 가장 보기 좋다. 반면 럭비티 종류는 디자인 자
체가 헐렁하기 때문에 마른 체형의 사람이 입기엔 너무 그런지
해 보이고, 어느 정도 체격이 있거나 어깨가 넓은 체형을 가진 사
람에게 잘 어울린다. 폴로티는 얇은 면소재의 폴로티도 있지만 두께감과 형태감이 잡
히는 소재의 것도 많으므로 어떤 체형이든 입기가 편하다. 특히 요즘엔 다양한 색상과
패턴의 제품들이 나와 자신의 개성을 표현하기에도 좋다. 하지만 보통 체격 혹은 약간
건장한 체형이 아니라면 너무 딱 붙는 사이즈는 피하고 깃의 소재가 두께감이 있는 것
을 고르는 것이 보기에나 관리상 좋을 것이다.

2. 스키니진

스키니진은 최근 젊은 층이 많이 찾는 아이템 중 하나다. 스키니진은 우선 소재 선택
이 가장 중요한데, 데님 소재의 특성상 입다 보면 어느 정도 늘어나서 활동성을 보장
하지만, 간간히 쪼그려 앉다가 터지는 불상사가 발생할 수도 있으므로 약간은 스판 소

재가 섞여 있는 아이템을 구입하는 것이 좋다. 그리고 본인이 스키
니진을 입을 체형이 아니더라도 스트레이트핏이나 부츠컷 등 피
트되는 바지를 입는 것이 캐주얼룩에 있어서는 성공적인 스
타일링이 아닌가 싶다. 다만 카고 팬츠 같은 디자인의 바지
는 힙합핏까지는 아니어도 어느 정도 헐렁한 것이 보기
에 좋다.

3. 가방

예전에는 '일수백'이라 불리는 작은 사이즈의 백, 서
류용 브리프케이스, 크로스백 등 남성 가방의 종류가 다양하지 않았
고, 설사 제품이 출시된다고 해도 국내 정서상 많이 입고되지 않았다. 하지만 지금은
다양한 브랜드의 다양한 디자인이 출시되고 있다. 가방 선택에 있어서는 우선 전체적
인 룩과의 매치를 생각해보는 게 좋다. 말끔한 디오르 옴므의 수트를 입고 마르지엘라
의 해체주의적인 가방을 드는 것은 '모' 아니면 '도'의 상황을 만들 뿐이다. 말끔한 수트
에는 브리프케이스나 일수가방이라 불리는 맨투맨케이스 혹은 단정한 디자인과 컬러
의 백팩 정도를 드는 것이 보기에 좋고, 캐주얼한 룩이라면 가방
의 선택은 다양하다. 다만 자신의 체격을 고려했을 때 너무 작
거나 큰 가방은 누나 가방을 들고 나왔다는 오해나 가출
소년이라는 오해를 받을 수도 있으니 신중하
게 선택해야 한다. 빅백을 들 때는 가방 자체
의 무게도 있겠지만 안에 가방 사이즈와 비슷
한 책이나 종이 등을 넣어 가방의 형태를 잡아
주는 것이 중요하다.

4. 슈즈

좋은 신발은 행운으로 데려다 준다는 말이 있을 정도로 신발의 선택은 중요하다. 정장에는 바짓단 길이와 바지의 형태에 따라 구두 디자인을 골라야 하는데, 아버지의 구두를 유심히 살펴보는 것도 좋은 훈련이 될 수 있다. 센스 좋은 어머니라면 바지 길이와 형태, 색감에 따라 구두를 달리 내놓으실 게 분명하다. 캐주얼룩에는 컨버스 운동화가 가장 무난한 선택이겠고, 무난한 컬러의 스키니진이라면 특이한 디테일의 하이탑 슈즈를, 댄디한 치노 팬츠라면 보트 슈즈나 로퍼 등을 매치하는 게 좋겠다. 개인적으론 양말에서 불꽃놀이하는 것을 좋아하는데, 걸을 때마다 조금씩 보이는 양말을 조금은 과감한 색상으로 신어 보라고 추천하고 싶다. 물론 하얀 정장에 백구두에 빨간 양말을 신는다면 불꽃놀이가 아니라 재앙이겠지만, 어느 정도 튀는 색과 패턴의 양말은 그 사람의 위트를 보여줄 수 있는 좋은 방법이다.

5. 피부와 헤어

아무리 명품으로 온몸을 휘감았다 해도, 비죽 삐져나온 콧털이나 밀림을 연상케 하는 더벅머리, 트로트가수를 연상시키는 콧수염, 귤껍질 뺨치는 피부는 NG일 수밖에 없다. 사실 피부는 일정 부분 선천적인 영향을 무시할 수 없지만 "힘있는 피부는 나이 들지 않아"라는 어느 CF 스타의 말처럼 20대부터의 관리가 중요하다. 피부 관리의 기초는 비싼 기능성 화장품이 아니고 기본적인 스킨, 로션, 선블록의 활용이다. 그야말로 기초를 튼튼히 하는 것이 가장 중요하다는 말이다. 헤어스타일은 자신의 얼굴형과 피부색 등을 고려해서 만드는 것이 중요한데, 꾸준히 게이 커뮤니티에서 유행하고 있는 모히칸은 귀밑머리와 숱이 어느 정도 있어야 어울리는 컷이다. 한 미용실에서 꾸준히 자신의 두피와 두발을 관리해주는 디자이너를 두는 것도 현명한 방법일 수 있다. 귀밑머리와 콧수염 등은 자신의 평소 생활에 지장이 없을 정도라면 어느 정도 있는 게 이미지에 플러스가 된다. 특히 애정생활에.

6. 체취

사실 사람의 체취만큼 타인을 흥분시키면서도 고약한 게 없다. 입에서 나는 레몬향은 키스를 부르지만 금방 먹은 청국장 냄새는 식욕을 저하시킬 뿐이다. 양치질을 할 수 없는 상황이라면 편의점에서 간단하게 구입할 수 있는 민트나 껌을 이용하고, 향수의 경우 너무 과한 향은 두통을 불러일으킬 뿐이라는 것을 명심하는 것이 좋다. 향수는 개인의 기호에 따라 고르되 봄, 여름에는 상쾌한 머스크나 시트러스 계열의 향을, 가을, 겨울에는 달콤하거나 부드러운 우디 계열을 고르는 것이 계절과 잘 어울린다. 데오드란트나 헤어제품을 사용할 때도 같은 향의 제품으로 사용하는 것이 좋다. 겨드랑이에서는 아기들 분향이 나고 손목에서 남성스러운 머스크향이 난다면 NG. 두 가지 향수를 사용하고 싶다면 한 가지는 이너웨어에 사용하고 한 가지는 아우터에 사용하되 둘 중 더 강한 향수를 미리 뿌려서 어느 정도 향을 날려 보내고 나서 사용하는 것이 좋다.

7. 태도

마지막으로 가장 중요한 팁. 패션의 완성은 태도라고 할 수 있다. 수트를 입고 지게를 지고 있다고 생각해보자. 자리에 맞는 복장과 긍정적인 마인드, 자신감 있는 태도, 웃는 얼굴은 가장 싸면서도 효과적인 화장이라는 것을 명심하자.

〈게이컬처홀릭〉 편집위원회

게이만화를
애무하다

모두를 위한 퀴어만화 퍼레이드

    게이만화를 추천한다는 건 정말 힘든 일이다. 그 이유는 단지 필자가 게이가 아니라서가 아니다. 오늘을 살아가고 있는 게이의 삶의 양태에 대해 잘 알지 못한다 하더라도, 만화에서 묘사되는 그들의 모습이 비현실적이라는 것만은 알고 있기 때문이다.

    그렇다면, 게이를 다루는 만화들이 있긴 한 것인가? 존재하고 있다면, 그 중에서 주변의 독자들에게 권할 만한 수작들이 있을까? '야오이'가 있지만, 게이에 대한 정보를 알려준다기보다는, '여성용 포르노물'이라 할 수 있다. 그렇지 않고서야 할리퀸 로맨스와 그렇게 유사한 코드를 지닐 수는 없지 않겠는가. 물론 게이에 대해 전혀 모르는 이들에게 게이들이 성행위를 어떤 방식으로 하는지에 대한 정보를 줄 수 있다는 점에서야 무용지물은 아닐 수도. 하지만 그래서야 '게이만화'라고 부르기는 힘들지 않을까. 그럼, 야오이물은 제외.

그럼 '성적 흥분을 목적으로 하는 여성용 포르노'의 측면은 약하면서, 게이들의 현실적 모습을 은근슬쩍이라도 보여줄 수 있는 만화들은 있을까? 잠깐만. 만화에 묘사되고 있는 모습이 꼭 현실적이어야 할까? 이성애자들이 표현된 만화는 비현실적으로 묘사되어도 되고, 동성애자들이 표현된 만화는 현실적이어야 한다? 그렇다면 이것도 일종의 차별은 아닐까?

그렇지 않다. 우리는 사회의 대다수를 차지하는 이성애자들이 어떤 식으로 사람을 만나고 사랑하는지에 대해 잘 알고 있다. 우리는 기본적으로 이성애자 중심으로 돌아가는 세상에서 살고 있는 거니까. 그래서 로맨스를 다루는 숱한 작품들 중에서도 범작과 수작을 쉽게 구분해낸다. 그러나 성적 소수자에 대해서는 전혀 모른다. 게이와 게이의 문화에 대한 정보량이 절대적으로 부족한 상황에서, 자신의 성적 정체성으로 괴로워하고 있는 이들에게, 또는 이성애자 중심으로 돌아가는 사회를 당연시하는 이들에게, 좀 더 현실적인 정보가 포함된 문화적 산물이 필요하다는 판단은 당연하지 않을까? 상식적인 지식들이 얼마나 메마르고 헐벗은 것인가를 보여주는 것은, 창작자들의 대표적인 미덕이 아닌가. 성적 소수자의 영역에서만이 아니다. 예컨대 모성애란 모든 여성에게 고유한 특성이 절대 아니라는 것을 보여주는 만화가 있다면 좋겠다. '옆에서 24시간 동안 계속 빽빽 울어대는 저 나약하고 힘없는 핏덩이가 정말 싫다, 난 자고 싶다'는 생각이 드는 건, 아주 당연한 거라고 누군가는 말해주는 사람

이 있어야 하는 것이 아닐까. 그 지난한 전투 속에서야 겨우 모성애가 -
부성애도 마찬가지지만 - 만들어지는 거라고. 그래야 산모들은 무용지물
의 자학이 아닌 준비단계에 차근차근 들어설 수 있는 게 아닐까.

　　이런 측면에서, 필자가 읽었던 게이가 등장하는 만화들이 게이
에 대한 지식과 식견을 그다지 넓혀주지 못하므로 비현실적이라고 추정할
수밖에 없다. 그렇다고 해서, 게이라고 천명한 친구들에게, 너는 실제로
만화에 나오는 것처럼 섹스를 하냐, 동성애자들은 여자 역할 남자 역할을
계속 하나만 하는 거냐, 그것도 사실 이성애자들의 논리의 반영인 것이 아
니냐, 게이들은 남성과 여성, 이렇게 양성으로 나뉘는 것 - 물론 바이섹슈
얼도 있지만, 그래봤자 어차피 여성과 남성이라는 폭에서 움직이는 것이
고 - 을 합당하다고 생각하느냐 등의 질문을 던질 수도 없지 않을까. 음,
필자의 지식의 확대를 위해 친구의 사생활을 침해했어야 할까? 그럴 순
없었다. 하여튼 이러한 의미에서, 게이를 다루는 만화들은 꽤 많지만 필
자가 바라는 '진정한 게이만화'는 없다고 본다. 아니면 그런 만화들이 수
면 아래에서 유통되고 있거나.

　　'추천 게이만화'를 쓰는 주제에 '진정한 게이만화'는 없다고 단
언하다니. 그러면 도대체 어떤 만화들을 추천하겠다는 걸까. 없는 걸 어
쩌란 말이냐고 투덜거려봤자 해결책은 없다. 이제 남은 방법이라곤, 비
록 '진정한 게이만화'는 아닐지라도, 게이에 대한 호감도(?)를 높여주는
만화를 선정하는 것이다. 애정은 이해에 근거한다. 인간은 본능적으로
잘 모르는 것을 거부한다. 어쩔 수 없다. 우리의 반, 또는 반 이상이 동물

적이니까. 오로지 이성으로써 그것을 제어할 수 있을 뿐이다. 그를 위해
서는 알아야만 한다. 예컨대, 노동자/자본가, 여성/남성, 장애인/비장애
인, 유색인종/백인종, 성적 소수자(게이, 레즈비언, 양성애자, 트랜스젠더
등)/이성애자라는 대립항에서 항상 첫 번째를 차별하고 무시하는 사회의
상식이 얼마나 비도덕적이고 비인간적이며 동물적인가에 대해 말이다.
비록 현실의 조각들을 명확히 드러내지 못하더라도, 무시나 경멸 대신 호
감도를 높여준다면 그래도 괜찮은 만화라고 생각한다.

하나씩 열거해보자. 원래 좋아하는 작가이지만, 요시나가 후미
의 최근작인 〈어제 뭐 먹었어?〉는 정말 권장도서다. 물론 그녀가 그린 야
오이물에 대해서도 고백컨대, 좋아한다. 그녀의 선이 그려내는 섬세함이
며, 인물에 대한 묘사력이며, 과도하게 무거워지는 것을 막아내는 유머감
각이며. 그녀를 게이만화가로 제한하긴 아깝다. 당대 최고의 만화가 반열
에 들 만하다. 그러나 '게이'에 대한 호감도를 높여주는 작품들도 꽤 많다.
그녀의 작품들은 모두 한 번씩 읽을 만하다. 하지만, 〈어제 뭐 먹었어?〉를

드는 이유는 이 게이커플이 현실에서 부딪히는 문제들을 나름대로 성실하게 재현하고 있다는, 지식이 부재할 때 써먹을 수밖에 없는, 직관이 들기 때문이다. 자식이 게이라고 공개했을 때 충격 받은 엄마가 사이비종교에 빠져 가산을 탕진하고, 그 빚을 갚기 위해 허덕이는 아버지를 보는 심정, 또는 이 부모가 옆집의 아이들을 마치 손주 돌보듯이 하는 것을 보고, 아아 우리 부모가 정말 포기했구나 하고 느끼는 부분은 가슴이 저릿하다. 물론, 요리에 대한 부분은 너무 자세해서, 요리에 관심이 없는 이들은 읽어내기가 좀 어렵겠지만 말이다. 게다가 성애묘사가 거의 등장하지 않는다는 점도 약간 놀랍다. 그러나 이 작품이나 〈서양골동양과자점〉에서 슬쩍슬쩍 드러나는 게이의 '야한' 삶은, 야오이 버전으로 가면 상당히 적나라하게 잘 나타나므로 관심 있다면 뒤져보는 것도.

다음은 마리모 라가와의 〈뉴욕 뉴욕〉. 이 만화를 처음 읽은 지 어언 20년은 흘렀으나 여전히 추천할 수밖에 없는 걸 보면, 만화업계에서 게이물이 얼마나 보기 힘든지 알 수 있다. 이 시기에 이 만화는 놀라운 관점을 보여주었다. 생물학적 가족만이 가족이 아니라는 것, 가족도 인위적으로 만들 수 있다는 것, 그리고 가족이란 핏줄만이 중요한 것이 아니라는 것. 지금이야 당연히 그렇다고 생각한다. 물론 쉽지 않다고 생각하지만, 그러나 노력해야 하는 부분이라고 생각한다. 이러한 사상은, 20여 년 전만 해도 상당히 세련된 것이었다. 이런 점을 제외하고 주인공들만을 보자면, 젊을 때 만나서 죽을 때까지 사랑하다니, 왠 판타지? 라는 생각이 들지 않는 것은 아니지만 말이다. 그러나 그런 부분까지 덮어버릴 '사상적' 장점을 가지고 있는 만화라고 본다. 이성애자를 중심으로 한 혈연중심의 가족주의에 대해 조목조목 반론하고 따지던 게이커플에게 입양된 딸의 발언들이 지금도 기억에 생생하게 남아있다.

요시다 아키미의 〈러버스 키스〉. 아, 이 작품은 정말 수작이다. 단 두 권에 불과하지만, 이렇게 완성도가 높기는 쉽지 않다. 한 마을에서 등장인물들 사이의 얽히고설키는 관계들이 가족과 애정에 대한 다양한 입장들을 잘 보여준다. 아들을 남편 대신이라고 여겨서 밤마다 찾아오는 엄마를 피해 자살을 시도했던 남자주

인공, 그를 좋아하는 남자 후배, 남자주인공과 여자주인공이 사랑에 빠지는 것을 지켜보며 괴로워하는 이 후배를 좋아하는 또 다른 남자 후배. 남자주인공에게 가족으로부터 도망치라고 충고해주는 이모, 어릴 때 성폭행을 당했던 기억 때문에 마음이 얼어붙어 있는 여주인공, 그녀를 사랑하는 그녀의 여자친구, 언니의 여자친구를 사랑하는 여주인공의 여동생. 이

다양한 형태와 종류의 사랑이, 다양한 종류의 애정을 표현하는 키스를 통해 보여진다. 청소년기에서 청년기로 들어설 때의 한때의 방황일까. 그건 중요하지 않지. 그래, 저 아련한, 고등학교에 다닐 때 느꼈던 동성에 대한 막연한 동경은 분명 존재했다. 지금이야 다양한 감정의 양태를 무 자르듯이 재단해서, 이건 사랑, 이건 우정이라고 구분하는 것 자체가 무리라는 것을 알고 있다. 마찬가지로 요시다 아키미의 〈바나나 피쉬〉에 등장하는 두 주인공의 애정어린 우정 역시 우리를 감동시킨다. 삶의 구원으로서의 애정. 그것이 우정이든 또는 사랑이든, 어떤 이름을 붙이더라도 우리의 척박한 삶에서 얼마나 절실한 것인지.

그다음은 유시진의 〈폐쇄자〉. 추천 만화를 고르다 보면 대부분 일본만화가 많기 마련이지만, 앞에서 언급했던 세 작가의 작품에 비해 전혀, 전혀 떨어지지 않는다. 〈폐쇄자〉는 단 두 권이지만 이미 절판되었다. 사라져가고 있긴 하지만 유력한 권위있는 만화방에 가면 분명 찾을 수 있을 듯. 일종의 2부라볼 수 있는 〈온〉은 여전히 구입가능하다. 구입하기에 전혀 아깝지 않은 소장 순위 베스트 10에 들어가는 작품이다. 물론 이것들을 게이만화라고 규정하긴 힘들다. 하지만 적어도 이 작품들의 특정 부분이 동일한 성을 가진 상대를 열렬히, 상대방을 파괴시킬 만큼 열렬히 사랑하는 것은 사실이다. 작가 유시진은 〈폐쇄자〉는 내려가는 이야기,

〈온〉은 올라가는 이야기라고 언급한 적이 있는데, 적절한 비유다. 전자는 주인공들이 함께 추락하고 죽음으로 끝나며, 후자는 주인공들이 다시 재생하는 이야기다. 부활이 아닌 재생.

〈폐쇄자〉는 사람이 사람에게 정신을 빼앗기는 데 무슨 성구별이 필요한가라는 발칙한 상상을 하게 해준다. 한때 유명했던 미나미 오자키의 〈절애〉에 등장해서 유명해지고, 다른 야오이 만화들이 끊임없이 베껴댔던 대사들, '난 남자를 사랑한 게 아냐. 너를 사랑하고 보니 남자였을 뿐'이라는 것의 더 탁월한 버전이랄까. 그러나 이 만화는 표면적인 남성간의 사랑을 넘어, 더 깊숙한 곳을 건드리고 있다. 사실 〈폐쇄자〉가 묻고 있는 질문은, "누군가의 희생에 기반해서 굴러가는 사회가 멀쩡한 것인가?"이다. 주인공들이 살고 있는 사회는 이미 이전에 종말을 보았어야 했다. 그러나 절대자와 계약하여 세계를 유지하거나 폐쇄할 수 있는 권능을 한 인간에게 '보관시킴으로써' 그 사회를 유지한다. 이 선택된 자는 자신이 속한 세계를 잘 '유지'하기 위해 어떤 개인적 희로애락도 느껴서는 안된다. 한 인간의 완벽한 '탈개인화, 비인격화, 물화'를 통해서 그 사회는 유지되는 것이다.

이런 사회가 픽션으로만 존재한다면 얼마나 좋을까. 사회를 하나의 권력체로 본다면 그것이 기능하고 굴러가기 위해 끊임없이 희생양을 요구한다. 그런 의미에서 '용산사태'의 발생과 해결과정은 우리가 어떻게 희생양을 만드는지를 적나라하게 드러낸다. 그들이 특별한 사람처럼 보이는가? 그다지 우리와 다르지 않다. 누군가가 말했듯이, "그냥 우리가 입 다물고 죽어주기를 기다리고 있는 겁니다. 마치 이 세상에 존재하지 않는 것처럼 말이죠". 이처럼 누군가를 끊임없이 희생시켜야 굴러갈 수 있는 곳이라면, 오늘의 우리가 살기 위해 어디선가 누군가가 죽어가고 있다면, 그래도 우리는 스스로를 인간이라고 할 수 있는 걸까? 아니. 인간이기에 이런 짓을 하는 것이다. 김혜린의 〈불의 검〉에 나오는 가라한 아사의 대사가 떠오른다. 동포를 살육하는 것에 대해 짐승 같은 놈들이라고 적들을 욕하자, "아니, 저런 짓을 벌이는 것은 인간들뿐이다. 먹지도 않을 인간을 껍질 벗겨 달아놓는 짓은 인간밖에 하지 않는다"라고 말한다. 이러한 가라한 아사를, 남자 시인 바리는 찬미하고 사랑한다. 게이나 레즈비언, 또는 퀴어나 양성애자들, 또는 그러한 성적 범주에도 해당하지 못하는 제4, 제5의 성을 지닌 자가 사회적 희생자의 범주에 든다면, 여

기에 가난하고, 장애인이라면, 심지어 제3세계의 인간이라면, 고통은 수십 배로 늘어날 것이다. 누군가를 비난하면서, 또는 누군가를 희생시켜야 겨우 굴러갈 수 있는 사회라면 얼마나 비참한가. 어떤 시민들이 지속적으로 외곽으로 외곽으로 쫓겨나야만, 다른 시민들은 그 자리에 들어설 고층 아파트에 살게 된다. 그러나, 미친 듯이 돈을 흠모

하고 추구하는 이 사회에서 누구를 비난해야 한단 말인가. 화살은 우리에게 돌아온다. 사람들의 핏값. 부끄럽지도 않으냐고 질타하는 〈폐쇄자〉는, 보고 나면 정말 괴롭다. 〈온〉은 그에 비해 논조가 상당히 부드러워졌고, 긍정적이다. 충격은 〈폐쇄자〉에 비해 훨씬 덜하다. 성향에 따라 두 작품 중 선호도가 달라질 듯. 여하튼 둘 다 강력추천이다.

위에서 잠깐 〈불의 검〉을 언급했지만, 게이에 대한 따뜻한 시선을 보여주는 주인공들이 등장하는 순정만화는 상당히 많았다. 이는 '야오이'류와는 확실히 궤를 달리하는데, 일단 성애중심의 묘사가 아니며 주로 인격적으로 상대방에게 많은 관심과 호기심, 애정을 보인다는 점에서 차이가 있다. 아마도, 순정만화의 대모라고 불렸던 황미나의 〈굿바이 미스터 블랙〉에 등장했던 미스터 블랙에 대한 아트레이유의 관심과 도움에서부터 한국의 독자들은 서서히 동성애적 코드에 익숙해지기 시작하지 않았을까. 그리고 서서히 그 범위를 주인공들 사이의 애정으로, 또는 그들의 성애묘사로 넓혀 왔다고 보면 되지 않을까.

이런. 뭔가 많은 작품들을 거론했어야 하는데, 네 작품을 중심으로 다른 것들을 보조적으로 언급해버린 셈이 되어버렸다. 뭐, 범작을 많이 보는 것보다 수작을 몇 작품 보는 것이 훨씬 더 낫다는 생각으로 위로해본다. 언급된 작품들을 보면 알 수 있지만, 여성이 성적소수자에 대해서 훨씬 더 관대하다는 건 사실인 듯하다. 억압받아왔던 이들이 억압받는 이들을 이해하는 것일까. 모두가 여성작가라는 점은 우연이 아닐 것이다. 아마 독자들도 여성이 훨씬 더 많겠지. 그러나 만화를 추천하면서도 뭔가 썩 만족스럽진 않다. 적어도 내가 꿈꾸는 게이만화라는 것은 단순히 게이들의 비속어나 성애묘사가 아니라… 뭐랄까, 그들의 삶의 묘사가 녹아있으면서도, 현실적이면서도, 그러면서도 삶과 사회에 대한 고유의 시선을 보여주는… 뭐 그런 작품들이다. 언젠가는 우리의 손에 들어오기를, 그래서 부끄럽기 그지없는 우리의 상식에 좀 더 풍족한 인간애를 뿌려주기를, 바라본다.

한상정 비정규직 여성(?) 알코홀릭 시간강사. 마흔이 넘어도 절대 철들지 않는다는 것을 적나라하게 보여주고 있음. 때론 쓴 글에 스스로 잘났다고 착각하다가 금방 자학을 반복하는 전형적인 인문조울증 환자.

퀴어소설
탐험기
퀴어들을 위한 독서일기

지금은 그나마 사정이 많이 나아졌지만, 불과 10여 년 전만 하더라도 한국에서 동성애를 다룬 소설을 찾기란 사막에서 바늘 찾기처럼 고단한 미션이었다. 더구나 동성 간의 이상야릇한 펌프질이 아닌, 지극히 경건한 언어로 동성 간의 사랑을 묘사한 작품은 거의 없었다고 해도 과언이 아니다. 우리 사회가 그러한 작품을 보고 싶어 하지도 않았고, 어쩌면 존재 자체를 부정하고 싶었기 때문이다.

하지만 한국 동성애운동의 성장에 따라 21세기에 들어서는 해외에서 주목을 받은 동성애 소설들이 해마다 두세 편씩 번역출판되고, 동성애자 청소년들을 위한 작품들이 나오는가 하면, 한국 동성애자들의 출판물도 한 해에 한 편씩 등장하게 되었다. 모두 그러모아도 책장 한 칸 장식하기도 힘들 정도로 적은 양이지만, 작품의 수준이나 내용까지 작진 않다. 한정된 시장을 상정하고 목적의식적으로 출판해서인지, 대다수가 '마음의 양식으로서의 독서'를 만끽할 수 있는 좋은 작품들이다. 때문에 가급적 모두 찾아서 읽으면 좋지만, 개중 몇 개만 읽어야 한다면 콕 찍어서 이 작품들을 읽어보라고 권하고 싶다.

베니스에서 죽을 수밖에 〈베네치아에서의 죽음〉

　　　　　노벨상 수상작가의 이 아름다운 단편은 그토록 대단한 명성을 누렸음에도 한 번도 동성애 소설이라 일컬어지지 않았다. 서구 문학이 기록하기로 가장 아름다운 소년이 분명한 '타지오'는, 상상할 수 있는 가장 완벽한 외모의 로맨스 대상이 아닌, 미켈란젤로의 조각품이라도 되는 양 '절대적인 미(美)'의 상징물로 여겨졌다.

　　　　　그러나 온갖 예술적 수사를 제거하고 볼 때, 토마스 만의 〈베니스에서 죽다〉(〈베네치아에서의 죽음〉이라는 제목으로도 불린다)는 단지 바라보는 것만으로도 사랑스러워 미칠 것 같은 대상을 향한 한없는 집착에 대한 이야기다. 국제적인 명성을 가진 노령의 작가의 눈에 비친 그 대상은, 그가 평생에 걸쳐 추구해왔던 예술혼의 완벽한 화신이기보단 그저 목숨을 내던질지언정 언제나 함께 있고 싶은 사랑의 대상인 것이다. 왜 그렇지 않겠는가. 평생을 예술로 자신을 칭칭 감아온 위대한 아셴바흐는 겨우, "수염이 나지 않은 빨간 머리에 주근깨 많은 피부"를 가진 이국적인 남자를 바라보는 것만으로도 낯설고 위험한 곳으로의 여행을 꿈꾼다. 그 런 그의 앞에 나타난 타지오라니!

"꿀 빛깔의 머리털은 곱실거리면서 뒷덜미와 목에 흘러내리고, 태양은 척추의 윗부분에 있는 솜털을 비추어 주었다. 그리고 늑골의 섬세한 자국과 가슴의 균형은, 동체가 팽팽하게 졸리도록 입고 있는 해수욕복을 통해서 역력히 드러나 보였다. 겨드랑이는 무슨 조각품과 같이 매끈하였고 정강이는 반짝반짝하였다. 푸릇푸릇한 혈관들은 그의 육체가 보통 다른 육체보다 더 깨끗한 물질로 형성되어 있는 것 같은 느낌을 띄워주었다."

이러니 베니스에서 죽을 도리밖에 없다.

영국은 그들의 것이었다 〈모리스〉

영국 왕실에는 전 세계 로맨스 팬들의 상상력을 자극하는 세기의 사랑이 즐비하다. 그 중 가장 인상적인 캐릭터라면 역시 심프슨 부인을 위해 국왕자리를 박차고 나간 윈저공과 유치원 교사에서 일약 왕세자비가 된 다이애나가 아닐까?

그렇다면 여기서 문제. 만약 당신이 로맨스의 여주인공이라면 지위도 명예도 다 버리고 나를 찾아온 윈저공의 그녀가 되고 싶은가, 아니면 궁극의 신데렐라인 다이애나가 되고 싶은가. 사실 물어볼 필요도 없는 질문이다. 셀 수도 없이 많은 온갖 신분상승 신데렐라 이야기가 주인의 실수로 도서대여점에 꽉꽉 들어차 있는 것은 아니니까.

하지만 똑같은 상황을 게이로맨스로 가져오면 이야기가 살짝 달라진다. 왕자님을 따라가 왕궁에서 신혼집을 차릴 배짱을 가진 게이가 도대체 몇 명이나 있을 것인가. 그들이 과연 "오랫동안 행복하게 살았습니다"로 나아갈 수 있을까. 왕실 가족의 일거수일투족을 좇는 국민들의 비난을 모두 이겨낼 수 있을까. 로맨스의 주인공답게 독립심과 자존심이 강한 당신은, 차라리 왕실의 근위병이 찾지 못할 비밀스럽지만 아름다운 곳에서 두 사람만의 행복을 추구하고 싶을 것이다.

E. M 포스터는 〈모리스〉를 통해 바로 그 점을 확실하게 지적해준다. 영원한 해피엔딩을 바란다면 시대라는 장벽에 가로막혀 헤어질 뻔했던 이 순수한 두 명의 청년처럼 하라고.

"모리스와 알렉은 연고도, 돈도 없이 계급의 울타리 바깥에서 살아가야 했다. 그들은 죽을 때까지 노동하고 서로에게 충실해야 했다. 그래도 영국은 그들의 것이었다. 그것은 그들의 우정 말고도 그들이 가질 수 있는 또 하나의 보상이었다. 영국의 공기와 하늘은 그들의 것이었지, 숨 막히는 조그만 상자만 소유할 뿐 자신의 영혼은 갖지 못한 소심한 수백만의 것이 아니었다."

병과 더불어 태연하게 살아가는 것 〈코리동〉

동성애가 젊은 청년들이 건전한 시민으로 성장하기 위한 필수 덕목처럼 여겨지던 그리스 시대에는, 동성애를 설명하기가 참으로 쉬웠

다. 플라톤은 〈향연〉에 등장하는 아리스토파네스로 하여금 동성애의 정당성에 대해 이렇게 말하도록 시킨다.

"원래 인간은 한 몸에 얼굴이 두 개, 팔과 다리가 네 개였다. 남자 여자가 붙어있기도 했고, 남자 남자, 여자 여자가 붙어 있기도 했다. 그런데 지극히 오만해진 결과 제우스신이 번개로 인간을 두 쪽으로 갈라놓았다. 그래서 인간은 언제나 찢어진 반쪽을 찾아 헤맨다."

그래서 이성끼리 붙어 있던 인간들은 이성애, 동성끼리 붙어 있던 인간들은 동성애를 추구하게 됐다는 것이다. 지극히 잔혹하지만 신비로운 이야기가 아닐 수 없다.

이런 '옛날옛적'스러운 이야기를 그냥 믿고 살면 참으로 편하고 좋을 텐데, 앙드레 지드가 작품 활동을 하던 1920년대의 유럽은 동성애에 대해 소위 '과학적인 근거'를 가지고 공격하던 시기였다. 동성애는 자연의 법칙에 어긋난, 퇴폐적인 변태들이 만들어낸 추악한 결과물이라는 것이다.

때문에 앙드레 지드는 플라톤처럼 아름다운 전설로 이 문제를 유야무야 넘겨버릴 수가 없었다. 그가 택한 방법은 스스로 악역을 맡아 동성애에 대한 세간의 공격지점을 하나하나 나열한 후, 친구 코리동으로 하여금 그것들을 조목조목 '과학적인 근거'에 입각하여 반박하도록 하는, 짧지만 강렬한 소설을 쓰는 것이었다. 소설 〈코리동〉의 배경이 1920년대라고는 하지만 적들의 논리가 2010년 대한민국을 떠도는 안티동성애 이론들과 차이점이 거의 없다는 점에서 코리동의 반박은 지금 읽어도 훌륭한 동성애 교과서라 할 만하다.

"(그것이 병이라면) 중요한 것은 치료를 받는 것이 아니라, 병과 더불어 태연하게 살아가는 것이다."

청소년에게도 건전한? 〈앰 아이 블루〉〈형제〉

나에겐 여자 조카가 세 명이 있는데, 고2, 중2, 중1로 한창 감수성이 예민한 시기다. 공부에 지장을 주는 모든 것은 제거되어야 한다는 가정교육 덕분인지, 아니면 기독교 엄마의 거미줄 같은 감시태세 덕분인지 아직도(?) 동성애는커녕 팬픽이니 야오이니 하는 것에도 관심을 기울이지 않는다. 내가 집에서 그렇게 티를 내는데도!

그래서 언젠가 이 아이들이 커서, "삼촌, 나 어쩌면 동성애자일지도 몰라"라거나, "삼촌, 동성애자야? 동성애자는 나쁜 사람이야?"라고 물을 날을 기다리며 소중하게 모아온 '청소년에게도 건전한(?) 동성애 소설책'들은 여전히 주인을 찾지 못해 먼지를 뒤집어쓰고 있다.

〈앰 아이 블루〉는 13편의 동성애 단편소설을 담은 소설집이다. 게이요정으로부터 누가누가 게이인지 알 수 있는 게이다를 얻어 자신만의 벽장에서 더 이상 웅크리고 살지 않게 되었다는 소년의 이야기부터, 부모님께 커밍아웃을 하는 바람에 생일축하 장미를 받지 못한 소녀(물론 꿋꿋하게 설득해서 결국 받는다)의 이야기 등, 동성애자 청소년들이 읽으면 신이 날 이야기들이 가득하다.

청소년 동성애자들에게 용기를 북돋아주는 이러한 소설들도 좋지만, 10대의 감수성에 직접 노크를 하듯 감동과 여운이 오래 가는 작품을 고르자면, 테드 반 리스하우트의 〈형제〉가 있겠다. 이 작품은 죽은 동생의 일기장에 형이 자신의 글을 덧붙이면서 오가는 형과 동생의 말없는 대화 속에서, 동생을 먼저 보낸 형의 슬픔과 상실감, 두 형제가 서로에게 품었던 안타까움과 끈끈한 유대감, 그리고 동성애자로서 각자가 느껴야 했던 고독감과 불안감이 절절하게 묻어나온다. 이런 설명만 보면 꽤나 무거운 책이구나 싶지만, 친근한 일기 형식으로 형과 죽은 동생이 대화하는 독특한 구성으로 짜여 있어 매우 흥미롭게 읽을 수 있다.

한 발짝 앞으로 〈화성 아이, 지구 입양기〉 〈오, 보이!〉

동성애소설하면 성정체성에 대한 고민, 사회적 억압으로 인한 좌절, 그 모든 것을 뛰어넘는 치열한 사랑이 대번 떠오른다. 주인공의 조건이 조건인지라 어쩌면 이는 필수불가결한 요소일지 모르지만, 그렇다고 모든 소설 주인공들이 성(性)과 애(愛)만 부여잡고 씨름하는 것은 아니다. 자신의 문제만 고민하기엔 현대 사회가 요구하는 동성애 담론의 폭은 이미 꽤나 확장되어 있는 것이다. 이를테면 다음의 '동성애자(가 만드는) 가족'을 다룬 소설들은, 자신의 문제에서 벗어나 한 발짝 앞으로 나아갈 준비가 된 독자들을 위한 색다른 즐거움이다.

독신게이인 주인공은 할리우드에 있는 '게이, 레즈비언 센터'를 찾아가 동성애자도 아이를 입양할 수 있다는 이야기를 들은 후, '홀로 죽고 싶지 않다는 이유로' 아이를 입양하기로 마음먹는다. 그리고 그는 '전미입양박람회'에서 제공하는 파일더미에서 마음에 쏙 드는 아이를 보자마자 그가 자신의 아이가 될 것을 확신한다. 여러 절차 끝에 마침내 그는 자신이 화성에서 왔다고 주장하는 문제아 데니스를 만나게 된다.

데이비드 제롤드의 〈화성 아이, 지구 입양기〉는 영화로도 제작되어 크게 성공했는데, 이는 이 소설이 동성애자가 아이를 기를 수 있을까 하는 호기심어린 시선이 아니라, 누군가의 아버지가 된다는 것은 단지 '낳은 후, 사회적 관습에 따라 기르는 것'만이 아니라는 것을 일깨워주기 때문일 것이다. 스스로를 화성인이라 칭하며 언젠가 화성에서 온 사람들이 자신을 데리고 갈 것이라고 주장하는 데니스를 지구에 붙잡아놓기 위해 필요한 것은 과학도, 이성애적 가족관계에 대한 체계적인 재교육화도 아닌, 그저 사랑일 뿐이라는 것을.

위 소설의 주인공이 데니스와 가족을 이루기 위해 고군분투할 때, 마리 오드 뮈라이의 소설 〈오, 보이!〉의 주인공 바르텔레미 모를르방은 원하지도 않은 세 아이의 후견인이 되어버렸다. 그들은 그의 이복형제들로, 아버지는 일찍이 도망갔고, 어머니는 죽어 갑자기 고아가 된 처지였다. 만약 그가 아이들의 후견인이 되지 않으면 아이들은 각기 다른 고아원으로 뿔뿔이 흩어져야만 한다. 그런데 26살의 게이 청년 바르텔레미는 코피를 흘리는 아이를 보자마자 눈을 감으며 '오, 보이! 난 피 흘리는 것 못 봐. 기절할 것 같아'라며 신음을 터트리는 '그런 게이'다. 과연 바르가 아이들의 후견인 노릇을 제대로 할 수 있을까?

한국동성애소설 독자들의 취향

2000년 게이문학닷컴(이후 젠더문학닷컴으로 명칭을 바꿈)이 인터넷에 첫발을 내디딘 이후로 국내 동성애자들의 작품은 대부분 이 사이트를 통해 출판되었다. 종이책으로 출판된 〈마성의 게이〉(2002), 〈남남상열지사〉(2003), 〈정호의 성공사례〉(2004), 〈레인보우 아이즈〉(2005), 〈나나 누나나〉(2006), 〈비쳐 보이는 그녀〉(2008), 〈하추간〉(2008), 〈낙원의 열매〉(2009), 〈오늘 나는 푸른색 풍선이 되어 도시를 헤매었네〉(2010)를 비롯해, 2006년부터 전자책으로 꾸준히 제작된 250편의 작품들이 바로 그것들이다. 별다른 비평의 세례 없이, 그리고 유행을 타지 않고 꾸준히 제작되고 읽히는 장르문학의 특성을 보이고 있는 추세지만, 작가군이 협소하고 작품수가 절대적으로 부족한 상황이라 작품들의 경향이나 앞으로의 전망을 이야기하긴 힘들다.

젠더문학닷컴에서 서비스하는 전자책 중에서 가장 인기 있는 작품들을 고르면 다음과 같다. 〈낙원의 열매〉(마모), 〈그는 무식한 머슴이었다〉(서우영), 〈마취를 시켜서라도〉(바닐라스카이), 〈하추간〉(모가), 〈달이 가득 차오를 때〉(달몽실이). 이 작품들은 모두 격정적이거나, 순수하거나, 가슴이 미어지거나, 스펙터클하거나, 어쨌든 로맨스물이라고 장르 이름을 붙일 수 있는 작품들이다. 한국의 동성애소설 독자들은 동성애자들의 사랑을 다룬 작품을 주로 읽는다고 할 수 있다(여기에 인기작 다섯 개를 더 추가한다고 하더라도 결론은 바뀌지 않는다).

많이 판매가 되진 않았지만 현실적인 동성애자들의 삶이나 문제를 흥미롭게 묘사한 작품들을 꼽자면, 〈달려 이리!〉(호감), 〈어느 갠 날 아침에〉(김정수), 〈핑크스카프〉(명안), 〈허망한 것에 대한 지치지 않는 고백〉(정완), 〈그린란드로 가자〉(현수) 등이 있다.

국내 동성애 소설을 읽을 수 있는 곳

1. **바로북닷컴** : http://www.barobook.com

2. **젠더문학** : http://cafe.daum.net/gendermuhak

3. **엘문학** : http://cafe.daum.net/lmunhak

4. **필라인** : http://feelline.rgro.net

5. **교보문고 디지털북의 젠더문학** :

http://digital.kyobobook.co.kr/kyobobook/eBookMain.laf

한중렬 해울출판사 대표. 한국 최초의 성소수자 문학 사이트인 '젠더문학닷컴' 운영자. 단편소설 〈어느 게이 병사의 죽음〉, 장편소설 〈마성의 게이〉 〈정호의 성공사례〉 등에서 화려한 필치를 구사, 마니아 독자를 거느리고 있다. 지금은 부산에서 바이킹을 즐기며 창작활동과 성소수자관련 출판활동을 병행 중.

게이 아트 살롱

'온전히' 열린 미술을 향하여

한국에도 동성애자들이 있는가?

2010년 봄 학기에 모 대학교 대학원에서 강의를 하던 중에 한국의 동성애자들에 대한 학생들의 논쟁이 벌어졌다. 미국 출신의 한 학생은 한국에 동성애자들에 의한 정치학이 부재하다고 열변을 토하였다. 한국에서 게이 퍼레이드에도 직접 참가해 보았는데 참가한 대부분의 게이나 레즈비언들이 아직도 별명을 사용하고 있었으며, 특정한 동성애 이슈를 논의하는 데 소극적이었다고 주장하였다. 그러자 옆에 있던 학생은 아예 한술 더 떠서 한국에 동성애자들은 없다고 단언하였다. 정확히 어떤 이유로 그러한 생각을 하게 되었는지 물어볼 겨를도 없이 순식간에 모든 학생들의 시선이 나에게 쏠렸다. 당시 내 머릿속에 떠오른 것은 한국에 동성애자들이 있느냐 없느냐 하는 '논쟁'보다는 과연 그들을 대변할 수 있는 시각문화가 있을 것인가에 대한 문제였다. 결국 게이 퍼레이드에 대한 비판은 외국에서 수입된 문화 행사를 그저 한국의 게이들이 답습하고 있다는 것에 대한 비판에서 시작하였기 때문이다.

한국에 게이가 있는가 혹은 없는가 하는 질문이 아직도 제기되는 것은 일차적으로 그들의 존재를 애써 부정하려는 보수적인 사회적 분위기와 이에 맞서 자신들의 존재감을 강하게 부각시켜오지 못한 성적 소수자들에게서 그 원인을 찾을 수 있을 것이다. 올해로 11년째를 맞이하는 퀴어문화 축제가 있지만, 순수 예술계에서 자신을 게이라고 부르는 작가들의 활동은 매우 미미한 것이 사실이다. 또한 몇몇 선구적인 게이, 레즈비언 행위 예술이 존재하여 왔으나 그에 대한 체계적인 기록은 거의 존재하지 않는다. 그저 전설과 같이 몇몇 비평가들이나 이론가들에 의하여 회자될 뿐이다. 다른 한편 국내 게이의 존재와 활동을 이해하려는 노력 또한 거의 전무하다고 할 수 있다. 게이와 레즈비언을 생체학적인, 정신분석학적인 측면에서 연구의 대상으로 이해하려는 기존 사회의 노력들도 그들의 존재에 대하여 미심쩍어하거나 일말이라도 개선의 여지가 있지는 않을까 하는 기대감을 그대로 반영한다고 할 수 있다. 즉 게이와 레즈비언을 이해하려는 노력보다는 게이와 레즈비언을 문제로 상정하는 태도가 아직도 팽배해 있는 것이다.

따라서 시각문화의 영역에서도 동성애를 반영한 작품이 있고 없고의 문제보다는 사회가 그것을 얼마만큼 해석하고 긍정적으로 받아들이고자 하느냐의 문제가 더욱 중요하다고 할 수 있다. 아무리 적극적으로 표현을 한다고 한들 관객들은 얼마든지 '분명한' 메시지들을 의도적으로 무시하거나 외면해 버릴 수 있기 때문이다. 그러므로 어딘가에 있을 동성애 미술을 발굴하는 일 만큼이나 어떻게 그들의 시각적 언어가 일반 관객들과 소통하고 기득권의 시각문화를 변화시킬 수 있느냐의 문제에 대해서도 더욱 고민해야 한다. 이러한 고민으로부터 출발하여 서구와 한국 미술계에 등장하는 동성애와 연관된 작업들을 다루어 보고자 한다.

동성애 미술에 대한 정의들

1990년대 퀴어 이론이 학계에서 영역을 넓혀간 이래로 미술사가들은 소위 동성애와 시각성에 대하여 많은 질문을 던져 왔다. 동성애 미술의 정의는 무엇인가? 늙은 남자가 젊은 남자를 애무하는 모습이 동성애 예술인가? 젊은 남자의 모습을 지나치게 미화하거나 중점적으로 다루면 그것이 동성애 예술인가? 아니면 굳이 동성애적인 소재를 사용하지 않더라고 단편적이고 부조리한 시각적 이미지들을 사용하는 경우에 퀴어적이라고 할 수 있을 것인가? 아예 질문의 관점을 바꿔서 동성애자가 만든 모든 순수 예술 작업이 동성애 예술이 될 수 있는가?

미술사가들은 일차적으로 일상생활에서 발견되는 공예품이나 작은 화첩에 나와 있는 금기시된 동성애적인 장면들을 예로 들어 동성애가 인류 역사를 통하여, 모든 문화에 걸쳐서 지속적으로 존재하여 왔음을 증명하고자 하였다. 특히 서구 사회는 애무를 하는 장면 뿐 아니라 전통적으로 성적 관조의 대상이 되어 온 여신상 대신에 남자의 모습, 특히 젊

은 남자가 등장하는 경우에도 동성애적
인 관점에서 해석하고자 하였다. 성적
인 매력을 지닌 남성의 모습은 주로 그
리스 시대의 도자기 그림부터 그리스 문
화를 재생한 15세기 피렌체 지역의 문화
와 예술, 그리고 19세기 프랑스의 신고
전주의적 문화적 풍토에서 빈번하게 발
견되었다. 단골 소재로는 아름다운 육

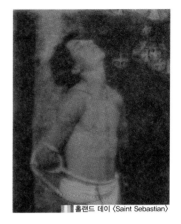
홀랜드 데이 〈Saint Sebastian〉

체의 상징인 아폴론이나 옷이 벗겨진 채로 순교한 성 세바스찬(Saint
Sebastian) 등을 들 수 있다. 특히 성 세바스찬의 모습은 17세기 셰익스
피어의 〈십이야〉와 토마스 만의 소설 〈베네치아에서의 죽음〉(1911)에서
동성애적인 테마를 암시하는 캐릭터로 등장한다. 미국 사진작가 홀랜드
데이(F. Holland Day)의 1906년 작업들에서도 에로틱한 남성의 몸과 사
회적 탄압의 희생양으로서 성 세바스찬으로 가장한 남성의 세미 누드가
선보인다.

　　　　내용이나 소재보다는 특정한 시각적 특징에 집중하여 동성애적
인 메시지를 읽는 경우도 있다. 지나치게 장식적이고 심미안적인 취향을
일컫는 '캠프'나 아예 작가의 정체성을 비개인화하는 경우에도 작가나 작
품에 대한 동성애적인 해석이 가능하다. 예를 들어 1920년대 찰스 드무스
(Charles Demuth)의 경우 스티글리츠의 주요 멤버로서 도시화, 산업화
된 미국의 풍경을 매우 기계미학적인 차원에서 다루어 왔다. 하지만 그의

찰스 드무스 〈Turkish Bath with Self Portrait〉

숨겨진 수채화들에서 우리는 동성애적인 장면이나 지나치게 에로틱하게 표현된 꽃 이미지들을 발견하게 된다. 즉 작가의 기계미학적이고 모더니즘적인 작업들과 덜 알려진 비교적 장식적이고 감성적인 작업들을 비교하면서 미술사가들은 정체성을 가장하려는 작가의 의도를 감지하기도 한다.

하지만 그러한 경우라도 시각문화의 분야에서 동성애적인 테마를 직접적으로 다룬 작업은 문학에 비해서 드물며 그것을 찾아내려는 과정 또한 어렵고 복잡하다고 할 수 있다. 주로 상징이나 은유로 해석될 수 있는 문학 작업들에 비하여 시각문화에서 동성애적인 테마는 '실증적'인 예(그림을 그린 사람이나 그림 속의 인물들이 동성애자들이다)로 받아들여질 위험이 있기 때문에 작가들이 더욱 조심해온 것이 사실이다.

한국 미술사와 퀴어적인 시선들

한국 전통 미술사에서도 다른 문화권이나 사회와 유사하게 동성애적인 테마를 찾는 일이 쉽지 않거나 거의 불가능하다고 할 수 있다. 수많은 외침으로 현존하는 문화재의 양은 매우 한정되어 있다. 또한 금기

시된 이미지들은 보존이 어려운 작은 일상 화첩이나 공예품을 통해서 주로 전수되는데, 사람이 죽으면 그 소유물을 주로 불태우는 유교적 풍습 때문에 동성애적인 테마를 다룬 작업도 그리고 이에 관한 연구방법의 선례도 거의 전무하다고 할 수 있다.

현대에 들어와서도 대중문화에서 상업적인 의도로 간간히 등장하는 남자 커플이나 트랜스섹슈얼들을 제외하고, 일반 미술계에서 동성애적인 테마와 연관해서 기론되는 예는 그야말로 손에 꼽힐 정도다. 그도 그럴 것이 순수미술의 제작과 소통의 과정에서 '예술적 취향의 함양'이라는 전시장들의 교육적 목적이나 보수적인 콜렉터들을 만족시켜야 하는 화랑의 상업적 목적, 그 어느 것 하나에도 동성애적인 테마가 부합되지 않기 때문이다. 특히 교육적인 목적을 내세우는 국공립 미술 관련 기관들은 대부분 가족 단위의 관객을 대상으로 하고 있다. 따라서 동성애적인 테마를 전시에서 중점적으로 다루는 것은 거의 불가능하다고 할 수 있다.

한국 현대미술과 동성애를 다룬 작가들

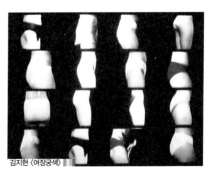
김지현 〈여장궁색〉

동성애적인 테마를 다룬 작업들이 소위 기득권 미술계에서 등장하는 경우는 주로 어려운 미술비평을 인용한 전시회장을 통해서다. 이것은 '외국에만 존재한다고 믿는' 남자 동성애자

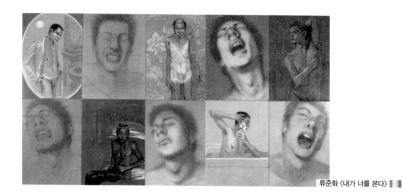

들에 대한 관심이 외국의 이론이나 문화 현상을 통하여 간간히 논의되기 시작한 국내의 현실과도 무관하지 않다. 1990년대 말부터 전통적으로 성, 인종, 성적 지향을 기준으로 설명하여 온 정체성에 새롭게 접근해 보려는 의도 하에 등장한 퀴어 이론들은 한국의 '가부장적인 성 개념'을 비판하는 입장에서 소개되기 시작하였다. 성적으로 혼돈된 이미지들이 등장하게 된 것도 이때부터라고 할 수 있다. 예를 들어 여성학 담론을 기초로 본격적인 한국 여성미술의 시대를 연 것으로 여겨지는 1999년 전시 〈팥쥐들의 행진〉에서는 김지현의 〈여장궁색〉(1999)이나 류준화의 〈내가 너를 본다〉(1999)와 같은 작품들이 선보였다. 특히 〈내가 너를 본다〉의 보랏빛 화면 안에서 몸을 비틀고 있는 대상은 일차적으로 가녀린 여성적 외모와 남성적인 외형을 동시에 지니고 있는 듯이 보인다. 게다가 답답한 내부 공간에 갇혀서 몸을 뒤틀며 울부짖는 모습이나 조용히 침대에서 옷을 입는 모습은 꽤 충격적이다. 흥미로운 점은 이 작업이 여성에 의해서 그려 졌지만 동성애적인 해석을 가능하게 할 만큼 확연하게 혼돈된 성적 정체성을 다루고 있다는 점이다. 물론 전시회 도록이나 전시장 어느 곳에서도 작가의 정체성에 관한 언급은 없었다.

이에 반하여 김두진의 작업은 퀴어 이론이나 일상 삶 속에서 발견되는 '퀴어'의 존재성보다 전통적인 그리스 신화의 모티브나 장식적인 감수성을 인용한 것들이다. 특히 〈그들만의 십자가〉(1996)나 〈우리는 그들과 함께 태어났다〉(1998)에서 작가는 고뇌하는 남성의 누드를 십자가 위에 배치하거나 천국에서 쫓겨나는 아담을 그대로 인용한다. 특유의 콜라주 기법은 게이를 억압해 온 전통적인 종교의 틀을 적어도 '시각적'으로 간여(intervene)하는 데에 있어 효과적으로 사용된다. 십자가 위에 놓인 남성의 누드는 보기에 따라서는 아름다운 동성애적 시선의 대상이 될 수 있기 때문이다. 〈우리는 그들과 함께 태어났다〉에서 벗은 남성의 모습이 죄로 괴로워하는 아담과 하와의 이미지 위로 중첩된다. 어느새 이성애 커

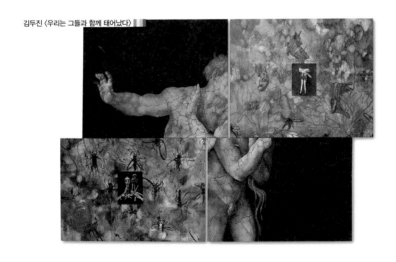

김두진 〈우리는 그들과 함께 태어났다〉

레이몬드 한 〈찜질방〉

플은 동성애 커플로, 그리고 수치의 상징으로서의 몸은 애틋한 사랑의 순간을 즐기고 있는 동성애 커플의 몸으로 변화된다.

현대미술에서 동성애적인 테마는 회화나 조각과 같은 전통적인 분야보다는 사진이나 설치와 같은 비교적 실험성이 강한 분야에서 간간히 등장하여 왔다(서구의 경우에도 사진이 작가 자신의 정체성을 탐구하는 데에 효과적인 매체로 사용되어 왔다). 그 중에서도 가장 흥미로운 작업으로는 레이몬드 한의 '찜질방' (2001) 시리즈를 들 수 있다. 주로 자신을 그리스 신화의 특정한 등장인물로 가장하고 이를 통하여 일종의 현실과 거리를 둔 사진 작품들에 비하여 '찜질방'에서 찍힌 게이 남성의 뒷모습은 '실제적'이다. 물론 '찜질방' 시리즈를 숨겨진 게이 커뮤니티와 벗은 남성의 몸에 대한 관객의 호기심이나 충족시켜주기 위한 것이라고 치부해 버릴 수도 있다. 하지만 어두운 내부 인테리어와 갑자기 찍은 듯한 시선, 카메라 시선을 피하려는 듯이 몸을 뒤로 돌리고 있는 움직이는 인물상들은 애처로워 보이기까지 한다. 카메라에 의하여 어렴풋이 혹은 잘려서 그 모습이 희미하게 찍힌 동성애자들의 존재감은 한국 사회에서 투명인간으로 살아가야만 하는 그들의 소외감을 생생하게 전달해 준다.

위의 작업들이 주로 게이의 모습, 특히 그들의 몸을 중점적으로 다루고 있다면 오인환의 설치 작업에는 일반인들의 호기심을 끌 만한 이미지 대신 글자들이 주로 등장한다. 개념적인 작업을 주로 해온 오인환의 〈남자가 남자를 만나는 아흔 곳〉(2001)은 동성애자들의 유명한 바나 카페의 이름을 적은 단어들로 이루어져 있다. 작가는 이름들을 향가루로 바닥에 쓴다. 그리고 불을 붙이면 향가루는 서서히 타들어가면서 결국은 모두 재로 변화한다. 관객들은 글씨가 타들어가는, 즉 소멸해가는 순간을 직접 목격하면서 동시에 후각과 시각을 사용하여 그것의 존재감을 더욱 인식하게 된다.

이와 같이 텍스트에 의존한 오인환의 작업 방식은 어찌 보면 동성애적인 주제를 다루는 작가에게 안전한 방법이라고 할 수 있다. 정확히 말해서 소위 '변태적인 성행위'를 한다고 여겨지는 게이의 모습을 직접적으로 다루지 않기 때문이다. 하지만 다른 한편 그의 작업은 관객들에게 각종 질문들을 제기한다. 즉 우리는 얼마만큼 동성애자들의 문화에 친숙한가? 한편으로 알아볼 수 있는가? 인지할 수 있는가? 물론 어렴풋이 알아차리는 관객도, 동성애 문화에 친숙한 관객도, 그리고 애써 부정하려는

오인환 〈남자가 남자를 만나는 아흔 곳〉

관객도 있을 것이다. 따라서 작품의 궁극적인 해석의 강도, 범위, 그리고 의의는 관객에 의하여 결정된다. 오인환의 작업은 동성애자들에 대한, 혹은 모든 동성애자들의 이야기를 다루고 있다기보다는 관객들이 단어들을 읽어가면서 스스로 동성애자들에 대한 지식, 호기심, 거부감을 내적으로 체크해 보도록 유도한다. 과연 나는 얼마만큼 '온전히' 열린 시각에서 동성애 문화를 이해하고 있는가?

　　　이러한 측면에서 오인환의 작업은 '관객 참여'라는 현대미술의 중요한 명제뿐 아니라 동성애와 시각성에 있어 해석의 중요성을 일깨워준다. 결국 작업의 메시지는 그것이 게이에 관한 것이건 동성애 혐오에 관한 것이건, 궁극적으로 관람객과의 소통을 위한 것이다. 작업의 궁극적인 의미, 즉 순수 예술에서 동성애적인 테마의 의의는 관람객의 해석을 통해서 생성되고 변화된다고 할 수 있다.

동성애 미술은 관객을 필요로 한다!

　　　오인환의 작업을 보면서 글의 서두에서 언급한 에피소드를 재차 떠올리게 된다. 결국 문제의 쟁점은 게이나 레즈비언을 다룬 미술의 유무에 달려 있지 않다(한국에 과연 게이가 있는가 하는 질문이 그다지 의미 있어 보이지 않는 것과 유사하다). 대신 얼마만큼 전시기획자들이, 작가들이 관객들로 하여금 자신 안에 잠재해있을 동성애에 대한 두려움, 무지를 극복하는 계기들을 마련해줄 수 있는가에 있을 것이다. 그리고 더 이상 '정상'과 '비정상'이라는 미명 아래 게이와 레즈비언의 존재를 단순한 호기심의 대상으로, 투명인간으로 취급하지 않도록 만드는 일이 중요하다.

하지만 상황이 말처럼 쉬운 것만은 아니다. 2010년 여름 키스 해링의 전시를 계기로 순수 미술 작가의 동성애적 정체성에 대한 이야기가 미술계에 회자되었다. 정작 올림픽공원 내 소마 미술관에서 열린 전시를 주관한 국민체육진흥공단은 미국 외교부 동성애자모임 '글리파'에서 주최한 동성애자 인권 행사를 불허하였다. 이유는 행사 시간이 관람 시간과 맞지 않으며 관람은 가능하지만 인권에 대해서 미술관에서 논의하는 것은 부적절하다는 것이다. 물론 앞으로의 전개 상황을 지켜보기는 해야겠으나 결국 전시를 통하여, 예술 창작을 통하여 동성애에 관한 테마를 관객과 주고받는 일은 계속되는 투쟁과 다양한 수법을 통해서나 가능해질 수 있다.

"편안한 이들을 갈등하게 하고 힘든 이들을 품어주기 위하여."
(To afflict the comfortable and to comfort the afflicted)
비평가이자 언론인 H.L. Menchen

고동연 뉴욕대학에서 박물관학, 뉴욕시립대학에서 미술사, 영화이론 학위를 취득한 후 2007년에 귀국하여 한국의 남성성, 동성애 관련 연구를 진행 중. 13년간 뉴욕 생활을 하고 돌아온 탓에 영원히 한국에 적응하지 못할 것이라는 두려움에 휩싸여 있지만 그래도 행동하는 지식인으로서의 삶을 포기하지 않고 있는 중.

우리들의 삶터,
게이 해방구
국내외 게이스페이스

     지금은 게이 문화, 게이 공간하면 뭔가 샤방하고 독특하며 패션이나 디자인을 선도하는 도회적인 이미지가 떠오른다. 그러나 현대 산업사회 이후에 형성된 게이들의 공간도 처음에는 모던한 이미지와는 거리가 멀었다. 오히려 '어둠' 혹은 '은밀함' 같은 단어가 더 어울리는 곳이었다. 이는 사회가 게이들을 보는 시각과 크게 다르지 않았다. '호모섹슈얼리티'란 비정상적이고 비도덕적이며 치료되어야 할 대상이라는 시각은, 게이들에게 공간을 허용하지 않았다. 따라서 게이들은 주류화된 이성애자들의 공간, 그 틈새를 비집고 들어가는 전략을 취할 수밖에 없었을 것이다. 사람들이 빠져나간 텅 빈 터미널의 화장실과 옥상, 낮이면 많은 관광객이 붐비지만 역시나 밤이 되면 한적하고 어두운 공원들, 한때는 개봉관이었지만 점점 동시상영관으로 내몰리면서 리비도를 자극하는 영화를 주로 틀던 3류 극장들, 외국인이 많이 모여서 이성애자들의 시선에서 비교적 자유로웠던 댄스 바 등. 그 곳에서 게이들은 투명했던 자신들의 존재를 가시화했고 자신들만의 독특한 문화를 만들어 향유하기도 했다. 은밀하게 또한 즐겁게.

　　　시간이 좀 흘렀다. 게이들을 향한 억압과 부정적인 시선이 전부 철회되지는 않았지만 게이들의 문화, 게이들의 공간은 조금씩 세상에 드러나기 시작했다. 심지어 게이 공간은 문화연구의 유용한 텍스트가 되기도 하고 유행의 첨단과 궤를 같이 하는 것처럼 보이기도 한다. 이런 아이러니의 배경에는 지난한 어둠과 은밀함 속에서 가냘픈 비명을 질러댔던 과거가 있다. 이 글에서 언급하는 공간들은 이성애자들의 칼날 같은 시선 속에서 게이의 존재를 알리고 전파시킨 '성지'로 기억해야 할 곳들이다. 물론 게이 해방구는 지금도 부지런히 생명력을 키워나가고 있다.

파고다극장

　　　탑골공원, 낙원상가 근처에 위치한 극장으로 1980년대의 대표적인 게이 크루징(cruising ǀ 돌아다니다, 어슬렁거리다라는 뜻의 cruise에서 나온 말. 특정한 거리나 화장실, 극장, 공원 등의 공공장소 혹은 게이 대상 업소 등을 돌아다니며 데

이트 상대를 찾는 일 등을 뜻한다. 자세한 설명은 게이 컬처 용어 사전 참고) 장소다. 1970년대에 3류 에로영화를 상영하던 것에서 자연스럽게 게이 크루징 극장으로 성격이 옮겨갔는데 한창 성황일 때는 1층과 2층, 1관과 2관으로 나뉘어 1층에는 나이든 게이와 나이든 게이를 좋아하는 젊은 이들 그리고 2층에는 젊은 게이들이 주로 모였다고 전해진다. 그 때는 게이단체도 없었고 게이바도 흔하지 않던 시절이라 이곳에 모이는 게이들의 숫자가 어마어마했다고 한다. 이 곳에서 사랑의 대상이나 친구를 만나기도 했지만 게이생활에 필요한 정보 등도 얻을 수 있었다. 그래서 'P살롱'이라 불리며 사랑방 구실도 자연스럽게 하게 되었다. 이곳은 당시의 옐로우 잡지나 르포식의 TV 프로그램에서 부정적으로 다루어지기도 했는데, 이것이 오히려 게이들에게 노출되면서 더욱 많은 수의 게이가 모이는 원인이 되기도 했다고 한다. 워낙 많은 인원이 모이다 보니 거기에서 '아버지와 아들이 만났다더라' 등의 이야기도 끊이지 않았다. 그러나 충무로에 극동극장이 생기고 종로와 이태원에 게이바들이 많이 생기기 시작하면서 서서히 쇠퇴하기 시작해, 2001년에 문을 닫기에 이르렀다. 현재는 고시원 용도로 쓰이고 있으며 극장 외관의 형태는 비교적 보존이 되어 있는 상태다.

극동극장

　　　중구 충무로, 대한극장 맞은편에 위치한 극장으로 주로 동시상영을 해주었다. 파고다극장이 성황을 이루다 이후 서울의 여러 극장으로 인원이 분산되던 중에 비교적 젊은 게이들의 크루징 장소로 유명했다. 2000년 초반까지 상영을 하다가 문을 닫고 현재는 극장 외관만 유지한 채 다른 업소들이 입주한 상태다.

바다극장

청계천 근처에 위치한 소규모의 극장이다. 종로의 파고다극장 과 충무로의 극동극장이 문을 닫은 후 인터넷 등을 이용하기 힘들거나 예 전 크루징 문화에 대한 향수가 있던 사람들이 많이 찾은 것으로 알려져 있 다. 최근까지 영업을 하다 2010년 중반쯤에 문을 닫았다.

버스터미널과 공중화장실

많은 사람이 오가는 곳, 익명성이 보장되는 곳은 게이들의 해방 구가 되기 위해 첫 번째로 꼽히는 조건들이다. 과거 대도시 터미널의 옥상 벽이나 화장실 벽에서 동성파트너를 구한다는 전화번호를 보는 것은 어렵 지 않은 일이었다. 한 예로 강남고속버스터미널 옥상은 서울의 유명한 크 루징 장소였고 경찰의 단속을 받는 일까지 자주 있었다고 한다.

남산공원

힐튼호텔 뒷편 어린이 놀이터부터 시작되는 길과 공원 근처를 에둘러 부르는 것으로 1960년대부터 성황을 이루었던 대표적인 게이 크 루징 장소다. 이 곳이 게이들의 크루징 장소가 된 이유로는 서울 도심 어

디에서나 가깝지만 울창한 숲이 있어 은폐성이 있다는 것과 파고다극장
이 생기기 전 명동에 있었던 크루징 극장들의 성황과 관련이 있다는 설
이 유력하다. 즉, 명동에서 만나 사랑을 나눌 공간으로 인근에 위치한 남
산이 이용되었다는 추측이다. 처음에는 으슥한 숲 속에서 크루징이 이루
어지다가 후에는 자동차를 이용하는 형태로 바뀐 것으로 알려져 있다. 이
곳은 게이들뿐만 아니라 자동차 혹은 산책을 이용한 데이트족이 많은 것
과 관련하여 보면 자연스러운 만남의 장으로 이해할 수 있겠다.

종묘공원

　　　　종로 세운상가 맞은편에 위치한 공원으로 정확하게는 종묘 앞
에 있는 숲길과 화장실이 크루징 장소로 유명했다. 종묘공원 화장실은 대
표적인 글로리홀(성행위를 위해 화장실 칸막이 사이를 뚫은 것) 크루징
장소로 유명하였고 그 앞의 숲길도 즉흥적인 만남을 원하는 게이들이 많
이 모인 것으로 알려져 있으나 역시 게이바의 확대와 인터넷 채팅 등의 영
향으로 쇠퇴하게 되었다.

종로3가 거리(낙원동 일대)

　　　　낙원상가부터 시작하여 종묘공원까지 가는 종로 대로변의 뒷길
을 통칭한다. 대표적인 게이바 밀집 지역이다. 과거 한국전쟁 이후 종로3
가 일대는 이른바 '종삼'으로 불리던 사창가로 유명했다. 1960년대 탑골공
원에서 종로5가에 이르기까지 세를 넓혀가던 '종삼' 지역은 1968년 김현

옥 서울시장이 그 일대를 시찰하던 중 성매매여성으로부터 '놀다 가요'라는 말을 들은 일이 도화선이 되어 갑작스런 종말을 고하게 되었다. 김현옥 시장은 이튿날 당장 '나비작전'이라는 대대적인 사창가 단속을 벌이기 시작했다. 박정희 대통령의 지시임을 내세워 유례 없이 강력한 단속을 벌인 결과 한 달도 걸리지 않아 사창가는 완전히 정

리되었고 일대의 판자촌들도 강제로 철거되었다.

그리고 갑자기 생긴 도심 한복판의 공동화된 지역에 게이바들이 하나 둘 모여들기 시작했다. 1970년대 중반부터 성지라고 일컬어지던 파고다극장의 성황과 맞물려 게이바들은 점점 늘어났고 1980년대에는 4~50개의 게이바가 자리 잡으면서 명실상부 국내 최대의 게이 거리가 되었다. 1990년대 초만 해도, 지하나 외진 곳에서 은밀하게 심지어는 간판도 없이 영업을 하던 게이바들은 이제 지상, 대로변에서도 흔히 볼 수 있게 되었으며 간판이나 입구에 무지개 깃발을 걸 만큼 자연스럽게 종로3가의 문화를 대표하기에 이르렀다. 종로 지역의 게이바들은 소주나 막걸리 등을 마실 수 있는 실내 포장마차 형태에서부터 노래를 부를 수 있는 가라

오케 형태, 그리고 맥주나 양주만을 취급하는 고급 원샷바, 와인바 등으로 세분화되어 있고, 게이들의 취향에 따라서도 뚱뚱한 게이들이 주로 모이는 곳, 나이든 게이들이 모이는 곳, 젊은 게이들이 모이는 곳으로 세분화되어 있다. 한때 이태원에서 클럽 위주의 서구적 게이 문화가 성장하면서 젊은 게이들이 종로보다 이태원 지역을 선호하기도 했으나 몇 년 전부터 포털 사이트를 이용한 단체번개 문화가 유행하고 동호회 문화가 성장하면서 여러 명이 어울릴 수 있는 자리가 상대적으로 많은 종로3가 일대는 흔들림 없는 지위를 유지하고 있다. 예를 들자면 인사동이나 피맛골에서 1차로 번개모임을 가진 다음 종로3가의 소주방이나 호프집 등을 이용하고 원샷바나 포장마차까지 들르는 패턴을 들 수 있겠다. 몇 년 전부터

는 낙원상가에서 국악로에 이르는 이면도로를 중심으로 형성된 포장마차에 게이들이 모이면서 주말 새벽이면 거리 양쪽을 게이들이 가득 채우는 진풍경을 연출하기도 한다. 2011년 현재 종로3가에는 백여 개가 넘는 게이바가 있다. 또한 게이바뿐 아니라 이반전용 DVD극장이나 찜방 등도 이 일대에 자리잡고 있으며, 게이인권운동단체 친구사이나

한국에이즈퇴치연맹이 운영하는 동성애자 에이즈 예방 사업부인 아이샵(ishap) 역시 종로3가에 둥지를 튼 지 오래다. 진보신당 소속인 최현숙 씨는 2008년 4월에 있었던 국회의원 선거에 레즈비언으로 커밍아웃하고 종로구로 출마하여 큰 반향을 일으킨 바 있다. 한편 오세훈 서울시장이 종로3가 이면도로 일대를 '다문화거리'라 명명하고 포장마차의 형태도 강제로 바꾸면서 종로3가 게이타운의 모습을 조금씩 바꾸고 있다. 또 이 지역의 랜드마크이기도 한 낙원상가 철거계획이 발표되고 재개발계획에 대한 소문도 끊이지 않는다. 외국의 유명한 게이타운과는 달리 주거와 생활이 뒷받침되지 않은 채 밤문화 중심으로 성장한 종로3가의 게이타운으로서의 명성은 이제 미래를 쉽게 점치기 어려운 상황으로 변하고 있다.

신당동

성동극장과 그 주변을 일컫는다. 1980년에는 파고다극장에서 파생된 성동극장 주변으로 30여 개의 게이바가 성업을 이루었으나 성동극장의 폐관과 1990년대 이태원의 부각으로 인해 순식간에 상권이 몰락하였다. 지금은 게이휴게텔과 몇 개의 게이바 등이 명맥을 유지하고 있다.

이태원

해밀턴호텔 건너편에 있는 게이바와 댄스바 밀집지역으로 속칭 '호모힐(게이힐)'로 통한다. 이태원 지역은 해방과 한국전쟁 이후 미군기지의 위락타운 성격을 띠고 있었는데, 이후 도시화가 진행되고 쇼핑타운

이 형성되면서 외국인들이 즐겨 찾는 관광명소로 자리잡게 되었다. 이태원은 1997년 서울시 최초로 관광특구로 지정되었고 지금은 미군 뿐 아니라 세계 각지의 외국인들로 붐비는 서울 속의 외국으로 독특한 색깔을 유지하고 있다. 이처럼 개방적이고 자유로운 분위기는 자연스럽게 게이바의 출현을 낳게 된다.

이태원 최초의 게이클럽은 1990년대 중반에 생긴 '터널'이라는 곳이다. 그로부터 2, 3년후 이태원은 당시 오프라인 커뮤니티를 형성하기 시작하던 젊은 게이들을 폭발적으로 끌어 모으게 되는데 이는 1990년대 후반 최고의 인기를 누린 게이클럽 '스파르타쿠스'(지금은 없어졌다)와 외국인들이 자주 이용하던 클럽 '트랜스'의 성공에 힘입은 덕일 것이다. 또

가라오케나 영세한 규모의 게이바가 대부분이던 종로 지역과는 달리 댄스클럽과 고급스런 원샷바 분위기의 게이바들은 특히 젊은 게이들과 외국인들이 매력을 느끼기에 충분했다.

2000년대 초반까지 댄스바와 게이바들이 모여 있던 '호모힐' 지역은, 토요일 밤 인근에 있는 남자들은 대부분 게이로 여겨도 무방할 정도로 인기를 누렸다. 1990년대 중반에는 젊은 게이들이 종로에 대해 거부감을 가지고 있었고, 한껏 팽창하던 PC통신이나 인터넷 세대가 모임을 이태원에서 열기도 하였다. 그러나 평일에도 성행하는 종로와는 달리 토요일 밤에만 밀집되는 현상 때문인지 지금의 이태원 지역은 일부 댄스바들 외에는 과거에 비해 규모가 축소된 듯 보인다. 또한 종로 지역에 고급스런 게이바들이 형성되기 시작하면서 게이바들이 다시 종로로 이동하고, 이태원 클럽에서 놀던 게이들도 새벽이면 다시 종로로 넘어가기도 한다.

하지만 이태원 지역은 댄스를 즐기려는 젊은 게이들과 외국인들을 중심으로 주말이면 여전히 붐비고 있으며 현재에는 대여섯 개의 크고 작은 댄스클럽을 포함해서 이십여 개의 게이바가 존재한다.

종로와 마찬가지로 이태원 역시 재개발이 예정되어 있어, 앞으로 어떻게 될지 불투명하다고 한다.

신촌, 홍대

종로와 이태원이 게이들의 주 공간이라면 신촌, 홍대 지역은 레즈비언들의 주 활동공간이라고 할 수 있다. 1990년대 중반 여성동성애자인권운동단체 끼리끼리(레즈비언 상담소의 전신)가 이대 근처에 사무실을 열었고, 레즈비언바인 레스보스를 필두로 몇 군데 업소가 신촌 부근에 생기면서 자연스럽게 레즈비언들은 신촌 부근에 자주 모이게 되었다. 또한 신촌에 있는 백화점 뒤 공원은 '신공'이라는 닉네임으로 불리면서 10대 레즈비언들이 모이는 장소로 널리 알려졌다. 레즈비언바는 신촌에서 홍대근처로 범위를 넓혀나갔고, 레즈비언 커뮤니티나 단체들도 종로, 혹은 다른 지역에서 점차 홍대 근처나 마포구로 이전했다. 이유는 여러 가지 추측이 가능하나, 예술을 추구하는 공간의 특성 등으로 인해 문화적 다양성을 인정하는 급진적인 분위기가 형성되어 있고, 지역운동이 활성화되어 있으며, 도심에서 멀지 않고 신촌에 비해 거주공간이 많고 쾌적하다는 점 등이 아닐까 추측해볼 수 있다.

2005년 8월 마포FM에서는 한국 최초의 레즈비언 방송인 〈레주파의 L 양장점〉이 라디오 전파를 타기 시작했다. 마포 지역은 레즈비언들의 공간으로 색깔을 더욱 분명히 했고, 2010년 국회의원 보궐선거 때는 레즈비언들을 비롯한 성소수자들이 주축이 된 '마포레인보우'라는 유권자 연대가 결성되어 정치활동에도 적극적으로 참여하는 모습을 보였다. 이와 같이 단순한 소비공간이 아니라 실질적인 생활공간과 문화공간, 유흥 공간을 일치시키는 적극적인 레즈비언 커뮤니티의 모습은 종로3가나 이태원의 게이 커뮤니티와는 또 다른 과정을 밟으며 새로운 형태의 성소수자 타운이 형성될 수도 있을 것이라는 기대감을 낳고 있다.

사이버 공간

게이 커뮤니티라 함은 인터넷 공간을 빼놓고는 언급조차 할 수 없을 정도로 양적으로 풍부하고 다양화되었으며 이는 지금도 진행형이다. 이는 불과 십년 사이에 일어난 혁명이다.

1993년 '초동회'라는 동성애자 인권단체가 결성되고, 1994년 남성동성애자들의 모임인 '친구사이'와 여성동성애자들의 모임인 '끼리끼리'로 나누어진 후 시대적인 분위기에 따라 1995년 당시 PC통신을 중심으로 동성애자 모임들이 생기기 시작하였다. '천리안'의 'queernet', '나우누리'의 'rainbow', '하이텔'의 'dosamo' 등이 그것이다. 이 공간들은 대화방과 게시판 및 소집단 형태로 운영이 되었고 한 때 정기모임을 하면 1000여 명의 회원들이 참여할 정도로 성황을 이루었다고 한다.

이후 사이버 공간이 전반적으로 PC통신에서 인터넷으로 바뀌면서 자연스럽게 게이들의 사이버 공간도 이전을 하게 되었다. 최초의 게이 웹사이트로는 '엑스존(http://exzone.com)'이 있었고 레즈비언을 위한 웹사이트로는 '티지넷(http://tgnet.co.kr)'이 있었다. 이 공간들은 2000년 이후 하루 평균 2000명이 넘는 방문자수를 기록하기도 하였다. 하지만 '엑스존'은 청소년유해매체로 지정되어 여러 동성애자단체들과 함께 헌법재판소 등을 대상으로 지리한 싸움을 계속하기도 하였으나 결국 안타깝게 문을 닫게 되었다.

현재는 게이사이트인 '이반시티(http://ivancity.com)'와 레즈비언사이트인 '티지넷(http://tgnet.co.kr)', 미유넷(www.miunet.co.kr)이 활발하게 운영되고 있다. 이외에도 네이버와 다음 등의 포털사이트에는 수많은 동호회나 카페들이 명멸을 거듭하고 있으며 블로그나 개인 홈페이지, 페이스북, 트위터 등에서도 게이들의 활약은 쉽게 접할 수 있다.

샌프란시스코 카스트로거리

호주 시드니와 함께 세계에서 게이들이 가장 많이 사는 도시로 유명하다. 얼마 전 개봉했던 구스 반 산트의 영화 〈밀크〉의 실제 주인공인 하비 밀크가 1977년 샌프란시스코 시의원에 당선되게 된 근거지이기도 하다.

카스트로가는 게이들이 모여 사는 동네이며 게이 공동체 지역이다. 게이용품들을 파는 상점과 무지개 깃발을 게양하며 거주하는 게이들의 집이 밀집해 있고 상점, 레스토랑, 바들이 들어서 있으며, 동성애자로서 생활을 자유롭게 누리는 사람들을 쉽게 만날 수 있는 장소다. 특히 6월의 게이 퍼레이드와 할로윈 밤에는 동성애자뿐만 아니라 이것을 보려는 엄청난 수의 관광객들이 모이는 것으로 알려져 있다.

시드니 '마디그라(mardi gras)'

'마디그라'는 지역 이름이 아니라 시드니에서 열리는 퀴어축제 이름이다. 호주 시드니도 게이들이 많이 사는 도시로 알려져 있으며 따라서 축제의 유명도도 대단히 높다.

마디그라 축제는 1978년 게이와 레즈비언들이 시드니의 '옥스퍼드 스트리트(Oxford

street)'에서 '하이드 파크(Hide park)'까지 행진 퍼레이드를 하면서 53명이 체포되는 등 사회적으로 많은 지탄을 받으며 발전해 왔다. 축제의 거리퍼레이드에는 다양하고 화려한 의상과 소품들이 선보이기 시작하였으며 이것은 단순한 볼거리를 넘어 이색적이고 독특한 시각예술로 승화되었다. 이 축제를 보기 위해 전 세계에서 관광객들이 모이는 것으로 알려져 있다.

파리 **마레(Marais) 지구**

마레 지구란 행정구역이라기보다는 통상적으로 부르는 지역명칭에 더 가깝다. 이 지역은 의류 액세서리, 각종 생활 소품 등 개성 넘치는 물건들을 파는 가게와 독특한 분위기의 카페, 레스토랑, 바 등이 밀집되어 있는데, 취급하는 물품은 명품들보다는 프랑스 고유의 브랜드나 잘 알려지지 않은 브랜드들이 대부분이며 이곳의 가게들 중 상당수가 게이들을 위한 곳으로 알려져 있다. 파리에서도 쉽게 찾아보기 힘든 독특함이 자연스럽게 게이들의 밀집 공간으로 자리잡은 것으로 추측되며 또한 이곳은 유대인들의 거주지로도 유명하다.

태국 **방콕**

태국이라는 나라 자체가 동성애자에 대해 우호적이며 관광으로 대부분의 수입을 올리는 나라답게 동성애자를 위한 시설들이 잘 구비되어 전 세계적으로 많은 게이들이 밀집되는 장소로 유명하다. 특히 방콕의 '실롬 쏘이' 지역에는 명성이 자자한 'Dj station'을 비롯한 게이클럽, 게이사우나 등이 밀집되어 있다.

대만

동성애자에 대한 진보적인 접근을 동성결혼이나 파트너십, 입양 허용 등으로 보았을 때 그 기준으로 아시아에서 가장 발달한 나라는 대만을 손꼽을 수 있을 것이다. 대만은 현재 동성결혼 합법화에 관한 인권기본법 초안을 발표했고 법률 제정을 위해 의회 차원에서 논의가 진행되고 있는 상황이다.

게이들을 위한 공간으로는 우리나라의 종로나 이태원처럼 대단위로 밀집되어 있기보다는 타이페이역을 중심으로 곳곳에 나누어 있는 상황이다. 주편에 있는 홍로우 극장 주변으로 노천카페들이 많은데 그 중 상당수가 게이바로 그 곳에 가면 대만 퀴어맵을 얻을 수 있다고 한다. 그리고 게이전용 사우나, 클럽 등이 있고 228공원 등에서 크루징도 이루어진다고 하며 특이한 점은 대만은 게이전용 홈스테이 시설도 있어 편의를 제공받을 수 있다.

신주쿠 2번가

신주쿠 거리 자체가 유흥가 밀집 지역인데 그 중에서도 2번가에 게이관련 가게들이 밀집되어 있다. 일본은 특이하게 가게별로 고객층이 세분화되어 있는 것으로 알려져 있다. 우리나라도 게이바 별로 나이나 체형 등에 따라 모이는 사람들이 좀 나누어지는 면이 있는데 일본은 더욱 세분화되어 있다.

독일

핑크색 역삼각형과 강제수용소로 악명이 높았던 독일은 사실 게이들이 살기 매우 좋은 곳이라고 한다. 독일 외무장관은 얼마 전 동성결혼을 했고, 재선까지 된 베를린 시장은 커밍아웃한 게이이며, 사회의 시선도 비교적 온건한 편이다. 베를린은 전 세계적으로 가장 큰 게이 지역(쇤네베르크 지구)이 있다. 이곳에는 수많은 바와 클럽, 게이를 위한 호텔과 게스트하우스 등이 밀집해있다. 지구 곳곳에서 펼쳐지는 퀴어페스티벌을 독일에서는 특별히 CSD(christopher street day)페스티벌이라고 한다. 뉴욕 크리스토퍼 거리에서 있었던 '스톤월 항쟁'을 기념하기 위해서인데, 1979년부터 지금까지 이어져오고 있으며, 수십만 명이 참가하고 구경할 정도로 인기 있는 행사.

영국 런던 소호(Soho) 거리

게이를 비롯한 멋진 남녀들이 모이는 곳이다. 패션과 디자인의 거리로도 유명하다. 시내 한복판에 위치하고 있어 찾기 쉽다. 다양한 인종이 모인 곳이라 동양인 게이들이 많은 곳, 나이든 사람이 많은 곳 등 다양하다. 부시개 깃발이나 핑크색 삼각형 등으로 표시해 놓은 가게가 매우 많고, 분위기 또한 우호적이다. 퀴어페스티벌로 소호 프라이드(SOHO Pride)라는 축제가 있어, 게이들이 많이 참여한다.

클럽은 보통 주말에만 하거나, 이른 시간에 열린다고 한다. 유명한 게이도시인 브라이튼이 런던에서 가까운 거리다. 다만 아주 작은 도시이고 축제일이 아닌 경우엔 가도 해변 이외에는 볼거리가 없다.

 〈게이컬처홀릭〉 편집위원회

Gay Culture Report

대한민국에서 게이로 산다는 것

게이, 한국을 살다
가상 시나리오로 본 게이들의 삶

등장인물

 자경궁 박씨 40대 초반의 게이. 입담은 거칠지만 적당한 기갈과 인품, 지혜를 골고루 갖추고 있다. 게이 커뮤니티 데뷔 20년차, 커플 10년차이며 게이수영동호회 '물질'의 운영자이기도 하다.

 기즈베 30대 초반. 퉁퉁한 체격에 패션감각이 뛰어나다. 원나잇스탠드와 번개를 즐기는 낙천적인 성격이지만 지순한 사랑에 대해서는 회의적이다. 수영동호회 '물질' 회원이다.

 몽 30대 중반. 남자다운 인상과 근육질의 몸매로 인기가 많지만 순수한 사랑을 쫓는 순진한 남자다. 집에서 결혼 압박을 받고 있는데다 최근 3개월 만에 애인한테 차여 우울모드다.

 성치 20대 초반의 호기심 많은 학생으로 최근에 수영동호회에 가입했다. 커뮤니티 데뷔한 지 아직 반 년도 채 되지 않았고 군 입대를 앞두고 있다.

 마님 자경궁 박씨의 애인.

1장 그래도 우리는 만나고 싶다

늦봄의 주말 저녁, 인사동에 있는 커피전문점 스타월드. 실외테이블에 자경궁 박씨와 몽이 앉아 있고 성치가 헐레벌떡 나타난다.

성치 우왓, 형 미안해요. 좀 늦었어요.

자경궁 박씨 어찌 이리 호들갑이야? 괜찮은 훈남이라도 발견한 게야?.

몽 (주위 사람들의 눈치를 보며 작은 목소리로) 형, 여기 사람들도 많은데 목소리 좀 낮추시지. 아, 오늘 날씨 참 좋지 않습니까?

자경궁 박씨 이 년은 왜 또 이래? 언니 앞에서 어색한 발연기 하지 말랬잖아.

몽 으, 형. 그 '년' 소리만은 제발…. 자기비하적으로 들려요.

자경궁 박씨 자기비하라니, 그건 오버지. 초짜도 아니면서 아직도 고리타분하게 생물학적 이분법에서 헤매고 있냐? 년이라는 소리, 언니라는 소리가 어색하지 않게 들릴 때야말로 진정 게이로서의 자신을 인정하는 순간이라니까. 서양에서 '퀴어'라는 말이 욕처럼 사용되다가 게이들이 적극적으로 사용하면서 긍정적이고 진보적인 의미를 끌어냈다잖아. 우리나라에서도 '이반'이나 '년' 같은 말을 그렇게 사용하는 거고.

성치 우왓, 멋지다. 형 저도 년이라고 불러줘요. 기왕이면 이쁜 년. 헤헷.

몽 흠, 저도 공부 좀 했어요. 게이 커뮤니티 안에서 언니라는 말이나 년이라는 말은 욕이 아니라는 것 정도는 알고 있고, 긍정적인 전복의 의미를 가질 수도 있다는 건 이해하겠는데요. 그래도 개인적으로 입에 안 붙는 걸 어떡합니까?

자경궁 박씨 누가 너보고 꼭 그러라니? 다양성을 인정하는 게이답게 다른 사람들이 그러는 것도 자연스럽게 받아들이라는 거지. 가슴에 손을 얹고 생각해보려무나. 혹시 네 안에 아직도 호모포비아가 숨어 있지 않은지.

성치 자경궁마마 또 설교 시작하신다. 몽 형, 왜 그랬어요?(웃음) 근데 이 커피숍 분위기는 좀 이상한 거 같아요.

자경궁 박씨 몰랐니? 사람들이 여길 스타월드가 아닌 게이월드라고 하잖아. 눈알 굴리는 소리 안 들려?(웃음)

성치 우왓. 그럼 여기 카페에 있는 사람들이 전부 그러니까?

자경궁 박씨 전부는 아니겠지만 전망 좋은 자리는 대부분 게이들이 차지하고 있을걸. 봐봐. 저기 한 테이블 빼곤 다 남자들끼리 있잖아. 옷차림이랑 표정에서 끼가 철철 나오네.

성치 형은 딱 보면 알아요? 뭐라더라, 게이더[01]라는 거 있잖아요.

🧑 **자경궁공부방 01** ||||||||||||||||||||||||||||||||||||||||||||||||||||||||||||||||||||||||||

게이더(gaydar) 게이(gay)와 레이더(rayder)의 합성어로 말을 하지 않고서도 상대방의 성정체성을 파악하는 능력 즉 게이들끼리 서로를 알아보는 능력을 일컫는 말. 자세한 설명은 이 책의 p.242 '게이 컬처 용어 사전' 혹은 p.226 '이성애자 상담실' 을 참고하기 바란다.

<u>자경궁 박씨</u> 대충은 감이 오지. 처음엔 몰랐는데 이 바닥에서 오래 굴러먹다 보니 점점 게이더가 발달하는 거 같기도 해.

<u>성치</u> 게이더라는 게 진짜 있긴 한 건가요?

<u>몽</u> 재미있는 용어이긴 하지만 맹신할 순 없을 것 같아. <u>여성적인 행동이나 말투를 가진 사람이나 세련된 옷차림, 귀걸이처럼 특정한 복장 코드를 갖춘 사람을 보면 게이가 아닐까 추측[02]</u>하기도 하지만 요즘에는 이성애자 남자들 중에서 예쁘게 차려입고 다니는 사람들도 많으니 말야. 그리고 겉보기에는 굉장히 마초적으로 보이고 남성적인 모습이나 행동을 하는 게이들도 있잖냐. 나처럼.(웃음)

<u>성치</u> 정말 이렇게 게이들이 많은데 일반 사람들은 왜 자기 주변에 게이가 없다고 믿는지 몰라요.

<u>자경궁 박씨</u> 믿기가 싫은 거겠지. 아니면 무서워하거나. 오래 전에 일반친구 한테 커밍아웃한 적이 있었는데, 그 친구는 자기한테 프로포즈하는 줄 알고 도망치더라니까. 웃겨 정말. 일반 사람들은 우리가 물건만 달리면 다 좋아하는 줄 아나보더라.

<u>성치</u> 그러게요. 이성애자 남자들은 길이나 전철에서 만나는 모든 여자들한

 자경궁공부방 02 ||||||||||||||||||||||||||||||||||||||||||||||||||||||||||||||||||||||||||||||||||||||||||

오른쪽 귀에 귀걸이를 하면 게이? 액세서리, 핑크색 남방, 가죽옷, 짧은 머리 등 흔히 게이들의 특징이라고 보는 복장 코드들은 게이들만의 고유한 취향이라기보다는 한때 서양의 게이 커뮤니티에서 유행했던 복장 스타일로 보는 것이 적절하다. 자세한 설명은 이 책의 p.242 '게이 컬처 용어 사전' 혹은 p.226 '이성애자 상담실'을 참고하기 바란다.

테 나이, 외모, 체형에 상관없이 자동으로 빠지나? 나 원 참. 트럭으로 갖다줘봐라. 눈 하나 깜짝하나.

자경궁 박씨 트럭으로 갖다 주면 정성을 생각해서 쳐다봐주긴 하겠다.(웃음) 그나저나 기즈베 이 년은 왜 이렇게 안 와.

성치 아, 기즈베 형은 쇼핑 중이라고 조금 늦으신데요.

자경궁 박씨 어라, 지난 주에도 옷 산다고 한나절 돌아다니더니. 하여간 개는 쇼핑중독이라니까.

몽 그래도 기즈베가 패션감각은 있는 것 같던데요. 게이들은 대부분 외모나 옷차림이 훌륭하다는데 난 게이도 아닌가봐. 맨날 편하고 관리하기 쉬운 옷만 찾으니.(웃음)

자경궁 박씨 튀지 않고 단정한 옷차림이 실속 있는 거란다. 끼스럽거나 튀게 옷 입는 게이들이야 널렸잖아. 넌 체격도 좋으니 정장 입고 나가면 만식이라는 얘기 들을 거야.

성치 만식이 뭐예요?

자경궁 박씨 만인의 식성 말이다.

성치 (웃음) 그런 말도 있구나. 제 친구는 요즘 뜨는 스타일 카피하고 싶을 때는 이태원 게이클럽에 간다더라고요.

몽 난 이태원은 도무지 시끄럽고 복잡해서 적응이 안 돼.

성치 저는 처음 이태원 게이클럽에 갔을 때 카타르시스랄까, 엄청난 해방감을 느꼈어요. 우와, 저 많은 수백 명의 사람들이 다 나와 같은 사람이라니 하는 감동 있잖아요.

몽 이태원은 꼭 가상공간 같다는 생각이 들지 않냐? 다수가 한 자리에 있지만 사람이라기보다는 익명의 사물들 같고 시선들은 부지런히 교차되는데 스쳐지나갈 뿐 대화가 없어. 약간 비싸 보이는 애들이 많아서 주눅 드는 부분도 있고. 거기에 비하면 종로는 평범하고 좀 올드하긴 하지만 정감도 있고 깊은 이야기를 할 수 있어서 친숙해. 무엇보다 내가 좋아하는 포장마차가 많잖냐.(웃음)

성치 저는 춤추는 걸 좋아해서인지 이태원에 한 표 던져요. 이국적인 분위기 때문인지는 몰라도 이태원 입구에 들어서면서 마음가짐부터 달라지던데요. 내가 아닌 다른 사람이 된 것 같다는, 연기한다는 느낌이 들어서 우쭐해지기도 하고, 혼자 가도 뻘쭘하지 않고. 그리고, 멋진 외국인들도 많고요.

자경궁 박씨 어라, 넌 외국인도 좋아하니?

성치 전 잡식인 것 같아요. 백인 쪽은 별로고요. 아랍풍 외모가 좀 섹시하게 느껴지더라고요. 인도나 파키스탄 그런 쪽? 근데 아랍 사람들은 별로 없어요. 서양사람이나 일본사람, 동남아사람은 자주 보이는데.

몽 이슬람사회는 보수적이잖아. 참, 얼마 전에 신문에서 봤는데, 파키스탄 동성애자가 한국에서 난민인정 받았다[03]고 그러더라. 한국보다 더 갑갑한

자경궁공부방 03 |||||||||||||||||||||||||||||||||||||||||||||||||||||||||||||||||||||||||||||||||||||

동성애자의 난민인정 판결 2009년 12월 24일 서울행정법원은 파키스탄인 동성애자에 대한 법무부의 난민인정불허처분에 대한 취소를 구하는 소송에서 원고 승소 판결을 내렸다. 이는 한국에서 처음으로 동성애자의 난민지위를 인정한 것이다. 실정법으로 동성애자를 징역형과 벌금형에 처하고, 종교법인 '샤리아법'에 의해 동성애를 사형으로까지 처벌하고 있는 파키스탄의 현실에 비추어, 파키스탄인 동성애자에게 난민지위를 인정한 것이다. 자세한 설명은 이 책의 p.212 '성소수자의 제도적 현실'을 참고하기 바란다.

세상이 있다는 게 놀랍지 않냐?

성치 그러게 말예요. 아웅, 낮에도 게이들이 당당하고 편하게 갈 수 있는 공간이 많았으면 좋겠어요. 게이들은 다 밤과 낮이 다른 이중생활을 해야 하는 건가.

자경궁 박씨 그러게나 말이다. 오죽하면 주말게이라는 말이 있겠니? 그래도 예전보다는 양지로 많이 나왔지 뭐.

몽 나도 처음엔 게이들 하면 밤문화밖에 없는 줄 알았어요. 수영모임에 가 입하고서 세상에나 이런 게이들도 있구나 싶더라니까. 근데 알고 보니 동 성애자 커뮤니티 안에도 각 종목별 운동모임부터 해서 영화모임, 독서모 임, 노래모임 등등 없는 거 빼곤 다 있던데요.[04]

자경궁 박씨 그렇지. 밤문화가 부각되는 건 꼭 우리 게이들 탓만은 아니야. 사회가 좀 더 관용적으로 변해야 게이들도 대낮에 게이로서의 인생을 살 수 있겠지. 연애나 오락활동 뿐 아니라 여러 분야로 시선도 넓어질 거 고…. 조금만 기다려봐. 내가 로또에만 당첨되면 직장 때려치우고 빌딩하 나 세워서 게이문화센터도 만들고 도서관이나 서점, 옷집, 식당 이런 거 다 만들어줄 테니.(웃음)

자경궁공부방 04

다양한 성소수자 커뮤니티 국내 성소수자 커뮤니티 안에도 다양한 그룹이 존재한다. 1990년대 초반까지는 게이바를 매개로 하거나 친분관계를 중심으로 소규모 친목집단이 있었던 것으로 전해지며 PC통신 문화, 인터 넷 문화의 도래 이후에는 수많은 그룹들이 이합집산을 되풀이해왔다. 현재는 주로 다음, 네이버 등의 포털사이 트 혹은 이반시티 등의 게이 사이트를 매개로 한 수많은 동호회들이 활동하고 있다. 게이들의 커뮤니티와 공간 에 대해서는 이 책의 p.130 '국내외 게이스페이스' 글을 참고하기 바란다.

이때 기즈베 등장한다. 짧은 헤어컷과 콧수염, 머리끝에서 발끝까지 패션에 신경 쓴 티가 난다. 세 사람은 자리에서 일어나 종로3가의 게이바로 이동한다. 맥주와 칵테일을 주로 파는 원샷바다. 술을 주문한 후 기즈베가 수다를 시작한다.

기즈베 아유 정말. 내가 어제 완전 특이한 사람 만났다는 거 아냐.

성치 우왓, 형 번개 나가셨어요?

기즈베 간만에 아이폰 그라인더로 만난 사람과 일대일 번개를 했어. 근데 애가 괜찮은 거야. 그래서 술 한 잔 하고 나서 집에 데려갔지. 근데 이 인간이 가죽 마니아인 데다가 발페티시까지 가진 사람이었던 거야.

자경궁 박씨 흠, 넌 원래 별난 거 좋아하지 않니? SM 플레이도 해봤다면서 새삼스럽게 내숭 떨고 그러니.

기즈베 어맛. 혹시나 하며 해봤다가 다시 안 하잖아요. 내 취향은 아니더라고요. 참 나. 호기심 많은 게 무슨 죄유?

몽 그래서 어떻게 되었어? 그 남자랑 계속 사귀기로 했냐?

기즈베 나 양말이 축축해질 때까지 멀뚱멀뚱 누워만 있었어요. 어떻게 매번 그러고 살아. 종로든 이태원이든 널린 게 게이들인데.

몽 매번 남자 갈아치우는 거 보면 참 대단하다. 괜찮은 사람 있으면 그냥 정착하지 그러냐. 일회성 만남이 많아지다 보니 결국은 게이 커뮤니티에서는 성과 관련된 문화나 코드만 무성해지잖아.

기즈베 그게 뭐 어때서요? 일반사람들처럼 겉으로는 아닌 척하면서 뒤에서 호박씨 까는 것보다 낫지 않나? 오히려 그런 개방성이나 다양성이 게이들만이 가질 수 있는 장점인 것 같던데.

몽 음, 솔직하게 열려 있는 건 좋은데, 일반인들이 그런 것 때문에 게이들이 방탕하다는 오해도 하잖아.

자경궁 박씨 언론에서 자극적인 기사를 집중 보도하니까 그렇게 보인다는 거 아니니. (참고 : p.187 게이가 본 언론1-언론은 동성애를 스토킹하는 걸까?)

성치 난 언론에서 그런 이야기 들으면 막 화가 나요. 자기들은 버젓한 유부남들이 룸살롱가서 딸내미 뻘 되는 사람들 끼고 앉아서 별 짓 다하면서….

자경궁 박씨 아유, 나 혈압 오른다. 그런 구질구질한 이야기 그만하자고.

성치 근데요. 솔직히 저는 번개 한 번도 안 해봤는데, 재미있어요? 이반사이트 채팅방에 들어가면 번개공고가 많긴 하던데 어디에 나가야 될지 모르겠어요. 일대일 번개는 좀 두렵기도 하고요.

기즈베 넌 젊으니까 일단은 일대일 번개보다는 단체번개에 나가봐. 소위 말하는 브랜드 번개, 방장 이름이 좀 알려진 거 있잖아. 번개 주최하는 걸로 먹고 산다고 뒤에서 수군대는 사람들도 있지만 사실이라고 해도 뭐 어때. 자기들이 원하는 서비스를 받으면서 대가를 지불하는 건 당연한 거 아냐? 사람 많이 오는 번개 방장들은 대개 진행도 잘 하거든. 그러니까, 큰 부담 갖지 말고 기대도 하지 말고, 그냥 두어 시간 쿨하게 놀고 온다고 생각하면 될 거야. 운 좋으면 거기서 괜찮은 짝지를 만날 수도 있는데 그건 보너스라 치고.

몽 난 단체번개는 영 어색하던데. 이미지 게임이나 짝짓기 게임 같은 것도 하고 그러다가 쪽지 돌려서 맘에 드는 사람 찜하고 하는데 왜 그렇게 낯이 뜨거운지….

기즈베 몽 형은 몇 표나 받았어요? 형은 훈남 스타일이니까 꽤 인기 있을 텐데. 방장이 형 전화번호 알아뒀다가 번개 수질 높이려고 만날 나오라 그러지 않든가요?

몽 음, 난 싫어 그런 거. 거기서 쪽지 받는다고 연결되는 것도 아니고, 연출된 텔레비전 리얼리티쇼 프로그램이랑 뭐가 다른가 싶어.

자경궁 박씨 그런 게 부담스러우면 조촐한 술번개에 나가면 되지. 요즘엔 번개도 세분화되어 지역별 동네별 번개, 공부, 취미번개 등 많잖아.

몽 그것도 화제가 남자 이야기밖에 없던데요.

자경궁 박씨 게이번개니까 그렇지. 성적지향이 게이라는 존재의 핵심이잖아. 처음 보는 사람들끼리 정치 이야기할 수도 없고 사생활 공개하기도 꺼려지고 결국엔 공통의 화제가 그거지 뭐. 일반 남자들이 모이기만 하면 군대 가서 축구한 얘기 하는 것과 마찬가지 아닐까.

기즈베 몽 형은 번개 같은 데 잘 안 나갈 것 같은데 은근히 호박씨 까는 스타일이시네.

이때 옆 테이블에서 술을 마시고 나가던 남자가 기즈베를 빤히 쳐다본다. 기즈베, 눈인사를 하고 고개를 돌린다. 남자가 나간 후,

자경궁 박씨 하여간 발도 넓어. 또 어느 찜방에서 만난 사람이니?

성치 형 찜방도 다녀요?

기즈베 아유, 찜방 끊은 지 몇 년 되었어.

성치 근데 저 남자 완전 잘 생겼다. 나 소개시켜줘요, 아는 사람이면.

기즈베 소개시켜주긴 좀 그런데…. 몇 년 전에 번석한 사람인데 그때 사면 발이 옮아서 고생했잖아. 쪽팔려서 말도 못하고.

성치 사면발이는 콘돔으로도 막을 수 없지 않나요? 체모에 기생한다는데.

자경궁 박씨 그렇지. 여기 니 눈썹에도 한 마리 있네.(웃음)

성치 아웅. 놀리지 마세요. 나 비위 약하단 말예욧.

기즈베 사면발이야 뭐, 인기 있는 게이라면 어쩔 수 없이 거쳐야 하는 코스 아냐?(웃음)

자경궁 박씨 사실 사면발이는 일반 사우나나 여관 같은 곳에서도 옮을 수 있 으니까 아무 것도 아니지. 근데 그 사람도 너한테서 사면발이 옮았다고 생각하는 거 아닐까?

기즈베 (째려보며) 언니!

일동 (웃음)

자경궁 박씨 성병이야 애인 사이에서도 생길 수 있는 거고 성병 걸렸다고 죽 는 것도 아닌데 왜들 그리 겁부터 먹는지 몰라. 성병 치료 때문에 병원 가

 자경궁공부방 05 ||||||||||||||||||||||||||||||||||||||||||||||||||||||||||||||||||||||||||||||||||||||||||

아이샵(ishap) Ivan Stop HIV/AIDS Project의 약자로서 사단법인 한국에이즈퇴치연맹에서 2003년부터 운영 하고 있는 동성애자에이즈사업부의 명칭이다. 현재 HIV 관련 상담, 정보 제공, safer sex 홍보, 교육활동과 정책 양산, 에이즈예방활동가 양성, 무료 익명 에이즈검사 등의 사업을 벌이고 있으며 사무실은 종로3가에 위치하 고 있다.

면 아우팅 당한다고 말도 안 되는 소문내는 애들도 있더라고.

기즈베 맞아요. HIV검사도 아이샵[05] 같은 곳에서 그렇게 익명으로 한다고 홍보하지만 여전히 못미더워하는 사람들이 많다던데.

자경궁 박씨 그러게나 말이다. 이반 사이트 게시판 보면 특히 'HIV/AIDS'[06] 감염인에 대해서는 아직도 폭력적인 시선을 갖고 있는 사람들이 많아.

기즈베 뭐랄까, 다른 사람에 대한 배려가 좀 더 필요할 것 같아요. 성병이나 HIV/AIDS에 대해서도 우리 내부에 있는 포비아적인 시선 때문에 당사자들 스스로 더 움츠러드는 경우가 많잖아요. 게이 이미지를 그렇게 고착시킨 건 언론 탓도 있긴 하겠지만. (참고 : p.190 게이가 본 언론2-질병은 질병이라, 사람은 사람이라 불러다오.)

몽 기즈베 니가 그렇게 진지한 이야기하니까 꼭 딴 사람 같다.

기즈베 어머, 저도 나름 교양있는 게이라고요. 근데 몽 형이 오늘따라 좀 까칠하시네.

자경궁 박씨 애인이랑 그저께 헤어졌다는구나. 그것도 백 일째 되는 날인데 말이다.

자경궁공부방 06 ||||||||||||||||||||||||||||||||||||||||||||||||||||||||||||||||||||||||||||||||||||||||||||||||||

HIV와 게이 에이즈는 인간면역결핍바이러스(HIV)에 의해 서서히 면역체계가 공격당하는 질환으로 혈액이나 체액을 통해 감염되는 질환이다. 따라서 성별이나 성정체성에 상관없이 감염인과의 안전하지 않은 성관계나 수혈 산모에 의한 수직감염 등으로 감염된다. 따라서 동성애와 에이즈를 인과관계로 연결하는 것은 잘못된 편견의 산물이다. 이러한 편견의 시작은 1980년대 시작된 최초의 에이즈 유행과 이를 바라보던 보수적인 사회적 관점이다. 한편 다양한 치료약제의 개발로 에이즈는 이제 꾸준한 관리로 조절이 가능한 만성질환의 개념으로 바뀌고 있다. 한국사회에서 에이즈를 바라보는 시선에 대해서는 뒤에 나오는 '게이가 본 언론2'를 참고하기 바란다.

기즈베 세상에나. 아주 개념 없는 자식이네.

몽 나도 이 바닥에 있는 삼개월 징크스를 못 넘나봐. 휴우, 속상하다.

기즈베 그러니까 형은 애인한테 너무 올인하는 것 같아요. 난 열린 관계가 좋아. 상처받을 필요도 없고 상처주지도 않고….

몽 언제까지 그렇게 불나방처럼 살 순 없잖아. 난 그래도 내 짝이 세상 어디엔가는 있을 거라 믿어. 그때까지 기다릴 거야.

자경궁 박씨 얘는 또 무슨 조선시대에 태어난 애 같아. 눈부터 좀 낮추고 여러 사람 만나봐야 연애 기술이 느는 거야. 오늘 기분도 꿀꿀할 텐데 기즈베 따라다니며 원나잇이라도 하지 그래.

몽 그냥 집에 가서 야동이나 볼래요. 얼굴 자꾸 팔리는 거 싫어요.

자경궁 박씨 그러려무나. 또 고글맨 나오는 일본야동 다운받아뒀나 보지? (웃음)

휴대폰 문자수신 도착음이 울리고 네 사람 동시에 휴대폰을 꺼내 본다.

기즈베 아싸! 당첨. 이 놈의 인기는 좀처럼 식을 줄 모르네. 나 약속 생겨서 먼저 나갈게요. 몽 형 세상에 널린 게 게이니까 너무 우울해 말고 힘내세요. 다들 즐박.

2장 벽장 밖의 세상도 살 만하다
자경궁 박씨와 그의 파트너인 마님이 사는 아파트. 자정이 가까워오는 시

각에 초인종 소리가 들린다. 잠자리를 준비하던 자경궁 박씨가 현관 문을 열자 몽과 성치가 서 있다.

몽 밤 늦게 죄송합니다. 이 녀석 때문에….
성치 형, 나 큰일 났어요.
자경궁 박씨 내가 못 살아. 또 무슨 사고를 친 거야. 일단 들어와.

거실에 자리 잡은 세 사람. 안방에서 자고 있던 마님이 나와서 맥주와 간단한 과일을 갖고 들어온다. 마님이 과일을 깎기 시작한다.

성치 저 아우팅 당했어요. 아니다, 결론적으로 말하면 커밍아웃이긴 한데 준비된 상태가 아니고 얼떨결에 한 것이라 찜찜해요. 저번에 몽 형이 알려준 영화 〈친구사이?〉[07] 있잖아요. 그거 다운받아서 컴퓨터에 깔아뒀는데 누나가 봐 버렸어요. 그리고 혹시 너도 게이냐고 묻길래… 그냥 말해 버렸어요.
마님 이를 어째.

자경궁공부방 07

영화 〈친구사이?〉 관련소송 한국게이인권운동단체 친구사이와 청년필름이 공동으로 제작한 영화 〈친구사이?〉(김조광수 감독, 2009년)는 두 차례에 걸친 영상물등급위원회의 심의에서 처음에는 모방 위험성이 높다는 이유로, 두 번째에는 선정성이 높다는 이유로 청소년 관람불가 판정을 받았다. 제작자와 인권·문화 단체, 법조인들은 이를 명백한 차별이라고 판단하고 2010년 2월 4일 공익변호사그룹 공감과 함께 청소년 관람불가 판정 취소를 구하는 행정소송을 제기하여 일심에서 승소했다. 이 책의 p.212 '성소수자의 제도적 현실'을 참고하기 바란다.

자경궁 박씨 누나가 뭐라든?

성치 깜짝 놀라죠, 뭐. 여자친구 없는 게 이상했지만 설마 동생이 게이인 줄은 상상도 못했다면서요.

마님 이를 어째.

성치 언제부터 게이가 되었냐고 물어보길래, 그냥 사춘기 때부터, 아주 어릴 때부터 그랬다고 그랬어요. 그래도 자꾸 어떤 계기가 있었냐고 물어보는데 할 말이 없어서 그냥 자리를 피해서 나와 버렸어요. 아웅, 이제 누나 얼굴도 못 볼 것 같아.

자경궁 박씨 츳츳, 누나는 언제부터 누나가 이성애자라고 느꼈냐고 물어보지 그랬냐.

몽 성치 너는 다 좋은데 너무 덤벙거려. 나는 동성애자 관련된 책이나 물건은 절대 집에 안 들여놓거든. 집에선 컴퓨터로 이반 사이트 접속도 안 해.

자경궁 박씨 그건 좀 오버구나.

몽 저는 커밍아웃은 못 할 것 같아요. 제가 장손인데다가 우리 집안이 기독교잖아요.

자경궁 박씨 집에선 결혼 압박이 만만치 않을 텐데 어떻게 버텨 그럼.

몽 말도 마세요. 만날 선보라고 난리예요. 그래서 주말에는 야근한다는 핑계대고 집에 잘 안 들어가잖아요.

마님 이를 어째.

자경궁 박씨 츳츳. 내가 볼 땐 커밍아웃해야 할 사람은 성치가 아니라 몽 너 같은데. 직장이나 주위 친구들도 다 모르지?

몽 모르죠. 주변에 마초적이거나 호모포비아를 가진 사람들이 많거든요. 그 사람들이 나를 어떻게 볼지 솔직히 겁나요. 아우팅[08] 당할까봐 조심스럽기도 하고요. 분명 이해 못해줄 게 뻔한데.

자경궁 박씨 장기적으로 보면 커밍아웃하는 게 꼭 손해 보는 건 아니더라고. 우리 어머닌 내가 커밍아웃했을 때 쓰러져서 병원에 입원했었잖아. 지금도 완전히 이해하는 건 아니지만, 한 편으로는 내 생활을 인정해서. 가끔은 애인 잘 지내냐고 안부도 물으신다니까.

몽 게이임이 밝혀져서 직장에서 불이익을 당하거나 하는 일은 없나요?

자경궁 박씨 글쎄다. 그런 일은 신문에도 잘 안 나니까 알 수 없지. 근데 내 경우에 직장에서 친한 사람들은 대부분 아는데, 뒤에서 욕하는 사람은 있겠지만 노골적으로 불이익을 당한 적은 없어. 더 가까워진 사람도 있고 거리가 멀어진 사람도 있고 어쩔 수 없지 뭐. 내가 내 직장동료들 중 호불호가 있듯 그 사람들도 마찬가지일 거라 여기면 되지 않겠니? 솔직히 이젠 새로 만나는 사람마다 커밍아웃하진 않아. 귀찮기도 하고. 어차피 소문 듣고 알게 되면 그만이고.

몽 근데 저는요, 솔직히 예전에 홍석천 씨 커밍아웃했을 때도 그랬고, 김수현 작가가 주말드라마에 게이 커플 나오는 것도 그렇고, 자꾸 사람들의

자경궁공부방 08 |||||||||||||||||||||||||||||||||||||||||||||||||||||||||||||||||||||||

아우팅 아우팅이란 성소수자가 자신의 의지에 반해 성소수자임이 드러나는 일을 말한다. 한국에서 아우팅을 규율하는 법제도는 전무하다. 그런데 2007년 대법원은 아우팅을 명예훼손으로 규율할 여지가 있는 듯한 판결을 내린 바 있다. 이 책의 p.212 '성소수자의 제도적 현실'을 참고하기 바란다.

시선이 우리들한테 집중되는 것 같아서 부담스러워요.

자경궁 박씨 이런 이런, 또 철없는 소리 한다. 따지고 보면 홍석천 씨나 그런 드라마가 나오니까 동성애자가 남의 나라 이야기가 아니라 이제 우리 옆에 있을 수도 있는 이야기가 된 거지.

콩 에휴, 그건 그렇죠. 나도 이렇게 소심한 내가 너무 싫어. (맥주를 쭉 들이킨다.) 그나저나 형 집 참 예쁘게 꾸미고 사네요.

성치 맞아요. 자경궁 형이랑 마님 형이 커플 된 지는 10년이 넘었다면서요? 두 분은 어떻게 처음 만나신 거예요?

자경궁 박씨 그때는 인터넷도 없었고 지금처럼 사람 만나기가 쉽지도 않았지. 기껏해야 극장이나 고속버스터미널, 공원, 공중화장실 같은 곳이 게이들이 크루징[09] 하는 곳이었지.

성치 크루징은 어떻게 하는 거예요?

자경궁 박씨 그냥 뭐 눈짓교환하기도 하고, 담뱃불 빌려달라면서 말문 트기도 하고…. 그때 나는 담배도 안 피면서 크루징 할 때는 꼭 담배랑 라이타를 갖고 다녔었다니까.(웃음)

마님 이를 어째. 지금은 끊으려 해도 못 끊는 걸.

자경궁 박씨 10년 전 쯤인가, PC통신 모임이 유행했던 적이 있었어. 지금의

 자경궁공부방 09 |||||||||||||||||||||||||||||||||||||||||||||||||||||||||||||||||||||||||||||||||||||||||||

크루징 cruising 특정한 거리나 화장실, 극장, 공원 등의 공공장소 혹은 게이대상 업소 등을 돌아다니며 데이트 상대를 찾는 일. 자세한 설명은 p.242 '게이 컬처 용어 사전'을 참고하기 바란다.

트위터처럼 말야. 하이텔, 천리안, 나우누리에 각각 이반 동호회[10]가 있었는데 그 중 한 곳의 정기모임에 나갔지. 거의 200명 정도 왔는데 엄정화 드랙 쇼도 하고 꽤 재미있더라고. 쇼킹한 경험이었지. 그 전에는 극장이나 게이바 같은 데서 모이는 게 고작이었으니까. 꽤 기분이 업 되어서 2차로 이태원의 스파르타쿠스인가 하는 클럽에 갔었는데 거기서 사단이 난 거야. 마님이 혼자 바에서 술 마시고 있었는데 그게 참 멋있어 보이더라고. 그래서 취한 김에 술잔 날렸다가 부킹이 된 거지.

성치 참 신기해. PC통신 시절이나 153전화사서함[11] 같은 옛날 이야기 들어보면 우리 세대는 인터넷 때문에 편하게 연애하는 것 같아요.

자경궁 박씨 재밌는 건 말야. 내가 처음 데뷔했던 20년 전에도 왕언니들이 그런 말을 했었다는 거야. 당신들은 더 힘들었다면서. 내가 처음 종로 바

자경궁공부방 10 ||||||||||||||||||||||||||||||||||||||||||||||||||||||||||||||||||||||||||||||||||||||||||||

PC통신과 성소수자 커뮤니티 1990년대 중반 하이텔과 천리안의 게시판 및 채팅방 중심으로 성소수자 커뮤니티가 형성되기 시작했다. 1995년 11월에는 국내 최초로 천리안에 동성애자인권모임방이란 이름(후에 퀴어넷으로 개명)으로 모임이 생겼고, 이듬해 2월 하이텔에서는 또하나의 사랑이라는 모임이 생겨 정기적인 소식지 발간, 정기모임 등의 활동을 하였고 성소수자인권단체 연대체에도 가입하는 등 꾸준히 지속되었다. 나우누리 역시 레인보우라는 이름의 모임이 개설되었으며 학술, 퀴어영화, 만화 등의 소모임 활동이 타 통신 모임에 비해 두드러졌다. 유니텔 이용자의 경우 거아사(거친른 땅에 아름다운 사람들)라는 모임이 결성된 바 있다.

자경궁공부방 11 ||||||||||||||||||||||||||||||||||||||||||||||||||||||||||||||||||||||||||||||||||||||||||||

153전화사서함 하나로 전화사서함 동아리서비스로 1990년대 후반 한동안 게이 커뮤니티에서 유행한 바 있다. 대표적으로 1996년 5월 한국게이인권운동단체 친구사이에서 개설하여 남성동성애자들이 이용했던 전화사서함 '하나로'는 이후 독립하여 오프라인 모임을 갖는 등 수 년간 명맥을 유지하다 해소되었다.

에 갔을 때 바바리 코트를 멋들어지게 입은 중년 게이분이 들려준 이야긴데, 그분은 1970년대 초기에 우연히 남대문으로 가는 합승택시에서 만난 분에 이끌려 명동의 '동명'이라는, 게이들이 만나는 극장에 처음 갔었다더라고. 그 땐 워낙 다들 음지에 숨어 있던 시대라 일이 되려면 그렇게라도 되는 거지. (참고 : p.192 게이가 본 언론3-7080 게이가이드북) 세월이 흘러 1980년에는 종로에도 게이바가 생겼고, 1990년대 중반에는 이태원에 게이 댄스 클럽도 생겼고, PC통신, 전화사서함, 인터넷에서 이제 스마트폰 시대로까지 넘어가는 거 같아. 그러고 보니 전화사서함 시절이 생각나네. 지금도 한창 활동하는 어떤 연예인이 데뷔하기 전에 153게이전화사서함 서비스에서 인기 많던 스타였다는 거 아니냐.

몽 음, 저는 엑스존이라는 사이트가 처음이었어요. 추억의 IRC 채팅 기억나세요? 대학교 때 기숙사 방에서 몰래 하던 생각이 나는데. 게시판 글도 너무 재밌었고. 그 사이트가 인터넷에서 '동성애'를 검색하면 처음 등장하는 사이트 중 하나였잖아요. 운영자 이름은 중전이었고 당시에는 상징적인 사이트였는데.

자경궁 박씨 엑스존은 청소년보호법 때문에 폐쇄되었었지.[12]

몽 그랬죠. 갑자기 사람들이 갈 곳이 없다고들 했는데 나중에 '화랑'이 '이

자경궁궁부방 12

엑스존(Exzone) 사건? 엑스존은 1997년 6월 6일부터 2001년 11월 19일까지 운영된 동성애자 사이트이며 엑스존 소송사건에 대한 자세한 설명은 이 책의 p.242 '게이 컬처 용어 사전'을 참고하기 바란다.

'반시티'로 바뀌면서 그 자바채팅으로 사람들이 많이 이동했어요. 그 곳에서 내가 한때 주로 쓰던 닉네임이 '신림지금' 아니면 '신림스탠'이었죠.

자경궁 박씨 너도 참 언더그라운드에서 오래 굴러먹었구나.

몽 에휴, 저도 형처럼 평생 같이 할 수 있는 사람 만나서 알콩달콩 살고 싶은데 잘 안돼요. 이 바닥에서 10년이면 일반 사람들로 치면 금혼식 감이잖아요?

자경궁 박씨 (마님의 눈치 슬쩍 보며) 말이 좋아 알콩달콩이지, 실상은 첩첩산중이란다. 마님은 지금도 내가 술 먹고 들어올 때마다 짐 싸놓고 앉아서 기다린다니까. 박차고 나갈 용기도 없으면서….

마님 이를 어째. 그 짐은 내 짐이 아니고 니 짐이란다.

몽 (웃음) 그런데 중년 남자 둘이서 살면 동네에서 손가락질하지는 않아요?

자경궁 박씨 야, 중년이라니. 이래도 나가면 아직 30대 초반으로 본다는 거아냐. 우린 남의 눈 별로 신경 안 써. 사람들의 눈은 무시하면 그만인걸뭐. 그것보다는 <u>성소수자를 위한 법적·제도적인 보장</u>[13]이 우선이지. 우리만 아무리 커플이라고 우기면 뭘 해. 관계를 인정하거나 보장해주는 장치가 있어야 말이지. 직장에선 배우자 수당도 못 받지, 배우자가 사별해도

자경궁공부방 13

한국에서의 동성결혼 혹은 파트너십? 현재 국내에서는 동성혼 혹은 파트너십이 법적으로 인정되지도, 보호되지도 않고 있다. 동성결혼, 파트너십 등 가족제도에 대한 글은 이 책의 p.212 '성소수자의 제도적 현실'을 참고하기 바란다.

유산도 못 받지, 아파서 병원에 입원해도 보호자 행세 못하지…. 저번에 마님 맹장수술한다고 병원 갔을 때 이야기 못 들었니?

몽 무슨 일인데요?

자경궁 박씨 수술하기 전에 보호자 동의 사인해야 하는데, 혈연가족이 아니면 안 된다는 거야. 맹장이 터져서 결국 복막염되어 큰일 날 뻔 했잖아. 내가 정말 그때 생각만 해도 아직도 속시끄러워서…. 아휴, 너 같은 젊은 애들이 벽장 속에만 있지 말고 열심히 나서서 싸워줘야 하는데 말야.

몽 죄송해요. 흠, 나보다 젊은 성치야. 넌 열심히 들어. 이제 커밍아웃도 했으니.

성치, 벽에 기대 졸고 있다.

마님 이를 어째. 성치 술 취해서 잠들었다.

몽 아, 너무 늦게까지 있었네요. 저 이만 가보겠습니다. 성치야 일어나. 집에 가자.

자경궁 박씨 그냥 우리 집에 재워. 깨워도 일어날 것 같지도 않고 집에 들어가기도 민망할 텐데. 내가 내일 아침에 잘 타일러서 보낼게.

몽은 집으로 돌아가고 자경궁 박씨와 마님이 성치를 소파에 눕히고 거실을 정리한다. 새벽 한시가 넘었다. 마님은 피곤한지 두 눈이 시뻘겋게 충혈되어 있다.

마님 아이 참. 사람 좋아하는 애인 땜에 벌써 10년째 우리 집은 술에 취하거나 방황하는 젊은 애들 쉼터 노릇을 못 벗어나고 있으니…. 직장 다니랴 살림하랴, 마님이 힘들구나. 세탁기는 또 언제 돌린다냐.

자경궁 박씨 이를 어째. 고맙고 미안하고 사랑해요. 세탁기는 내가 돌릴게요.

마님 아서라, 말아라. 자기는 색깔 구별도 안 하고, 세탁망도 안 쓰고 돌려서 옷감 다 망쳐놓잖아. 에휴~ 이러다 늙으면 난 어떡하누. 자기는 그렇게 사람들 만나면서 다니다가 젊은 놈이랑 바람나서 달아나버릴지도 모르잖아. 개라도 키워볼까보다.

자경궁 박씨 어라, 나 개 싫어하는 거 알면서 그래요. 차라리 입양[14]을 진지하게 고민해보는 건 어떻겠수?

마님 우리나라는 파트너십 제도도 없고 공동입양이 안 되잖아. 독신으로 신청한다 치더라도, 독신자에다가 게이이고. 부자도 아닌데 입양자격 심사를 통과할 수 있겠어? 통과한다고 쳐도 아이가 받을 차별은 어떡하고?

자경궁 박씨 그러게 말이우. 그래서 내가 노후대책으로 동생들 잘 챙겨주는 거잖우.

마님 어이구, 말이나 못 하면 밉지나 않지. 근데 아까 나랑 사는 게 첩첩산

🧑 **자경궁공부방 14** ||||||||||||||||||||||||||||||||||||||||||||||||||||||||||||||||||||||||||||||||||||||||||

입양 2년 전 한 동성애자 연예인이 입양한 사실이 알려지면서 화제가 된 적이 있다. 그러나 평범한 한국의 성소수자 혹은 비혼자들이 입양하는 일은 쉽지 않은 일이다. 개정된 입양법에 의하면 35세 이상이고 경제력을 갖춘 독신자라면 동성의 자녀에 대해 입양신청을 할 수는 있다.

중이라는 말 진심인가?

자경궁 박씨 아이, 우리 자기 소심쟁이. 얼른 씻고 들어와. 나, 내일 월차휴

가냈어.

3장 물에 빠진 식성 그리고 연애

이반수영동호회 '물질'의 모임이 있는 일요일 오후. 자경궁 박씨, 몽, 기즈

베, 성치를 비롯한 열 대여섯 명의 게이들이 수영을 마친 후 탈의실에 모

여 있다.

자경궁 박씨 기즈베 넌 요즘 화장품 뭐 쓰니?

기즈베 나야 뭐 자연미인인데 아무 거나 쓰지요.

자경궁 박씨 아유, 그러지 말고 좋은 거 있음 같이 쓰자. 게이의 생명은 피부

아니니.

기즈베 형은 피부 걱정 안 하고 사시는 줄 알았는데요? 정기적으로 보톡스

맞는 거 다 아는데 뭘 그러세요?(웃음)

자경궁 박씨 야, 한 번밖에 안 했어. 나 인조인간이라는 소문 니가 낸 거지?

성치 (탈의실로 나오면서) 우왓, 형들 벌써 나오셨어요?

자경궁 박씨 응, 누나랑은 이야기 잘 풀었니?

성치 뭐, 그럭저럭이요. 당분간 부모님한테는 이야기하지 말자고 해서 그

러기로 했어요. 근데 커밍아웃하고 나니까 허탈하기도 하네요. 헤헷.

자경궁 박씨 축하한다, 얘. 커밍아웃이야말로 게이로서 제일 축하받을 만한

일 아니니.

성치 근데요, 누나가 게이들은 다 잘 생긴 줄 알았다며 나보고 니가 무슨 게이냐고 놀려요.

자경궁 박씨 친누나 아닌가봐.(웃음) 나무만 보고 숲을 못 보는 거겠지. 주류에 속한 사람들이 소수 그룹을 볼 때는 모든 측면을 이해하지 못하고 눈에 띄는 일부분만을 선택해서 보게 되잖아. 게이들이 다 석호필이나 리키 마틴처럼 꽃미남일 거라는 생각도 어떻게 보면 긍정적인 편견이긴 한데, 자기네들 눈에 부각되는 특정 인물에만 집중하기 때문이겠지.

성치 아무튼 형 그날은 정말 고마웠어요. 제가 형 이야기 했더니 궁금하다며 언제 한번 같이 만나자고 그러던데요.

자경궁 박씨 빨리 연애해서 애인부터 소개시켜줘야겠네. 너는 <u>식성이 어떤 타입이랬지?</u>[15]

성치 저요? 저는 뚱이요. 오로지 뚱, 뚱, 뚱. 마른 사람들은 남자같이 보이지가 않아.

기즈베 어라, 너 나 좋아했니? 진작 말하지 그랬어.

🙂 **자경궁공부방 15** ||||||||||||||||||||||||||||||||||||||||||||||||||

식성/식 게이 커뮤니티에서 흔히 사용되는 은어로 마음에 드는 스타일, 성적 호감을 느끼는 스타일을 일컫는 단어이다. 게이들의 식성과 관련해서는 많은 은어들이 있다. 예를 들면 체형에 따라서 말라(마른 사람), 슬림(약간 마르거나 날씬한 사람), 스탠(평균 체형), 통(통통한 사람), 뚱(뚱뚱한 사람), 퉁(통과 뚱의 중간인 사람), 건장(건장한 사람) 뿐 아니라 통근육, 근육 건장, 슬근(슬림 근육) 등 다양하게 조합해서 사용하고 있다.

성치 에이, 형은 뚱이 아니잖아요. 저한테는 스탠으로밖에 안 보여요. 그리고 저는 나이랑 성격도 봐요. 저보다 어려야 되고요, 눈썹도 진해야 하고, 다리에 털도 있는 게 좋고요, 에 또, 제가 학생이니까 원만한 데이트를 위해서는 직장이 있다면 금상첨화겠죠.

자경궁 박씨 맞선 보냐? 얘가 커밍아웃 한 번 하더니 아주 기고만장이로구나.

기즈베 그러게요. 정신 차려. 그런 사람 없어. 있어도 그런 킹카가 뭐가 아쉽다고 널 좋아하겠니?

성치 아웅, 전 20대잖아요. 나이에서부터 벌써 보너스 먹고 들어가는 걸요.

기즈베 흥. 아직 군대도 안 다녀왔잖아. 그건 마이너스지. 누가 너 제대할 때까지 기다려줄 것 같니?

성치 솔직히 농담이에요. 숏다리에 얼굴은 크고 피부도 나이에 비해 꽝이고, 누가 날 좋아해주겠어요. 크흑.

자경궁 박씨 염려 마. 게이들 식성이 워낙 다양하잖아. 이 바닥에 재고는 없다는 유명한 말 모르니.

이 때 수영을 마치고 나온 몽이 대화에 합류한다.

자경궁 박씨 쉬엄쉬엄 하렴. 누가 쫓아오기라도 하니? 안 그래도 몸매 좋은 애가 우리 기 죽일 일 있냐.

몽 운동하러 와서 운동하는 건데요 뭐.

성치 형 자유영 할 때 보면 꼭 박태환 같던데요. 운동 진짜 좋아하시나보다.

기즈베 형 공 던지기도 잘 했어요? 던지기 못했다는 게이들도 많던데.[16]

몽 그냥 좀 했지 뭐. 초등학교 때는 육상부였고 중·고등학교 때는 농구부, 배구부 코치들이 운동부 들라고 쫓아다니긴 했어.

성치 우와 대단하다. 근데 형, 아까 보니까 '해녀의 후예' 수영모임에 빨간 수영모자 쓴 사람이 자꾸 몽 형 쳐다보던데? 어, 저기 나온다.

성치가 말한 남성은 빨간 수영모를 쓴 귀엽게 생긴 꽃미남 총각이다.

자경궁 박씨 (귀엣말로 몽에게) 귀엽게 생겼네. 몽 너는 어때. 쟤 되니, 안 되니?

몽 음…. 외모는 나쁘지 않은데 글쎄, 얼굴만 보고 어떻게 압니까.

기즈베 어라, 몽 형 스타일이 저랬었나? 쟤, 나 아는 앤데. 어쩔까. 한번 다리 놔봐?

몽 에이, 하지마. 어색해.

기즈베 번개도 하면서 부킹이 뭐가 어색해. 직접 눈으로 보고 하는 게 번개보다 훨씬 안전하잖아요. 뭐, 몰래 만나는 스릴이나 기대에 따른 두근거림 같은 건 없겠지만. 근데 저 아이 꼰대 좋아한다고 그랬던 거 같은데.

 자경궁공부방 16

게이들은 공던지기를 못한다? 해부학적으로 이성애자와 동성애자 간 어깨구조의 차이는 당연히 없다. 게이와 운동을 둘러싼 다양한 오해는 이 책의 p.226 '이성애자 상담실'을 참고하기 바란다.

자경궁 박씨 오, 그럼 몽이 딱이네. 나이는 30대지만 말투나 하는 행동은 한 50대 쯤 되어 보이잖아.(웃음) 뭐 하니, 기즈베야. 얼른 연결시키지 않고.

기즈베가 빨간 수영모 쪽으로 다가간다. 이 때 자경궁 박씨, 기즈베가 쓰던 화장품의 상표를 확인하고 몰래 찍어 바른다. 잠시 후 빨간 수영모가 탈의실 밖으로 나가자 기즈베는 몽을 데리고 나간다.
10분 후 수영장 앞 벤치.

성치 형 어땠어요? 전번 땄어요?
몽 아니.
기즈베 왜요? 내가 자존심 구겨가며 연결해줬더니?
몽 외모는 딱 내 스타일인데 사고방식이나 가치관이 너무 달라. 말이 통해야 말이지.
자경궁 박씨 10분 얘기해보고 어떻게 아니? 하여간 눈은 무진장 높아가지고. 살아보면 별 남자 없는데.
몽 이젠 신중하게 고르려고요. 그리고 저 눈 안 높아요. 만날 차이는데요, 뭘.
자경궁 박씨 일단 너는 나한테 연애특강부터 좀 받아야 돼. 석 달 만나면서 고작 키스한 게 전부니 누가 남아있겠니.
몽 첨부터 어떻게 자요? 저한테는 음… 섹스가 만남이나 관계의 전반을 차지하지는 않거든요. 연애할 때 섹스가 중요하긴 하지만 필요조건이라기보다는 충분조건이고, 지속적인 면에서 보면 성격이 더 중요하지 않을까요.

자경궁 박씨 그럼 번개를 하지 말고 주위 사람 중에서 찾든가. 게이들 중에는 세 번 이상 만나면서 육체적인 접촉이 전혀 없으면 신비감도, 성적 긴장감도 없어져서 아무리 좋아해도 연애감정은 안 생긴다는 사람도 있더라고.

기즈베 맞아. 번섹이나 데이트를 위해 만난 경우에 상대방이 플라토닉 러브 운운하면 좀 호감도가 떨어져요. 나는 일단 번섹 상대, 데이트 상대, 단순한 친구, 마지막으로 파트너 이렇게 구분하는 편이라서….

자경궁 박씨 너도 너무 도식적이야. 둘이 반반 섞으면 되겠구만.

성치 우왓. 그러고 보니 몽 형이랑 기즈베 형이 사귀면 참 잘 어울릴 거 같은데….

기즈베 가족끼리 어떻게 사귀니?(웃음) 저렇게 답답한 꼰대랑 사귀느니 솔로로 늙으련다.

몽 쳇. 나도 일회용 섹파보다는 진심으로 사람을 만나고 싶네요.

기즈베 (발끈한다) 그럼 난 사람을 만날 때 진심으로 안 대한다는 얘긴가요?

자경궁 박씨 그만해, 애들아. 농담이 싸움 되겠다.

기즈베 (표정이 굳어 있다) 난 약속이 있어서 먼저 가요. 바람둥이 노릇하러!

몽 (종종걸음으로 사라지는 기즈베를 보며 난처한 표정으로) 제가 실수한 건가요?

자경궁 박씨 그런가봐. 신경 쓰지 마. 기즈베 저러는 거 한두 번이냐. 나중에 술 한잔 하면서 풀면 되지 뭐. 아유, 간만에 수영 열심히 했더니 뻐근하네. 이제 우린 뭘할까? 모처럼 문화생활 하러 전시회나 갈까? 키스 해링전 어때? 얼마 전에 소마 미술관 쪽에서 성소수자들 행사 못 하게 했다던데[17] 가서 핀 꽂고 시위라도 한번 벌일까?(웃음)

성치 우왓, 저 그거 너무 보고 싶은데 어떡하죠? 친구 만나서 학교 과제물 같이 쓰기로 했거든요.

몽 어, 저도 오늘은 교회 가야 돼요.

자경궁 박씨 무슨 교회를 그렇게 자주 가니? 설마 '동반국'[18]과 관련된 교회는 아니겠지?

몽 우리 목사님은 괜찮은 분이세요. 예전에 동성애 관련 토론회 할 때 TV에도 나오셔서 열심히 싸워주시더라고요. 오늘 성가대 연습이 있어서 가야 돼요. 제가 모태솔로잖아요.

자경궁공부방 17

공공기관으로서의 이미지와 동성애? 2010년 6월 28일 미국 외교부 내 동성애자 모임이 주최하는 동성애자 인권 옹호 행사가, 국민체육진흥공단이 관리하는 소마 미술관에 열릴 예정이었다. 그러나 주최측에 따르면, 행사 직전 국민체육진흥공단은 공공기관으로서 이미지가 걱정되고, 한국에서는 아직 동성애자 인권에 대해 이야기할 준비가 안 되어 있다며, 하루 전 행사 불허를 통보하였다. 한국게이인권운동단체 친구사이는 국민체육진흥공단의 이러한 처분이 국가인권위원회법상 '평등권 침해의 차별행위'에 해당하므로 공단의 처분에 대한 재발방지, 공개사과, 공단 임직원에 대한 인권교육 실시, 성소수자를 비롯한 사회적 소수자들의 시설 이용 보장을 명시한 가이드라인 제정 등을 권고하길 진정한 바 있다.

자경궁공부방 18

동반국(동성애허용법안반대국민연합) 국내 최초로 만들어진 노골적인 동성애혐오주의 연합체. 2007년 차별금지법안 상정 시 일부 보수 기독교파를 중심으로 만들어져서 차별금지법 반대 시위를 벌이고 신문에 광고를 내는 등의 활동을 벌였다. 2010년에는 주말드라마에 동성애 커플이 등장하자 또 한 번 방송 시청금지 및 광고 안 내기 운동을 벌인 바 있다.

자경궁 박씨 노래 좋아하면 '지보이스'[19]인가 끼보이슨가 하는 노래모임에나 나가지.

몽 수영모임 하나도 저한테는 벅차답니다.

성치와 몽 자리를 떠나고 자경궁 박씨는 다른 수영모임 회원들과 합류한다.

4 장 게이, 한국을 살다

성치가 군대 입대하는 날, 배웅을 위해 아침 일찍 모인 네 사람.

기즈베 성치는 머리 깎으니까 완전 땍땍하게[20] 보이네.

몽 축하해. 남자들만 있는 천국으로 가겠구나.

성치 쳇, 천국이면 형이 대신 가시든가요.

 자경궁공부방 19 ||||||||||||||||||||||||||||||||||||||||||||||||||||||||||||||||||||||||||||||||

지보이스(G_Voice) 2003년 11월 시작된 국내 최초, 유일의 게이합창단. 게이자긍심 향상을 기치로 매년 공개적인 정기공연을 비롯해 창작활동, 음반 제작, 성소수자 커뮤니티 행사 찬조출연 등의 활동을 벌이고 있다.

자경궁공부방 20 ||||||||||||||||||||||||||||||||||||||||||||||||||||||||||||||||||||||||||||||||

땍땍하다 '땍스럽다'라고도 사용되며 외모나 말투, 행동이 남성적일 때 사용하는 은어다. 비슷한 의미로 이반에 대칭되는 일반스럽다는 뜻의 '일틱'이라는 말도 온라인상에서 흔히 사용되며 반댓말로는 '끼스럽다'라는 말이 있다.

몽 갈 수만 있으면 대신 가겠다.(웃음) 군대 있을 때 나름 재미있었는데, 그렇지 않니 기즈베야?

기즈베 글쎄요. 난 군대에서 연애하다가 아우팅 당해서 고생 많이 했어요. 부대 안에서 그런 것도 아니고, 휴가 때 밖에서 만난 건데 소문이 다 나버린 거예요. 부대장이 불러서 정말 개인적이고 수치스런 부분까지 다 고백하라고 하고, 병사들은 왕따시키고, 게다가 나중에는 정신병동에까지 가서 격리되었잖아.

몽 (당황해한다) 어, 그런 일이 있었구나. 미안해.

기즈베 지금은 많이 달라졌지만 그때만 해도 <u>동성애가 정신병의 일종이라는 시각[21]</u>이 국내에는 정설처럼 알려져 있었으니까.

몽 그래도 격리까지 한 건 정말 너무했다. 사람들은 동성애가 전염되거나 학습되는 줄 아나봐.

자경궁 박씨 그러게 말이다. 동성애가 학습되는 거라면, 이성애자 부모와 이성애자 교사 밑에서 이성애자 사회에서 자란 우리가 어떻게 게이일 수가 있겠냐. 요즘은 군인들도 예전보다는 똑똑해져서 정신병동에 보내거나

자경궁공부방 21 ||||||||||||||||||||||||||||||||||||||||||||||||||||||||||||||||||||||||||||||

동성애가 정신병? 전 세계적으로 통용되는 정신질환의 분류법인 미국 정신의학회의 DSM(Diagnostic and Statistical Manual of mental disorder)에서는 1973년 동성애를 정신질환의 목록에서 삭제했다. 1990년 5월 17일 WHO의 국제질환분류(ICD-10) 역시 동성애를 정신질환의 범주에서 제외함으로써 동성애를 정신질환으로 보는 시각은 이미 구시대의 오류로 판명되었다. 자세한 설명은 이 책의 p.226 '이성애자 상담실'을 참고하기 바란다.

하진 않는데 그래도 성에 관련된 문제는 예전보다 각성도가 높아져 있나 보더라. 조심하는 게 좋을 거야. 군형법에서는 동성애자로 알려지면 징역 까지 살아야 된다더라.²² 우리나라의 유일한 동성애처벌법이라잖아.

성치 너무 염려들 마세요. 제가 영리하고 잔머리도 잘 굴리잖아요. 여기 까지 와줘서 정말 고마워요. 참, 나 형들한테 줄 게 있는데요, 기즈베 형 한테는 이거 마돈나 프린트 티셔츠, 자경궁 언니한테는 〈오즈의 마법사〉 DVD입니당. 그리고 몽 형은 제 보고서 '소수자 안의 소수자' 드릴게요.

기즈베 게이 아이콘들²³이네. 너도 참 웃긴다. 군대 가면서 죽으러 가는 사 람처럼 왜 이렇게 오버하니.

몽 그러게. 근데 다른 사람들한테는 좋은 거 주고 나는 왜 이런 보고서냐?

성치 에, 그거 한 학기 동안 정말 힘들게 만든 거예요. 형들도 아시죠? 영 화공부하는 미르라는 친구 있잖아요. 걔랑 둘이서 준비한 보고서 겸 영화 트리트먼트예요. 나 제대하면 미르랑 이걸로 다큐멘터리 만들어 볼라고

자경궁공부방 22 ||||||||||||||||||||||||||||||||||||||||||||||||||||||||||||||||||||||||||||||||||||||||

군대 내에서의 동성애는 위험하다? 구 군형법 제92조는 "계간(남성간 성행위를 비하하는 말) 및 기타 추행 을 한 자는 1년 이하의 징역에 처한다"고 규정했다. 이 조항은 남성간의 성행위를 계간(鷄姦)이라 이르며 비하 하고, 동성애를 '추행'으로 인식하면서 동성애자를 추행범 또는 성폭력범인 것처럼 표현한다. 특히 강제성 요건 이 없어 합의에 의한 성관계, 심지어 휴가 중 자택에서 성관계를 한 것까지 처벌한다. 이에 따라 동성간의 성애 는 그 자체로 불법적인 것으로서 처벌의 대상이 된다. 인권단체와 법조계는 이러한 문제점에 대해서 지난 수년 간 지속적인 비판을 가해왔고 2008년에는 군사법원 스스로 헌법재판소에 위헌법률심판을 제청하기까지 하였 다. 헌법재판소는 2010년 주요 사건으로 이 조항에 대한 위헌성에 대해 집중적으로 논의하겠다고 밝혔다. 국회 는 이러한 위헌 논란에도 2009년 11월, '1년 이하의 징역'을 '2년 이하의 징역'으로 개정하여 처벌 수위를 오히 려 상향조정하였다.(현 군형법 제92조의5)

요. 헤헷.

자경궁 박씨 그래, 그래. 고맙구나. 아프지 말고 잘 다녀와.

기즈베 영광인 줄 알아. 아무나 군에 간다고 이렇게 배웅해주는 거 아니다.

(웃음)

돌아오는 차 안. 기즈베가 운전을 하고 있고 조수석에는 몽이, 뒤에는 자경궁 박씨가 앉아 있다.

자경궁 박씨 새벽부터 일어나 설쳤더니 졸라 피곤하시다. 이 나이에 무슨 고생이냐.

몽 그래도 저 오늘 자경궁 언니 여기까지 나오신 거 보고 감명 받았어요. 게이 커뮤니티 안에도 한국사회에 흔하게 볼 수 있는 패거리문화랑 비슷한 게 있나 보다 가볍게 생각했었는데 패거리문화랑은 다르네요. 수직적이지 않고, 세심하고….

기즈베 패밀리지 뭐. 그것도 혈연 가족의 느낌이 아니라 대안공동체 같은 느낌이요. 그래서 그런지 난 데이트 상대 만나는 것보다는 친구나 형, 동

 자경궁공부방 23 ||||||||||||||||||||||||||||||||||||||||||||||||||||||||||||||||||||||||||||||

게이 아이콘 왕년의 뮤지컬스타 주디 갈란드를 비롯해 바브라 스트라이샌드, 카일리 미노그, 마돈나, 한국의 엄정화에 이르기까지 게이 아이콘으로 알려진 연예인들은 많다(연예인이 아니더라도 드라큐라, 배트맨, 성 세바스찬 등이 게이 아이콘으로 유명하다). 이 책의 p.226 '이성애자 상담실'을 참고하기 바란다.

생 사귀는 게 더 어려운 것 같아요. 제일 좋기로는 친구 같은 애인이 있는 거겠지만.

자경궁 박씨 젊은 친구들한테 괜찮은 롤모델까지는 아니더라도 행복하게 나눌 거 나누며 사는 게이 언니로서의 모습을 보여줘야지.

몽 제 롤모델은 형입니다.

자경궁 박씨 야, 자꾸 그러지마, 나 부담스러워. 차라리 노후대책 한다고 놀리는 게 낫지. 애인이 있긴 하지만, 나중에 나이 들면 니들이 내 똥기저귀 갈아줘야 하지 않겠니.(웃음)

몽 이렇게 살다가 늙으면 어떻게 살까 하는 불안감이 문득문득 들 때가 있어요. 주위에 있는 일반 친구들은 다 결혼해서 애 낳고 살고 있는데 저는 아니지 않습니까. 관심사들도 점점 달라지고 제가 자꾸 뒤처지는 것 같다는 생각이 들 때도 있고.

자경궁 박씨 그래도 넌 아직 일반 친구랑 잘 어울리나보네. 근데 더 나이 먹고 그 친구들한테 커밍아웃도 안 한 채로 지내면 결국 점점 멀어져서 안 보게 될 걸.

몽 게이 친구들 봐도 막막하긴 마찬가지예요. 돈 모아서 외국 가고 싶다는 사람도 있고, 게이 친구들과 공동체생활 하고 싶다는 사람, 입양하고 싶다는 사람도 있고…. 근데 다 지금은 실천하기 어려운 것들이잖아요.

자경궁 박씨 그러니까 입으로만 떠들지 말고 너도 의식을 좀 가져봐. 교회에서 기도만 한다고 세상이 바뀌니?

몽 음… 세상이 그렇게 쉽게 바뀔까요? 차별금지법[24]이니 뭐니 해도 나서

는 사람만 손해보는 게 아닌가 싶어서 그냥 조용히 애인이나 만나서 살아
도 저는 만족할 텐데.

자경궁 박씨 으이구, 내가 널 동생이라고 데리고 다니자니 답답해, 답답해.
아직도 한국에서 가장 차별받는 집단은 동성애자라고 하잖아.(참고 : p.194 게
이가 본 언론4-10년 동안 강산은 변했겠지만…) 피부로 좀 느껴봐. 일상적으로 받는 차별
이 얼마나 큰 건데. 너는 똑똑한 것 같다가도 어떨 때 보면 바보 같다니까.

몽 아유. 그만 좀 닦달하세요. 그러니까 제가 형을 제 롤모델로 모시겠다
는 거잖아요.

자경궁 박씨 으이구, 말로만 모시면 뭐하냐. 가슴, 가슴이 중요한 거지. 그
나마 쥐꼬리만큼이나 게이들이 드러나기 시작하고 인권이다 뭐다 얘기가
나오는 것도 저절로 그렇게 된 게 아니라는 것만 기억해.

몽 넵. 근데 저 한 가지만 더 물어보고 싶은 게 있는데요.

자경궁 박씨 됐고, 나 졸리니까 이제 더 이상 말 시키지마. 눈 좀 붙이게.

몽 훗, 알겠어요. 근데 기즈베는 아까부터 말이 없네. 혹시 아까 내가 군대

자경궁공부방 24 |||||||||||||||||||||||||||||||||||||||||||||||||||||||||||||||||||||||||||||||||||||||||||||||||||||||

차별금지법 2007년 법무부는 차별금지법안을 입법예고한 바 있다. 그런데 법무부가 제출한 최종안에서는 입
법예고안에서 차별금지대상 항목으로 규정되어 있던 성적 지향, 학력, 가족형태 등 7가지가 삭제되었다. 특히
성적 지향 항목을 삭제한 것은 근본주의 기독교 측의 압력에 의한 것이라는 것이 확인되었다. 성소수자들을
비롯한 인권운동계와 여성계, 학계, 법조계에서는 이를 비판하며 차별금지대상 항목 축소에 반발하였고, 새로
운 법안으로서 차별금지 대상으로 법무부가 삭제한 7가지 항목뿐만 아니라 트랜스젠더와 관련한 '성별 정체성'
이라는 항목까지 포함한 차별금지법안을 국회에 제출하였다. 2008년까지 이어진 논쟁에도 차별금지법안은 국
회 회기만료로 폐기되었다.

시절 이야기 꺼낸 게 상처를 건드린 거야?

기즈베 아니예요. 그냥 성치 군대 보내고 나니까 이것저것 잡생각이 나네요. 성치는 어쩐지 막내동생이나 조카 같다는 느낌이 들어서 짠해. 걔 중학교 땐가 친구들한테 왕따 당해서 두 번이나 전학갔다더라고요. 나도 <u>청소년기에는 자살까지 고민할 정도로 심각하게 힘들었던</u>[25] 적 있었거든요.

한동안 침묵이 흐르고 뒷자리에서 자경궁 박씨 가늘게 코를 고는 소리가 들린다. 몽과 기즈베 같이 미소를 짓다가 눈이 마주친다.

몽 그동안 내가 오해를 했던 부분이 있었어. 넌 그냥 뺀질대기만 하는 줄 알았는데. 알고 보면 참 속도 깊은 앤데….

기즈베 정말 그렇게 생각하세요?

몽 그럼.

기즈베 그럼 왜 저 같이 괜찮은 사람을 그냥 보고만 있어요?

몽 어, 무슨 말이야?

 자경궁공부방 24 ||||||||||||||||||||||||||||||||||||||||||||||||||||||||||||||||||||||||||||||||||||||||||||||

청소년 동성애자의 자살 위험? 미국의 경우 청소년의 자살요인 중 30% 정도가 동성애적인 성정체성이라고 한다.(Gibson,P. 1989. Report of the Secretary's Task Force on Youth Suicide) 국내 청소년에 대한 대규모 연구는 이루어진 바 없지만 2006년 한국청소년개발원에서 시행한 '청소년 성소수자의 생활실태조사'에 의하면 청소년 성소수자의 자살시도율은 47.4%에 이르는 것으로 보고되고 있다.(전체 청소년의 자해시도율은 10%) 또한 성소수자에 대한 혐오나 차별을 조장하는 교과서를 비롯하여, 상담시스템이나 인권교육의 부재 등은 국내에서도 청소년 동성애자를 보호하기 위한 대책 마련이 시급함을 시사한다.

기즈베 그렇게 괜찮게 생각한다면 왜 저한테 대시 안 하느냐는 이야기죠.

몽 음…. 저번에 수영장에서 너 나 같은 사람은 별로라며?

기즈베 그건 그냥 형이 내 자존심을 건드리니까 방어하려고 그랬지요.

몽 음…. 근데 넌 탑이냐, 바텀이냐?

기즈베 (갑자기 웃음을 참으며) 아, 형도 그런 것 중요하게 생각하나보네요. 전 상대방에게 맞추는 편이라서 별로 중요하지 않아요.

몽 그렇구나. 난, 니가 하도 탑, 바텀 이야기 많이 해서 그런 거 신경 많이 쓰는 줄 알았지.

기즈베 형도 참 순진하네. 게이들 중에서 애널섹스 안 하는 사람들 많수다.

몽 음…. 성치가 우리 둘이 사귀면 잘 어울릴 거라고 했는데….

묘한 긴장감이 감도는 가운데 잠든 줄 알았던 자경궁 박씨가 의미심장한 미소를 짓는다.

게이가 본 언론1 - 언론은 동성애를 스토킹하는 걸까?

*스토킹 : 상대방의 거부 의사에도 일방적이고 반복적으로 쫓아다니거나 괴롭힘으로써 상대방에게 괴로움과 공포심을 주는 행위를 말한다. 직접 대면 뿐 아니라 전화, 이메일, 편지, 팩스 등 각종 통신 수단을 이용해서 이루어지는 스토킹은 그 자체로 타인의 사생활에 대한 침해일 뿐 아니라 성폭력, 협박, 감금, 살인과 같은 물리적인 범죄로 연결되는 경우가 많다는 점에서 그 문제가 심각하다. (출처- 여성부_위민넷)

2007년 한국레즈비언상담소는 레즈비언 관련 신문기사들을 평가한 백서 〈2006 레즈비언 보도 모니터링 '레즈비언, 신문을 찢다'〉를 펴낸 적이 있다. 이 자료는 1년 가까이 10여 개의 일간지 기사를 모니터링하면서 아래와 같은 보도가이드라인을 제시했다.

> 1. 선정적인 보도가 되지 않도록 주의를 기울여야 한다.
> 2. 동성애에 대한 혐오와 편견을 배제한 보도를 해야 한다.
> 3. 공정치 못한 인용을 사용하지 않아야 한다.
> 4. 동성애와 관련한 올바른 용어를 사용해야 한다.
> 5. 차별을 은폐하거나 탈정치적인 보도가 되지 않도록 주의를 기울여야 한다.

너무 까다롭다고 느끼는가? 세상은 바뀌었고 이제는 공정한 시각으로 작성된 편견 없는 기사도 많지 않느냐고? 그렇게 생각한다면 아래 네 가지 기사 제목을 보라.

> 가. 동성애의 덫: 165cm 숨기 없는 에이즈 환자에게 180cm 김 씨가 지배당했던 이유는….
> 나. 동성연애 알선 카페 주인 영장
> 다. 20세 청년 마음에 드는 남자 보면 가슴 두근
> 라. 동성연애는 건전해, 사회적응률도 높아

이는 지난 40년간 주요 일간 신문의 성소수자를 다룬 기사 제목들 중 뽑은 것이다. 연도 순서대로 배열해보라.

정답은 라—다—나—가이다. 각각 1975년 3월 5일 조선일보, 1982년 2월 20일 중앙일보, 1991년 10월 25일 동아일보, 2009년 5월 2일 조선일보에 실렸던 기사의 제목이다. 만약 정답을 맞히지 못했다면 일단은 언론을 향한 의심의 눈초리를 거두지 않는 편이 좋겠다.

인터넷으로 과거 기사 검색이 가능한 주요 일간지 두 곳에서 검색어 '동성(연)애'를 놓고 1969년부터 10년 단위로 찾아본 결과 동성애 관련 기사는 20년 전 다섯 건 안팎이었던 것에 비해 10배 가량 늘어나 있었다. 언론은 마침내 동성애에 대해 사랑하게 된 걸까? 혹은 동성애에 대해 진지한 고민을 시작한 걸까?

그러나 자세히 들여다보면 늘어난 분량은 주로 문화면 기사에 집중되어 있었다. 정치, 사회면 혹은 칼럼이나 사설에 실린 기사는 두세 건에 불과했다. 이는 동성애가 단순한 가십거리에서 상품성이 뛰어난 문화코드로 바뀌었다는 것을 의미할 뿐이다. 위 기사 제목들만 봐도 알 수 있듯이 양적인 팽창은 반드시 질적인 발전을 보장하고 있지는 않은 것 같다. '스토킹'이란 단어가 불현듯 떠오른다.

보너스 : 위 퀴즈에서 정답을 맞히지 못했다면, 아래 인용구들을 보며 레즈비언상담소의 보도가이드라인을 한 번 더 음미해 볼 것.

팝스타 리키 마틴이 동성연애자임을 당당히 공개, 동성연애하면 단명—체내 항균체계 변해, 동성연애자 권익주장 비밀 단체 은밀히 확산, 게이들은 검은 색을 좋아한다, 다리털 옥시풀로 감추고 나는 여자예요, 에이즈 20대 호모 접대, 외설 TV프로 행사 처벌해야—동성연애, 에이즈 환자가 얼굴 공개하는 다큐, 빗나간 섹스 특강—미 고교서 동성애 가르쳐, 두 여자의 동성애—때로는 '여인의 향기'가 더 그립다, 최고의 유행상품 동성애문화, 손가락 길이차 보면 동성애 가능성 안다. 게이들은 선천적-중성으로 남자의 것을 가졌으나 기능을 발휘하지 못하고 유방도 있다는 것, 레즈비언 상대 변심에 행패 부린 남자역의 살롱녀.

게이가 본 언론2 – 질병은 질병이라, 사람은 사람이라 불러다오

2008년, 질병관리본부에서는 만 19세에서 59세 사이의 국민 1,200명을 대상으로 에이즈에 대한 지식, 태도, 신념 및 행태조사를 시행한 바 있다. 결과에 따르면 응답자들의 33.5%는 에이즈를 통해 최초로 연상되는 단어로 죽음, 불치병, 무섭다/겁난다, 위험하다, 합병증, 끔찍하다, 고통 등을 꼽았고, 29.1%는 성병, 전염/감염, 동성애 등 성 관련 단어를, 6.8%는 후천성 면역결핍증, 질병, 붉은 반점 등 질병관련 단어를, 5.5%는 성문란, 불륜, 매춘 등 불결 · 부도덕을 꼽았다.

 에이즈에 대한 차별의식을 묻는 항목(직장에서 추방시켜야 한다, 자녀와 같은 학교에 보낼 수 없다 등)에서는 다른 국가와 비교했을 때 미국, 영국, 프랑스 등의 선진국에 비해 월등히 차별 의식이 높은 것으로 나타났다.

 대부분의 사람들이 언론을 통해서 에이즈 관련 정보를 접한다는 것을 인식한다면 이런 부정적인 시각의 배후에는 언론이 있었음을 부정할 수 없다(같은 조사에서 에이즈 관련 정보 획득과 관련해서는 온라인 매체(14.1%)보다 TV, 신문, 라디오(69.2%) 등을 통해 정보를 얻는 것으로 나타났다).

 HIV 바이러스는 인간의 면역체계를 공격한다. 에이즈가 처음 발견되었을 때는 이 바이러스의 활동을 막을 적절한 치료방법을 찾지 못해 많은 이들이 죽음을 맞기도 했다. 그러나 바이러스의 활동을 억제하는 각종 약물들의 개발로 에이즈는 더 이상 죽음의 질병이 아니다. 고혈압이나 당뇨 등과 같이 병과 더불어 살아갈 수 있는 일종의 만성질환에 가깝다. 하지만 여전히 언론은 징벌이나 죽음, 공포로서의 에이즈를 자주 묘사하고 있다. '에이즈의 공포', '사람 발길 잦아든 거리엔 에이즈 공포 스멀스멀…', '에이즈 전파범 징역 3년형은 가벼워', 'AIDS 죽음을 기다리다', '목욕탕서 100여명 무차별 동성애… 40대 에이즈 환자의 충격고백' 등은 모두 최근 3~4년 사이의 기사들이다.

 사실의 전달보다 감성이나 윤리의식을 자극하는 이런 태도는 에이즈를 종교나 윤리

영역의 문제로 변질시키고, 감염인의 인권을 소외시킬 수 있다. HIV 감염인들이 고혈압이나 당뇨질환 등을 가지고 있는 사람들처럼 부담 없이 자신의 질환을 드러낼 수 없는 이유도 이 지점에 있을 것이다.

글머리에 언급한 자료로 돌아가보자. 같은 자료를 갖고 쓴 기사임에도 어떤 신문은 기사 제목으로 '에이즈 연상단어, '동성애' · '성문란' 등 꼽혀'를 뽑았고, 또 다른 신문은 '국민 30% 에이즈환자 직장서 나가야', 또 다른 신문은 '에이즈 80% 이상 부정적 인식… 차별 역시 극복 과제'라고 뽑았다. 당신이라면 어떤 기사를 읽겠는가?

질병은 질병이라 부르고 사람은 사람이라 부르는 세상에서 살고 싶은 건 지나친 욕심일까?

게이가 본 언론3 – 7080 게이가이드북

 이제 TV드라마, 영화 등에서 동성애자의 모습은 더 이상 낯설지 않다. 심지어는 게이인 척하는 이성애자가 주인공인 드라마까지 화제를 모았다. 인터넷에 접속해서 '동성애'란 단어만 두들기면 수많은 정보가 눈앞에 펼쳐지고, 모르긴 해도 '세상에 이런 사람은 나 혼자 뿐일 거야'하고 고민하는 청소년 동성애자는 앞 세대에 비해 꽤 줄어들지 않았을까 싶다. 그러나 70~80년대 혹은 90년대 중반까지 청소년기를 보낸 동성애자들이 자신들과 같은 정체성을 가진 이들을 접할 수 있는 방법은 많지 않았다. 그들이 아는 동성애자란, 신문의 가십난이나 〈선데이서울〉로 대표되는 주간지 등의 르포나 사건기사에 등장했던 동성애자들만이 유일했다고 봐도 과언이 아니다.

 행여나 그 기사들에서 롤모델을 찾고자 했던 순진한 청소년이 있었다면, 혹자는 '여장하고 술꾼 녹인 남성 호스티스'(1978.4.2 선데이서울), '몸 파는 게이보이들'(1986.7.20 선데이서울) 등의 기사를 훔쳐보고는 여장남자가 되어 윤락가에서 살게 될지 모르는 자신의 미래에 충격을 받았을 수도 있을 것이다. 혹은 '두 소년 못살게 군 2명의 변태 총각'(1978. 4.23 선데이서울), '게이바 업주 등 16명 구속'(1985.11.21 조선일보), '동성연애 알선 카페주인 영장'(1991.10.25 동아일보) 등의 기사를 접하고는 공포에 질린 채 범죄자로 낙인찍혀 살게 될 자신의 미래를 두려워하기도 했을 것이고, '동성연애 여인이 유서에 적은 사연'(1977.2.13 선데이서울), '여자를 사랑한 여자의 한'(1978.7.30 선데이서울) 등을 읽으며 자신들의 처지를 비관해 자살충동에 휘말리기도 했으리라.
 또한 어쩌다 신문에서 동성애상담을 발견하면 '동성애란 성에 대한 무지, 병적 욕구 등이 원인으로 어떤 목표를 세워 신경 쓰는 것을 분산시키든가 혼자 해결이 안 되면 신경정신과 전문의와 상담을 통해 해결할 수 있을 것'(1982.2.20 중앙일보)이라는 등의 답변을 철석같이 믿고 바꿀 수 있을 거란 생각에 스스로를 고행 속으로 몰아넣고 괴로워했을 수도 있겠다.

하지만 이 모든 노력이 허사로 돌아갔을 때, 그 처절한 수치심과 모멸감 속에서도 살아남기로 결심한 우리의 언니들은 마침내 이를 악물고 거리로 나섰을 것이다. 낡은 잡지 한 장 찢어 바지주머니에 꼬깃꼬깃 넣고서 '현장고발: 대낮목욕탕 휴게실 호모족 판친다'(1986.10.5 선데이서울) 등의 기사에 단골로 등장하는 종로2,3가 뒷골목의 게이 사우나들을 찾아 헤매기 시작했을 것이다.

하늘이 무너져도 솟아날 구멍은 있다고, 고맙게도 그런 기사들은 언니들을 위한 '게이 가이드북' 역할을 충실히 수행해주었다. 한 예로 어느 주간지에는 '어느 대학생의 충격 고백수기: 나는 호모였다'는 제목으로 20대 동성애자의 생활을 적나라하게 드러내는 논픽션을 가장한 픽션이 연재되기까지 했다.(1989.3.5~19 선데이서울) 이 글은 극장, 술집, 사우나 등의 장소 안내 뿐 아니라 뗏쟈(때짜), 받쟈(마짜의 오기로 보임), 전차 등 동성애자들의 은어까지 소개해주는 친절함을 보이기도 했다.

물론 누구나 성공할 수 있었던 것은 아니었다. 아마도 지금 30대 이상인 게이들 중에는 당시 기사에 자주 등장했던 P극장을 찾아 헤매다 한 꼿발 건너 피카디리 극장을 선택하는 바람에 영화만 줄창 봐야 했던 슬픈 무용담을 간직하고 있는 이들이 꽤 있을 것이다.

P극장도 없어지고 7080의 게이가이드북이었던 선데이서울, 주간경향, 주간중앙 등 주간지들도 없어진 지 오래다. 콩닥거리는 가슴을 싸안고 공공장소에서 통과의례처럼 치러야 했던 크루징은 채팅과 온라인 데이팅 서비스로 대체되었다. 1990년대 중반 이후 성소수자인권운동단체들의 활동도 활발해지고 각종 동호회, 모임은 많은 게이들이 쉽게 커뮤니티에 접하는 통로가 되고 있다.

하지만 지금도 가끔 인터넷에서, 언론에서, 종교계 일각에서는, 호모포비아와 성소수자에 대한 비방, 욕설로 변한 그 시절의 유령들이 출몰하곤 한다. 몸서리쳐지는 기시감에 당황해하는 지금은… 2011년.

게이가 본 언론4 - 10년 동안 강산은 변했겠지만…

아래에 예를 들겠지만, 국내에서 시행한 각종 여론조사에 따르면 사람들은 동성애자에 대해 호감을 갖고 있지는 않다. 아니 대다수는 동성애자를 싫어하거나 거부하는 것처럼 보인다. 물론 똑같은 응답자들은 동성애자가 차별받거나 인권침해를 받고 있다는 사실을 분명히 인식하고 있다.

국내 최초로 커밍아웃한 연예인으로 인해 성소수자의 존재가 한창 화제에 오르던 시기였던 2001년 8월 한국갤럽에서 전국의 20세 이상 성인 1473명을 대상으로 동성애에 대한 여론조사를 시행한 적이 있다. 그 결과, 동성애자 연예인의 방송 퇴출에 대해서는 찬성(41%)보다 반대(44%)가 약간 많았다. 그러나 동성애에 대한 시각은 '매우 거부감이 크다' 39%, '다소 거부감이 있다' 43% 등 응답자의 82%가 동성애를 부정적으로 보고 있었다. 동성애에 대해 '그다지 거부감이 없다'는 16%, '전혀 거부감이 없다'는 2%에 그쳤다.

2002년 2월 중앙일보에서도 전국 성인 1039명을 대상으로 전화조사를 실시했다. 응답자들은 동성애자들이 인권침해를 받고 있고(77.5%), 사회적 편견이 심하다(84.6%)고 생각하고 있었으며 직업선택에서도 동등한 권리를 인정해야 한다(82.99%)고 답했다. 커밍아웃한 연예인의 방송 퇴출에 대해서도 '적절치 않은 조치'(59.2%)라는 응답이 '적절'(39.7%)보다 더 많았다. 그럼에도 응답자의 66.3%는 동성애를 잘못된 행위라고 응답했고 있을 수 있는 일이라고 대답한 사람은 33.7%에 불과했다.(2002.2.23 중앙일보)

2003년 리서치컴에서 성인 500명을 대상으로 실시한 전화조사에서는 '자신의 가족이나 친구 중에서 만약 동성애자가 있다면 어떻게 하겠는가?'란 질문에 '하지 말라고 충고하겠다'(61%)가 '간섭하지 않겠다'(32%)에 비해 두 배 가량 높았다. (2003. 12.22 조선일보)

2005년 세계가치관조사(한국사회과학데이터센터)에 따르면 이웃 삼기 싫은 사람으로 87.3%가 동성애자와 이웃에 살기 싫다고 답했으며 이는 종교, 인종, 언어가 다른 사람이라는 답변보다 두 배 이상 많은 수치였다.

2009년 한국여성정책연구원이 전국의 성인 2000명을 대상으로 설문조사를 벌인 결과에 따르면, 한국에서 차별받는 집단을 묻는 항목에서 동성애자가 3.48점(4점 척도)으로 가장 높았으며, 미혼모, 외국인 노동자, 장애인, 미혼부가 다음 순위였다.
이웃으로 지내고 싶지 않은 가족을 묻는 질문(5점 척도)에서도 동성애(3.27점)는 미혼부모(2.32점)와 외도(3.27점)에 앞서 첫째로 꼽혔다. 결혼이주자 가족(2.26점)과 재혼 가족(2.24점)은 이보다 낮았다.(2009.8.14. 한겨레)

10년 동안 강산은 변했겠지만….

또 하나의 우리

게이들 사이의 차이를 말하다

　　대중매체를 통해 표현되는 게이들의 모습이 전부는 아니다. 어쩌면 그 모습은 또 하나의 전형성을 만들어내어 오히려 게이에 대한 고정관념을 퍼뜨리고 있는 것 같기도 하다.

　　현실의 모든 게이가 잘 생기고 패셔너블한 전문직 종사자는 아니다. 일반적으로 매우 다양한 사람들이 존재하는 것처럼 게이들도 다양하다. 그리고 게이라는 테두리 안에서도 그 존재가 잘 드러나지 않는, 혹은 존재를 드러내기 힘든 사람들이 있다. 이들은 게이인 동시에 장애인이며, 이주 외국인이며, 비(非)수도권 지역 거주민들이다. 그 외에도 더 많은 존재들이 있을 것이다. 이들은 우리가 알아야 하는, 아니 어쩌면 알고 있었음에도 슬그머니 등을 돌리고 있었던, 혹은 알 기회도 없었고 알려고 생각조차 해보지 않았던 우리들의 다른 모습이기도 하다.

이태원과 종로, 커밍아웃, 연애, 커뮤니티 활동 등과 같은 키워드를 가지고 이들을 만나 이야기를 나누어 보았다. 결론부터 말하자면, 게이들 사이에는 공통점만큼이나 차이가 존재했다. 섣부른 분석과 일반화의 오류를 배제하기 위해 이들의 목소리를 날 것 그대로 전달한다. 그리고 우리 안의 차이와 남겨진 고민의 과제를 보다 잘 드러내기 위해 주위에서 흔히 볼 수 있는, 한국인이면서 수도권에 거주하는 비장애인 20대 게이의 가상일기를 첨가한다.

서울엔 종로, 이태원이 있지만

기분이 우울한 어느 날, 친구에게서 연락이 왔다. 같이 술 마시자는 말, 클럽에 가서 신나게 흔들고 다 털어버리자는 말이 오갔다. 창밖에 흙비가 내리는 우울한 하늘을 바라봤다. 전혀 봄날 같지 않은 쌀쌀한 날씨 탓에 옷을 껴입고 종로로 나갔다. 칵테일 바에서 한두 잔을 마신 친구와 나는 택시를 타고 이태원으로 향했다. 나를 모르는 많은 사람들 틈에서 음악 소리에 귀를 기울이며 팔 다리를 흔드는 동안 새벽이 저물었다. 잘 생긴 남자들과 잠깐 스쳤던 어렴풋한 기억들을 뒤로하고 첫 차에 올라탔다. 처음 보는 것 같은 하늘이 어제와 다른 모습으로 나와 마주하고 있었다. 대한민국 서울에 살고 있는 평범한 게이의 평범한 하루였다고 스스로 되뇐다.

제가 사는 곳은 대도시이긴 하지만 청소년들이나 성인들이 즐길 거리가 모여 있는 곳은 몇 곳으로 한정되어 있어요. 그래서 그 곳을 몇 시간 배회하다 보면 지인을 한두 명이라도 꼭 만날 정도로 현저히 좁습니다. 그렇기에 지인들의 시선이 닿지 않는 곳과 자신의 생활공간과 멀리 떨어진 한적한 곳에서 데이트를 즐길 수밖에 없는 것이죠. 그리고 서울의 종로나 이태원 일대처럼 일반인들의 시선에 거리낌 없이 게이들이 마음 놓고 즐길 수 있는 공간은 거의 없다고 봐야 합니다. 소위 말하면 열악하고 음침하기 이를 데 없는 몇 군데 가라오케, 게이바, 시설이 최악인 게이 휴게텔과 게이 사우나 한 곳이 전부입니다. ＿＿＿비(非)수도권 거주 한국인, 게이

　　　　　사실 찜질방밖에 안 가봤어요. 일단 내가 사는 곳에는 게이 시설이 없어요. 서울에 자주 오기엔 돈도, 친구도 없어서 힘들고요. 대신 찜질방은 여기저기 가봤죠. 좋진 않고 그냥 자러 가는 거예요. 근데 사실 자기에도 별로인 것 같아요. 시끄럽고.(웃음) 게이바나 클럽도 알고 이태원에도 가본 적은 있지만 별로 이용해 본 적 없어요. 같이 갈 친구가 없거든요. ＿＿＿비(非)수도권 거주 베트남인, 게이

　　　　　전 게이 커뮤니티라는 개념 자체를 좋아하지 않아요. 많은 게이들이 자신을 일반사람(다수)처럼 여기는 걸 원하잖아요. 사실 모든 소수자들이 그렇겠죠. 하지만 그런 게 잘 받아들여지지 않으니까 소수자들이 자신들만의 공간을 만들고 법칙을 만드는 거겠죠. 커뮤니티 같은 것도 그 중 하나일 테고. 좋은 점이 물론 있지만 게이나 이성애자나 상관없이 같은 공간에서 노는 게 더 보기 좋고 그렇게 할 수 있다고 생각해요. 한국에선 아직 일반 바에 가서 게이들이 뽀뽀하고 키스하고 하면 안 되겠죠? 유럽에선 게이바가 아니어도 게이커플이 와서 키스하고 하고 싶은 대로 자연스럽게 행

198

동하는 경우가 많아요. 제 고향인 스위스의 경우에는 모든 바에 게이들이 자연스럽게 드나드는 분위기고 클럽도 마찬가지죠. 물론 한국 상황에서는 어쩔 수 없는 거라 이해가 가고 이태원에서 노는 것도 재미있지만, 아쉽다는 생각도 많이 들어요. ____서울 거주 스위스인, 게이

커밍아웃이 더 어렵게 느껴지는 이유

지끈대는 머리를 부여잡고 잠에서 깼다. 버스를 갈아타고 익숙한 시내 풍경을 바라보며 학교에 갔다. 수업을 듣고 친구들과 이야기를 나누다가 오랜만에 만난 친구와 함께 카페에 가게 되었다. 그 동안 하지 못했던 이야기를 털어놓으면서 계속 수다를 떨었다. 그 분위기에 취해 난 적당한 타이밍에 용기를 내어 친구에게 커밍아웃을 했다. 심장이 터질 듯이 뛰고 있었다. 머릿속이 하얘졌지만 후회는 하지 않기로 했다. 어차피 언젠가 한 번은 이런 상황을 맞닥뜨려야만 했을 테니까. 놀라워하던 친구는 곧 날 이해해주었다. 오히려 나한테 용기를 불어넣어줬다. 정말 다행이었다. 왠지 오늘은 내 사람을 만들 수 있었던 조금 특별한 날로 기억될 것 같다.

저는 커밍아웃을 하지 않았기 때문에 게이라는 사실로 인해 차별을 받는다거나 했던 적은 없어요. 하지만 한국에서 인종에 대한 차별은 심해요. 커밍아웃하지 않는 또 다른 이유는, 우리 대학에 베트남 학생이 대여섯 명 있는데 나 때문에 베트남과 베트남 학생들의 이미지가 더 나빠지는 것을 원치 않기 때문이에요. 베트남에 대한 이미지가 가뜩이나 좋지 않잖아요. 어쨌든 한국이건 베트남이건 커밍아웃은 안 돼요.

베트남에서는 더 심해요. 소문이나 소식이 빨리 퍼지거든요. 엄마 아빠가 이런 걸 알고 상처 받길 원하지 않아요. _____비(非)수도권 거주 베트남인, 게이

제가 농인이라는 건 사람들이 알지만, 전 커밍아웃을 하지 않았기 때문에 제가 게이라는 건 사람들이 몰라요. 그래서 그런 걸로 인해서 차별 받은 일 자체가 없어요. 근데 마음이 힘들긴 하죠. _____서울 거주 청각장애인, 게이

지방에서는 소문이 금방 퍼지기 때문에 그런 점이 많이 신경쓰이죠. 커밍아웃한 후 소문이 파다하게 퍼지면 결국 가장 큰 불이익은 부모님께 돌아온다는 게 문제예요. 고지식한 부모님인데 그런 말을 들으면 어찌 되겠어요? 아무래도 시골에서 태어나 자란 게이는 도시에서 태어나 자란 게이보다 커밍아웃이 더욱 힘들 듯 싶군요. _____비(非)수도권 거주 한국인, 게이

다른 게이, 다른 연애·데이트

집에 가는 길에 며칠 전 모임에서 만났던 사람에게 또 연락이 왔다. 이튿날 그 사람을 만나 같이 밥을 먹었다. 영화 보는 걸 좋아한다기에 같이 영화도 봤다. 어색한 상태로 극장에 한참 앉아있다 나오니 몸이 뻐근했다. 영화를 본 후 같이 술 한 잔 하며 많은 이야기를 나눴다. 영화 이야기, 모임 이야기, 남자 이야기…. 다음 날 모텔에서 눈을 떴다. 옆에 그 사람이 누워 있었다. 몹시 피곤했지만 학원에 늦을까봐 서둘러 몸을 일으켰다. 편의점에서 음료수를 사먹고 속을 달랬다. 그 사람은 나한테 관심이 있는 건가? 나랑 사귀고 있다고 생각하는 걸까? 다음

에 만나면 먼저 사귀자고 단도직입적으로 말할까? 버스 안에서 하릴없이 생각에 잠겼다.

저는 장애인이지만 저 좋다는 사람이 아주 없진 않아요, 흔하진 않지만. 어쨌든 사람과 사람간의 만남으로 생각해야 될 것 같아요. 이중적인 핸디캡이 없는 건 아니지만 그렇다고 우울하다, 힘들다는 식으로 나를 비하하고 싶지도 않고요. ____서울 거주 신체장애인, 게이

애인이 생기면 좋겠어요.(웃음) 그런데 그 애인이 수화를 좀 알고 농문화에 대해서도 좀 아는 사람이면 좋겠어요. 솔직히 일반 사람과 청각장애인이 연애하는 경우가 별로 없어요. 대부분의 농인부부를 보면 남편도 농인, 부인도 농인인 경우가 많거든요. 근데 우리 농인의 경우에는 장애인이라고 생각하지 않고 수화를 사용하는 소수민족이라는 생각이 더 강해요. 그러니까 미국 가면 중국계도 있고 남미계도 있고 흑인도 있고 다양하잖아요. 이렇게 소수민족이 다양한 것처럼 우리 농인도 소수민족 중의 하나라는 개념이 강한 거지요. 뭐, 솔직히 몸은 멀쩡하잖아요. 단지 의사소통의 수단만 다르고요. 그런 것처럼 저도 수화를 할 줄 알고 농문화에 대해서 잘 아는 애인 만났으면 하는 그런 욕심이 있지요. ____서울 거주 청각장애인, 게이

한국에서는 주로 외국인(파키스탄인을 포함한)들을 만나는데 데이트할 때는 주로 방에서 시간을 보냅니다. 데이트를 할 때 밖에 나가지는 않는데, 게이 연애 관계가 알려지면 모욕을 당할 것이기 때문이에요. 그래서 사귄다고 하더라도 섹스 외에

는 다른 연애 활동이 별로 없습니다. 한국은 무슬림 국가는 아니기 때문에 처벌의 위험은 없지만, 사람들에게 모욕을 당할 수는 있기 때문에 위험한 건 마찬가지입니다. 세계 어디서나 게이 관계는 사람들이 좋아하지 않으니까요. _____서울 거주 파키스탄인, 게이

욕구는 주로 집에서 혼자 풀어요. 지금은 이미 혼자의 삶에 어느 정도 적응이 됐고, 앞으로도 이대로 혼자 살 것 같아요. 사귈 사람을 만나기도 힘들고요. _____비(非)수도권 거주 베트남인, 게이

전 커플이 되고 싶지 않아요. 혼자 있는 걸 좋아하니까. 파트너 정도 있으면 돼요. 그냥 만나서 이야기할 수 있고 섹스할 수 있는 파트너. 남자친구는 아니고 나쁘게 들릴 수도 있지만 필요할 때 만나는 관계? 한국에는 없는 개념 같은데 외국에는 그런 커플들이 있어요. 애인처럼 만나지는 않지만 잠잘 때는 꼭 그 사람하고만 하는…. 오픈 커플이라고 해야 하나? 전 그런 오픈 커플이 좋아요. _____서울 거주 스위스인, 게이

연애를 할 적엔 고지식한 한국 사회에서는 어느 지역이든 행동에 제약을 받는 면이 있죠. 길거리에서 키스는 물론이고 손을 잡고 걷고 싶어도 꾹 참아야 하고, 찻집이나 식당에서 차나 밥을 먹을 때도 눈치를 봐야 하고. 아무래도 시내가 좁고 아는 사람을 만날 가능성도 높아서 그런 게 더 신경 쓰이고 힘들죠. 심지어는 육체적인 사랑을 나누고 싶어서 모텔에 간다 해도 될 수 있으면 가격이 비싸더라도 시선이 따갑

지 않은 무인 모텔을 이용하게 되요. ____비(非)수도권 거주 한국인, 게이

게이 커뮤니티, 다른 목소리에 귀를 기울이면

활동 중인 성소수자 단체의 정기모임이 다가왔다. 이맘때가 되면 항상 벌써 한 달이 흘렀나 하는 생각에 달력을 보게 된다. 같이 활동하는 친한 친구들과 모여 이야기꽃을 피웠다. 내가 만났던 남자와의 일을 이야기하자 저마다 흥분을 한다. 정기모임에서는 지난 한 달 동안 진행했던 행사 결과에 대해 논의하고 현재 진행 중인 일들을 검토했다. 지금 하고 있는 사업의 예산이 부족한 문제가 있어 이야기는 길어졌다. 밤늦게 이어진 뒤풀이에서 우리는 한 번 더 이 모임의 소중함을 깨달았다. 다른 곳에서 하지 못하는 이야기를 나와 닮은 사람들과 만나 소통하고 풀 수 있어서 좋다. 이 사람들을 조금 더 일찍 만났으면 더 좋았을 텐데 하는 생각도 든다.

처음 게이 커뮤니티 모임에 나가서 어렵다고 느낀 게 뭐냐면, 저는 구화를 해야 되거든요. 사람들과 얘기할 때는 항상 입모양을 봐야 해요. 만나서 일대일로 얘기할 때는 입모양 보면서 알아듣지만 여러 사람이 있을 때는 힘들지요. 그런데 여러 사람이 모여서 한꺼번에 이야기하다 보니 혼자 모든 대화에 낄 수가 없는 거예요. 대화에 낄 수가 없으니까 그냥 꿔다놓은 보릿자루처럼 앉아 있다가 나왔어요. ____서울 거주 청각장애인, 게이

아무래도 지방은 서울보다 음성적일 수밖에 없어요. 만남도 음성적으로

이루어지는 경우가 많은데, 커뮤니티나 바가 많고 쉽게 나올 수 있는 분위기였다면 그렇게 음성적으로 번개를 하지도 않았을 것 같아요. 지방은 게이바가 많지 않다 보니 여관, 차 등에서 주로 섹스만 했던 것 같아요. 데이트는 하지 않았고요. 지역의 특성 때문에 같은 사람을 또 만나게 될까봐 섹스만 하고 데이트는 꺼리는 이유도 있죠. 사람이 적어서 번개를 한다고 해도 몇 번만 나가면 매번 거의 같은 사람을 만나니, 그런 한계가 있어요. 그런데 지난번에 서울에 가서 놀아보니까 아는 사람이 아무도 없는 게 너무 좋더라고요. ＿＿＿비(非)수도권 거주 한국인, 게이

인터넷 사이트는 있어요. 베트남인들만을 위한 사이트 같은 건 아니고, 그냥 아시아 게이 사이트죠. 여기서 한국에 사는 아시아 게이들을 찾을 수 있어요. 베트남 사람은 별로 못 본 것 같네요. 베트남 게이들의 오프라인 모임은 본 적도 들은 적도 없습니다. ＿＿＿비(非)서울 거주 베트남인, 게이

동성애자 인권단체 어디든 오래전부터 참여하고픈 마음이 있었어요. 왜냐하면 다른 모임보다는 인권단체이기 때문에 게이들이 더 오픈 마인드일 것이고 성정체성이 확실히 확립된 사람들일 거라 생각해서 알아서 나쁠 건 없을 것이라는 생각이 들었기 때문이죠. 그렇다고 해도 처음에 문 두드리는 건 여간 어렵지 않았어요. 또 모든 단체가 서울 지역에 모여 있기 때문에 지역적으로 멀리 떨어져 있어서 참여하기가 더 어려웠고요. 우리나라에서 동성애자 인권운동단체가 좀 더 활성화된다면 각 지방 대도시에도 연계된 동성애자 단체를 만들면 어떨까 싶습니다. 예를 들자면 정당의 지방 조직인 지구당처럼요. 그러나 말처럼 쉽지 않겠죠. 수많은 논의가 있어야 할 것이

고, 그 지역에 살고 있는 대표격인 어느 한 사람은 상당한 희생을 각오해야겠죠. ____
비(非)수도권 거주 한국인, 게이

인터넷 게이 사이트에 접속하기도 했습니다. 주로 국제 사이트를 이용했어요. 한국 게이 사이트나 한국 내 커뮤니티에 대해서는 정보가 없었죠. 다른 외국인들도 대부분 그럴 거예요. ____서울 거주 파키스탄인, 게이

모임 활성화에 대한 이야기가 이론적으로는 참 좋은데, 사람이 있어야 뭘 해보지 않겠어요? 프로그램을 만들고 세미나를 개최하는 계획을 세우는 게 참 막연한 것 같네요. 만들어진다면야 저도 참여하겠지만 워낙 나와 있는 사람이 없거든요. 또 우리는 우리끼리 보는 것도 잠재적으로 불편한 게 있어요. 목발 짚지 않은 사람들 사이에 혼자 목발 짚고 있으면 괜찮지만, 만약 다섯이 모였는데 다섯이 모두 목발을 짚고 있다면 우리끼리도 불편하고 좀 싫은 것이 있죠. 어떤 장애인 프로그램을 만들어서 나오라고 하면 뭔가 사람들 앞에서 구경거리가 될 것 같다고 생각할 수도 있어요. ____서울 거주 신체장애인, 게이

같은 사회에서 살고 있는 게이라고 하더라도

어느새 시간은 자정 넘어 새벽으로 향하고 있다. 끊었던 담배를 요즘 다시 피우기 시작했다. 게이 커뮤니티에 데뷔한 지는 꽤 됐지만 게이로 산다는 것은 계속 무언가에 적응해야 하는 일인 것 같다. 그래도 한국이란 나라, 서울이라는 동네에서 살아가고 있는 나는 아직까지 잘 지내고 있는 것 같다. 하늘에 떠 있는 수많은

별처럼 이 땅에는 먼지 같은 사람들이 많이 살아가고 있을 것이다. 그래도 그 가운데 나라는 사람이 있어 이렇게 울고 웃고 술도 마시고 담배도 피우고 어제의 그 남자 생각도 할 수 있다는 게 다행이고 행복이라는 생각을 해본다.

한국엔 웃긴 게 진짜 많아요. 외국인이 길 가다가 한국 사람에게 뭘 물어보는데 한국말을 잘하면 인기가 좋죠. 특히 백인이 그러면 더더욱. 하지만 베트남 사람이 한국말을 좀 못 하면 무시당하기 일쑤입니다. 아시아 사람은 한국에서 외국인 취급을 받지 못하는 것 같아요. 피부색이나 머리색이 비슷해서 그런지…. ____비(非) 서울 거주 베트남인, 게이

간단히 말하면 한국은 되게 편해요. 밤 문화가 잘 되어 있는 게 특히 좋아요. ____서울 거주 스위스인, 게이

이건 정말 제 욕심인데요. 그냥 모든 사람들이 다 수화가 가능하면 좋겠다고 생각해봤어요. 유럽에 가니까 수화가 초등학교 교육과정에 포함되어 있더라고요. 그래서 모든 국민이 '안녕하세요' '미안합니다' 정도는 다 알더라고요. 이 나라 사람들의 생각은 이런 거지요. 다른 나라 사람하고 대화하기 위해서 외국어는 배우면서 왜 같은 나라 농인을 위해서는 배우지 않느냐. ____서울 거주 청각장애인, 게이

혹시 친구 분 중에 저처럼 몸이 불편하면서 이반인 사람 본 적 있어요? 없죠? 장애인들 자체가 아마 시설이나 단체 같은 데 있는 사람들이 대다수일 거예요. 그

리고 그런 데는 시설이 굉장히 후진적인 곳이 많겠죠. 말했듯이 장애인 비율만 따지면 길거리에 장애인이 훨씬 더 많이 돌아다녀야 해요. 근데 안 보이잖아요. 그러니 장애인이면서 게이는 더 찾아보기 힘들죠. ____서울 거주 신체장애인, 게이

결국 그 남자에게 연락이 왔고 우리는 사귀는 사이가 되었다. 남들처럼 연락하고 데이트도 하고 기념일도 챙긴다. 얼마 전엔 남자 친구와 시내에서 영화를 보고 클럽에 놀러 갔다가 싸우는 바람에 친구들을 불러내 밤새도록 하소연을 하기도 했다. 결국 마음이 안 좋아 화해하자는 의미로 이번 주말엔 단 둘이 바닷가 여행을 가게 되었다. 어떻게 보면 사는 게 힘들고 짜증날 때가 많다고 불평하지만 다른 사람들 하는 거 똑같이 하면서 살고 있는 것 같다. 데이트할 공간들과 밤새 수다 떨 친구들, 아직까지 밤새 놀 수 있는 체력이 내게 남아 있다는 사실 또한 다행이다. 이렇게 별 탈 없이 살 수 있다는 것도 분명 축복일 것이다. 누군가는 누리지 못할 것들을 누릴 수 있다는 것 자체가 내 인생에 주어진 혜택일 테니까.

우리가 만난 게이들의 이야기가 게이들 사이에 존재하는 모든 차이를 보여준다고 말할 수는 없다. 또한 이 이야기가 그런 차이들을 대표한다고 할 수도 없다.

다만, 이 이야기가 종로나 이태원, 혹은 인터넷 등에서 자연스럽다고 여겨지는 '게이 문화'를 조금은 거리를 두고 낯설게 볼 수 있는 계기가 되기를 바란다. 일반 사회에서처럼 차이가 차별이 되는 것이 아니라 차이를 다양성으로 인식할 때 게이로서의 삶과 문화는 보다 풍성해질 것

이다. 우리가 더 다양하고 더 자신 있는 우리일 수 있을 때, 비로소 이 세상은 게이 커뮤니티의 목소리에 온전히 귀 기울이게 되지 않을까.

다양함을 거세하는 문화는 필연적으로 쇠퇴할 수밖에 없다. 게이들의 '다름'을 긍정적 힘으로 승화하는 것이야말로 획일화를 지향하는 이 세상을 구원할 수 있는 마지막 티켓인지도 모른다.

Gay Culture Guide

행복한 게이로 살기 위한 나침반

사랑할 때
알아두어야 할 것들
성소수자의 제도적 현실

우리 법제도에서 성소수자는 어떻게 드러나고 있을까? 성소수자와 관련한 법적, 제도적 이슈로 부각되고 있는 것은 무엇일까? 성소수자 운동에서 제기하고 있는 문제들을 중심으로 간략하게 살펴보자.

국가인권위원회법

한국에서 '성적 지향'이라는 단어가 처음으로 등장한 법률은 2001년에 제정된 '국가인권위원회법'이다. 이 법은 고용, 재화의 이용, 교육시설의 이용 등에서 성적 지향을 이유로 배제하거나 불리하게 대우하는 행위 등을 차별행위로 규정하고 있는데, 이로써 성소수자 차별을 구제할 수 있는 길이 열렸다.

국가인권위원회법의 구제 절차를 통해 제도적인 변화를 이룬 것으로는 청소년보호법 시행령에서 청소년 유해매체의 심의기준으로 '동성애'가 규정되어 있던 것을 삭제한 사건이 대표적이다. 국가인권위원회에 청소년보호법 시행령이 차별적이라고 진정한 데 대해, 2003년 국가인권위원회는 이 '동성애' 규정을 삭제하라고 권고했다. 정부는 이 권고를 받아들여 2004년 유해매체 심의기준에서 동성애를 삭제했다.

꼭 제도적인 문제가 아니라도, 개인 역시 성정체성을 이유로 직장 등에서 차별을 받았을 때 국가인권위원회 홈페이지를 통해 손쉽게 진정해서 구제 절차를 밟을 수 있다. 다만, 그 구제의 결과가 '권고'에 그친다는 한계가 있다. 또 트랜스젠더에 대한 차별을 명시적으로 규정하고 있지 않다는 문제도 있다.

차별금지법

국가인권위원회법은 국가인권위원회의 조직과 구성, 업무와 권한을 규정한 '조직법'의 성격이 강하다. 그래서 이에 더해, 실질적으로 어떤 행위가 차별이고 인권침해인지를 밝히고 규제할 수 있는 실체법인 '차별금지법'이 필요하다.

국가인권위원회는 차별금지법을 제정하기 위해 2003년부터 차별금지법 권고법안 작성 작업을 벌였다. 이렇게 해서 2006년에 마련된 권고법안은 성별, 장애, 병력, 성적지향, 학력 등 20개의 차별금지 대상을 규정하였고, 고용 등 차별이 금지되는 네 영역을 명시했다. 또 실효성 있는 차별방지 및 구제책을 규정했다.

그러나 법무부는 2007년 정부법안을 만드는 과정에서 실질적인 구제조치에 관한 규정을 완전히 삭제하여 차별금지법의 실효성을 대폭 축소했다. 가장 크게 문제가 된 것은 차별금지 대상 중 성적 지향, 학력, 가족 형태 등 7가지를 삭제한 것이다. 특히 성적 지향을 삭제한 것은 근본주의적 기독교의 압력에 의한 것으로 알려졌다.

이에 대해 성소수자들은 '차별금지법 대응 및 성소수자 혐오, 차별 저지를 위한 긴급 공동행동'을 꾸려 대응했고, 법무부가 삭제한 7가지 항목 뿐 아니라 트랜스젠더와 관련한 '성별정체성'이라는 항목까지 포함한 새로운 차별금지법안을 만들어 국회에 제출하기도 했다. 유엔 사회권위원회에서도 한국 정부에 대해 '원래대로의 차별금지법안'을 통과시킬 것을 공식적으로 촉구하기에 이르렀다.

2010년 현재 정부는 또 다시 차별금지법안을 마련중이다. 그러나 국회 회기 만료가 얼마 남지 않은 상황에서 인권과 반차별의 관점에서 차별금지법을 얼마나 제대로 만들지, 그리고 법안 통과의 의지가 얼마나 있는지에 대해서는 회의적인 전망이 지배적이다. 그러나 국제적으로도 차별금지법의 입법례에서 성소수자에 대한 차별을 금지하는 것이 일반적인 만큼, 한국에서도 실효성 있는 차별금지법이 하루빨리 제정되어야 할 것이다.

형사 절차에서의 성소수자 인권 보장

수사와 형사 재판, 그리고 형벌 집행을 아우르는 형사 절차에서 성소수자는 국가권력의 직접적인 강제력에 노출되면서 불리한 지위에 놓이기 쉽다. 성소수자라는 이유로 불이익을 받거나 정신적·육체적 폭력을 경험하는 사례도 발생하고, 커밍아웃을 강요받거나 아우팅을 당하는 사건도 생기고 있다.

다행히도 2007년과 2009년에 각각 마련된 '형의 집행 및 수용자의 처우에 관한 법률'과 '군에서의 형의 집행 및 군수용자의 처우에 관한 법률'에서는 성적 지향에 대한 차별금지를 명시하고 있다. 그러나 이 법률들은 이러한 차별이 발생하였을 때의 구제 절차를 제대로 마련하고 있지 않을 뿐더러 트랜스젠더 차별에 대한 내용이 담기지 않아 실효성에 의문이 제기되고 있다. 다만 최근 발생하고 있는 트랜스젠더 수용자에 대한 차별 사건이나 수용시설 내 동성애를 소재로 한 드라마의 시청을 금지하는 등의 사건이 인권침해나 차별에 해당하는 것으로서 위법하다고 판단하는 데 중요한 전거가 될 수 있을 것이다.

한편, 수사과정에서 성소수자의 권리를 보장하는 규정들도 있다. 경찰청훈령과 해양경찰청훈령으로 '인권보호를 위한 경찰관 직무규칙'이 각각 2005년과 2007년 제정되었는데, 여기에서는 '성적 소수자'를 '동성애자, 양성애자, 성전환자 등 당사자의 성정체성을 기준으로 소수인 자'라고 규정하여 처음으로 트랜스젠더를 그 보호대상으로 규정하는 동시에 '성적 소수자'라는 용어도 처음으로 사용하였다. 이 훈령들은 "성적 소수자가 자신의 성정체성에 대하여 공개하기를 원하지 않을 경우에는 이를 최대한 존중하여야 하며, 불가피하게 가족 등에 알려야 할 경우에도 그 사유를 충분히 설명하여야 한다"고 규정하여 아우팅을 제한하고 있다. 그리고 "성적 소수자인 유치인에 대하여는 당사자가 원하는 경우 독거수용 등의 조치를 취해야 한다"고 하여 유치장에서의 실질적인 인권보장을 시도하고 있다. 특히 성소수자의 특수성을 고려하여 성소수자 본인의 의사를 반영하여야 한다고 규정하고 있고, 형사 절차에서 성소수자들이 가장 큰 어려움을 겪는 아우팅과 수용의 문제를 구체적으로 규율하고 있다는 점에서 긍정적으로 평가된다. 검찰의 수사과정에서도 법무부훈령인 '인권보호수사준칙'에 의해 성적 지향에 따른 차별은 금지된다.

성소수자의 가족구성권

성소수자들은 가족제도에서 배제됨으로써 일상적으로 차별을 경험한다. 파트너와 함께 재산을 모은 경우에도 파트너 관계를 해소하게 될 때 재산분할이 이루어지지 않아 경제적인 어려움에 처하는 경우도 있고, 법적 상속에서도 배제되어 파트너의 사망과 동시에 심각한 재산상, 신분상의 문제가 발생하기도 한다. 의료와 관련해서도 파트너에 대한 수술동의서도 쓰지 못하고 의료접견권도 인정받기 힘들다. 동성 커플이 공동으로 아이를 입양하는 것도 불가능하고, 국제 커플의 경우 외국인 파트너가 정년퇴임으로 취업비자를 더 이상 받을 수 없게 되었을 때는 생이별을 해야 한다. 실제로 발생하고 있는 이러한 사례들은 모두 성소수자의 가족구성권 자체가 부정되고 있는 현실에서 발생하는 일이다.

법원 역시도 동성 커플에 대해 사실혼과 같은 보호를 국가가 제공할 수 없다고 하고 있다. "현재 우리 사회의 혼인 및 가족 관념에 의하면 혼인이라 함은 일부일처제를 전제로 하는 남녀의 정신적·육체적 결합을 의미하고, 아직 그 의미에 있어서 변화를 찾을 수 없다"면서 "동성간에 사실혼 유사의 동거 관계를 유지하여 왔다고 하더라도… 혼인생활의 실체가 있었다고 보기도 어려울 뿐만 아니라 사회 관념상 가족질서적인 면에서도 용인될 수 없는 것이어서, 동성간에 사실혼 유사의 동거 관계를 사실혼으로 인정하여 법률혼에 준하는 보호를 할 수는 없다"고 한 것이다. (인천지법 2004. 7. 23. 선고 2003드합292 판결)

이와 달리 세계적으로는 동성 결혼을 인정하거나, '결혼'이라는 용어를 사용하지 못할 뿐 실질적으로는 동일하거나 이에 준하는 파트너십 제도를 속속 도입하는 사례가 늘고 있다. 현실적으로 심각한 차별이 발생하고 있는 만큼, 한국에서도 이러한 제도를 마련해야 할 필요성이 크다. 다만 이것은 기존의 '정상가족' 중심의 가족제도에 편입하는 것이 아니라, 이러한 가족제도를 넘어 새롭게 변화시키는 과정이어야 할 것이다.

성소수자의 '표현의 자유'

성소수자의 표현의 자유와 정보접근권의 핵심적 문제는 성소수자와 관련한 표현이나 정보가 그 자체로 청소년에게 유해하다는 주장과 관련돼 있다. 그러나 오히려 그 반대라는 것이 심리학계나 정신의학계의 일반적인 입장이다. 성소수자와 관련한 내용을 담은 매체를 접한다고 하여 성소수자가 아닌 청소년이 갑자기 성소수자가 될 수는 없다고 한다. 오히려 성소수자와 관련된 표현물은 청소년 성소수자가 자신의 삶을 고민하고 미래를 기획하는 데 도움이 되고, 성소수자가 아닌 청소년 역시 이러한 매체를 통해 동성애와 성별 정체성, 그리고 사회의 성적 다양성을 이해하는 포용력을 기를 수 있다.

그러나 성소수자를 다루는 매체들은 규제되고 있는 것이 현실이다. 한국게이인권운동단체 친구사이와 청년필름이 공동으로 제작한 영화 〈친구사이?〉(김조광수 감독)는 청소년들에게 동성애자의 삶에 대해 쉽고 재미있게, 왜곡되지 않은 시선으로 전달하려 한 작품이다. 그런데도 영상물등급위원회는 이 영화를 청소년 관람불가 등급으로 판정했고, 제작자들은 이 심의결과가 차별이자 동성애 표현물에 대한 표현의 자유 및 예술의 자유 침해라면서 등급분류결정처분취소를 구하는 행정소송을 제기했다. 이에 대해 2010년 9월 서울행정법원은 "영화 〈친구사이?〉가 성소수자에 대한 이해와 성찰을 제공하여 교육적 효과가 있고, 청소년이라고 해서 동성애에 대한 정보를 수용할 수 없는 것은 아니며, 동성애와 관련한 정보의 생산과 유포를 규제하는 것은 성소수자의 헌법상 기본권을 지나치게 제한할 수 있다"고 하며 청소년 관람불가 판정을 취소하는 판결을 내렸다. 이 판결은 최초의 청소년 관람불가 판정 취소 판결이라는 점과 더불어, 성소수자 표현물 규제에 대한 원칙을 합리적으로 제시했다는 점에서 중요한 의미가 있다고 평가된다.

영화 〈친구사이?〉에 대한 영상물등급위원회의 판단과 같은 성소수자의 표현의 자유 규제는 결국 성소수자로서의 일상적 삶을 억압하고 성소수자가 자기검열을 하도록 한다. 뿐만 아니라 청소년의 정보접근권 역시 침해한다. 그렇기 때문에 성소수자 매체에 대한 지나친 규제는 그 자체가 차별로서 제한되어야 할 필요가 있다.

아우팅에 대한 규제

아우팅은 사생활 자유와 비밀에 대한 침해를 넘어서 성소수자를 갑작스럽게 차별의 환경에 놓이게 한다. 때문에 아우팅은 성소수자들이 우려할 수밖에 없는 일이다.

『한국 성소수자 사회의식조사』에 따르면 응답자의 24.7%가 아우팅 경험이 있었다. 아우팅 경험이 있는 사람들 중 77.4%가 사회적 불이익을 경험한 적이 있다고 답했고, 이는 아우팅 경험이 없다는 사람들 중 38.2%가 사회적 불이익을 경험한 적이 있다고 한 것에 비해 두 배가 넘는 수치다. 『청소년 성소수자 생활실태 조사보고서』에서도 아우팅 경험이 있다고 답한 응답자가 30.4%에 이르렀고 아우팅 후 교사 또는 친구로부터 부당한 처우를 받았다고 대답한 비율이 51.4%로 나타났다. 한편, 가족이나 학교, 직장 등에 성정체성을 알리겠다고 협박하여 금품 갈취, 폭행, 성폭력 등을 저지르는 일도 일어나고 있고, '아우팅 협박'을 통해 주위의 동성애자를 알아내서 연쇄강간을 한 사건까지 발생하기도 했다. 실정이 이러한데도 실질적으로 아우팅을 규제할 수 있는 법제도는 전무하다.

한편, 대법원은 피해자가 동성애자가 아님에도 인터넷사이트 싸이월드에 7회에 걸쳐 피해자가 동성애자라는 내용의 글을 게재한 사건에 대하여 사회적 평가를 저하시키는 것으로서 명예훼손죄에 해당한다고 판결(대법원 2007.10.25. 선고 2007도5077 판결)한 바 있다. 아우팅을 이와 같이 명예훼손으로 규제할 여지도 없지는 않다. 그러나 성소수자라는 사실이 '사회적 평가를 저하시키는 것'이라는 관점을 받아들이기 힘든 만큼 명예훼손죄로 규율하는 것에는 한계가 있다. 아우팅과 명예훼손은 그 의미와 맥락이 다르기 때문이다. 결국 아우팅을 규제할 수 있는 제도는 반드시 필요하다.

성폭력

성폭력에 관한 연구들은 성별을 불문하고 동성애자와 트랜스젠더가 성폭력에 노출될 위험이 높다고 지적한다. 이와 관련하여 현행법상 가장 문제가 되고 있는 것은 형법상 강간죄의 객체를 '부녀'로 한정하고 있다는 점이다. MTF(Male to Female, 남성이 여성으로 생물학적 성을 바꾼 경우) 트랜스젠더나 남성이 강간을 당하더라도 '부녀'가 아니라는 이유로 가해자는 강제추행 정도로 처벌될 뿐이다. 최근에 MTF 트랜스젠더에 대한 강간을 인정하는 대법원 판결이 나왔지만, 강간 조항이 이렇게 되어 있는 이상 구체적인 사건에 따라 강간을 인정하지 않을 가능성도 크다.

최근 법무부는 형법상 강간죄의 객체를 '사람'으로 바꾸는 등의 내용을 담은 '형법개정시안'을 마련했다. 형법상 강간죄의 또 다른 구성요건인 '간음'이라는 용어 역시도 여성과 남성의 성기 결합을 그 내용으로 하고 있다는 점에서 이에 대한 새로운 규정도 시도되고 있다. 다행히 최근 이러한 인식이 상당히 확대되고 있어, 이 형법 규정은 조만간 개정될 것으로 기대되고 있다.

고용과 노동권

2000년 홍석천 씨가 커밍아웃을 했을 때, 그는 방송사로부터 출연하던 모든 프로그램에 대해 출연 중단 통보를 받았다. 이 사건은 성 정체성으로 인해 고용에 있어서 불이익을 받을 수 있다는 것을 단적으로 보여주었다. 특히 홍석천 씨가 〈뽀뽀뽀〉에서 가장 먼저 출연 중단 통보를 받은 것처럼, 성소수자가 아동 또는 청소년의 주변에 있어서는 안 된다는 편견 때문에 동성애자 교사나 학원 강사들은 성정체성이 알려질 경우 해고의 위협에 크게 노출된다.

동성애가 직장에서의 징계 사유로 등장하기도 한다. 지난 2001년 서울행정법원은 직장 동료와 동성애 관계로 공무원의 품위를 손상시켰다면서 감봉 2개월의 징계 처분을 받은 한 소방관이 서울시장을 상대로 낸 감봉 처분 취소 청구소송에서 원고 승소 판결을 내린 바 있다. 당시 언론 보도에 따르면, 법원은 감봉 처분을 받은 소방관과 그의 동료 사이가 동성애 관계로 보기 어려우므로 공무원의 품위를 실추시켰다고 보기 어렵다고 판단하였다고 한다. 이러한 판결을 반대로 해석하면 동성애를 이유로 징계 처분을 하는 것을 정당하다고 볼 수도 있어서 이에 대한 비판이 제기되기도 했다.

한편 직장 내에서의 괴롭힘, 따돌림, 성폭력 등에 노출되어 어쩔 수 없이 직장을 떠나야 하는 경우도 발생한다. 한 FTM(Female to Male, 여성이 남성으로 생물학적 성을 바꾼 경우) 트랜스젠더가 술을 마시던 중 직장 동료들에게 강제로 성별을 확인당하는 등의 성폭력 피해를 입은 후 바로 다음날 사표를 낸 사례도 있다. (『성전환자 인권실태조사』, 2006)

성정체성이 해고나 징계, 직장 동료들로부터의 폭력으로 이어지는 경우 성소수자는 곧바로 생계의 위협에 놓이기 쉽다. 또 성소수자의 존재를 고려하지 않는 직장 내의 제도나 환경으로 인해 차별이 발생하는 경우도 많다. 서구의 경우에는 성소수자에 대한 고용 및 노동에 대한 차별이 부각되면서 이를 개선하려는 노력이 상당히 이루어지고 있다. 한국에서도 성정체성을 드러내는 성소수자가 늘어감에 따라 이러한 문제가 점차 중요해질 것이다.

군대와 군형법

'한국 유일의 동성애 처벌법'이라고 불리는 군형법 제92조의5는 "계간이나 그 밖의 추행을 한 사람은 2년 이하의 징역에 처한다"고 규정하고 있다. 이 법은 남성간의 성행위를 계간(鷄姦)이라 이르며 비하하고, 동성간에 성적 접촉을 가지는 사람들을 추행자 또는 성폭력범인 것처럼 규정한다. 특히 강제성이라는 요건이 없어 합의에 의한 성관계, 심지어 휴가 중에 자택에서 성관계를 한 것까지 처벌하고 있다. 군형법에 강간이나 강제추행 등 성폭력을 규율할 수 있는 조항이 있는 것에 비추어 보면, 성폭력이 아닌 동성간의 성적 접촉을 불법적인 것, 형법으로 처벌할 수 있는 것으로 보고 있는 것이다.

2008년 군사법원은 구 군형법 제92조(현행 군형법 제92조의5와 거의 동일한 조항)에 대해 직권으로 위헌법률심판제청을 결정해 주목을 받았다. 군사법원은 이 조항이 강제성 여부나 행위자들 사이의 관계, 행위 장소에 대해 아무런 규정을 하고 있지 않고, 이성간이나 여성간에도 적용되는지 등이 명확하지 않아 형벌을 자의적으로 가할 수 있다고 보았다. 또 국민으로서의 기본권을 과도하게 제한하고, 동성애자 병사의 평등권, 성적 자기결정권, 사생활의 자유를 침해한다고 지적했다.

2010년 현재 헌법재판소는 이에 대한 심리를 진행하고 있다. 한국게이인권운동단체 친구사이와 동성애자인권연대를 비롯한 인권단체들은 헌법재판소에 의견서 및 탄원서 제출, 변론 참여 등을 통해 위헌론의 근거를 제시하고 있다. 조만간 나올 헌법재판소의 판단이 주목된다. 헌법재판소가 이 조항을 위헌이라고 결정한다면, 한국에서도 더 이상 동성애를 이유로 처벌하는 법률은 없어질 것이다.

트랜스젠더 성별정정제도

트랜스젠더는 외모와 주민등록상의 성별이 달라 어려움을 겪는다. 예금계좌 개설을 위해 신분증을 제시해야 하거나 투표와 같은 공적인 권리를 행사할 때, 또 취업을 위해 신분등록과 관련한 서류를 제출할 때에도 주민등록상의 성별은 커다란 장애물이 된다. 따라서 트랜스젠더의 성별을 정정할 수 있도록 하는 제도 마련은 트랜스젠더 인권 보장에 있어서 가장 필요한 것으로 꼽히고 있다.

최근 우리나라에서도 대법원이 정한 일정한 요건을 갖출 경우 법원의 결정을 거쳐 주민등록상의 성별을 정정할 수 있다. 그러나 대법원 예규「성전환자의 성별정정 허가신청사건 등 사무처리 지침」은 성전환자 성별정정 요건을 불필요하게 엄격하게 규정하고 있어 문제가 되고 있다. 특히 만 20세 이상의 행위능력자만을 허가대상으로 삼아 미성년자의 경우 보호자의 동의가 있더라도 성별정정이 원칙적으로 불가능하고, 성년일 것을 요구하면서도 동시에 부모의 동의서를 요구하고 있으며, 외부성기에 대한 요건이 있어 높은 수술비용과 위험성을 감수하도록 하고 있고, 혼인 상태에 있지 않을 것을 요구하는 것이 아니라 혼인한 사실 자체가 없어야 하며, 자녀 역시도 있어서는 안 된다. 이러한 요건은 외국에 비해 매우 엄격한 것이어서 현실적으로 트랜스젠더 성별정정은 쉽지가 않다. 따라서 입법적으로 이 문제를 해결할 필요가 있다.

한국에서 트랜스젠더의 성별정정과 관련한 특별법 제정은 두 차례에 걸쳐 추진된 바 있다. 첫 번째는 이른바 '김홍신 법안'이라고 불리던「성전환자의 성별변경에 관한 특례법안」(16대 국회, 2002년 발의), 두 번째는 '성전환자 성별변경 관련법 제정을 위한 공동연대'가 마련하고 노회찬 의원이 대표발의한「성전환자의 성별변경 등에 관한 특별법안」(17대 국회, 2006년 발의)이 각각 국회에 제출된 바 있다. '김홍신 법안'보다 진일보했다고 평가받는 두 번째 법안의 경우 성별변경요건을 현재의 대법원예규보다 완화하여 규정하고 있고, 비밀누설금지 등 사생활 보호를 위한 조항이 포함되어 있다. 그러나 두 법안 모두 회기만료로 폐기되었고, 현재도 법원에 성별정정을 의존하고 있는 상황이다.

▶▶ 보건복지부고시 헌혈문진사항의 차별

보건복지부고시 '헌혈기록카드'는 헌혈할 때 기입해야 하는 문진카드로서, 채혈금지 대상을 확인하는 문항으로 "최근 1년 이내에 아래와 같은 경험을 한 적이 있습니까? 불특정 이성과 성접촉을 하거나 남성의 경우 다른 남성과 성접촉이 있다"라는 내용이 들어 있다. 2004년 국가인권위원회는 여성간의 성접촉의 경우에는 HIV 감염 가능성이 극히 낮다는 것을 언급하며 "최소한 동성간 성접촉 여부에 관한 질문을 남성에게만 한정할 것을 권고"한 바 있다. 이후 보건복지부는 이를 받아들여, 2005년 시행된 혈액관리법 시행규칙에서 헌혈기록카드의 문진사항을 "남성의 경우 다른 남성과 성접촉이 있었다"로 개정하였다.

그러나 이러한 국가인권위원회의 결정과 현행 문진사항은 여전히 남성간의 성적 접촉이 에이즈의 원인인 것처럼 간주해온 편견을 심화시킬 수 있고, HIV/에이즈에 대한 편견 역시 담고 있으며, 남성 동성애자의 헌혈할 자유 또는 권리를 박탈하고, 일반 시민들이 편견에 기초한 이러한 내용을 담은 공문서를 보며 동성애와 HIV/에이즈에 대해 잘못된 인식을 가질 수 있다는 점에서 여전히 문제가 크다. 동성애에 대한 공포와 혐오를 조장하고 동성애자를 차별하는 이러한 규정들은 반드시 고쳐져야 할 것이다.

당신이 게이에 대해
궁금해하는 것,
하지만 묻기엔 망설여지는 것
이성애자 상담실: 자경궁 박씨 언니에게 물어보세요

자경궁 박씨 언니 1958년생. 일명 왕언니. 게이 커뮤니티에서 잔뼈가 굵었으며 경험으로
얻은 지식을 체화하여 입바른 소리 잘 하기로 유명하다. 자신이 세상에서 제일 아름답다고
착각하고 있는 점을 제외하면 꽤 괜찮은 상담가다.

오른쪽에 귀걸이를 하는 것이 게이라는 표시라면서요?

좋은 질문이지만 유행에 살짝 뒤처진 질문이네요.

남성들 사이에 귀걸이가 유행하기 시작한 건 1960년

대 히피문화 및 게이 하위문화(subculture)의 성장과 유관합니다. 한때 미

국에서 스트레이트는 왼쪽, 게이는 오른쪽에 피어싱이나 귀걸이를 하는

게 유행인 시절이 있었다고 하나 지금은 전혀 상관없습니다. 핑크색 남방

이나 가죽 재킷, 스키니 진 등 흔히 게이들만의 패션 스타일로 간주하는

아이템 역시 마찬가지입니다. 이성애자건 동성애자건 양성애자건 트랜스젠더건 꼴리는 대로 입고 다니세요. 만약 이런 복장을 착용하는 게 두렵다면 당신의 내면에 있는 호모포비아부터 고치는 게 순서일 테고요.

청소년기의 동성애는 운동으로 해결할 수 있을까요?

어라, 아직도 이런 '올드'한 질문을 하는 사람이 있나요? 과거 동성애 상담실에서 자주 접할 수 있었던 답변인 이런 의견은 여성적인 성향이 게이를 만든다고 추측하여, 남성적인 행위인 운동으로 해결할 수 있다고 간주한 무리한 비약입니다. 저만 해도 학창시절에는 학교 대표로 육상선수까지 했었다니까요. 또 이러한 의견은 '성'을 성인들만의 전유물로 생각하고 청소년기의 성을 부정하는 고정관념이기도 하지요. 청소년이든 성인이든 동성애는 치료하거나 전향해야 할 성질의 것은 아닙니다.

게이들은 공 던지기(혹은 축구나 기타 운동)를 못하던데요?

이성애자건 동성애자건 남성들 중에서 '여자처럼 공을 던진다'는 말을 들어본 사람은 꽤 있을 겁니다. 반면 여성들 중에 축구를 잘 하거나 공을 잘 던지면 남자 아니냐 혹은 레즈비언이 아니냐 하는 이야기도 심심찮게 들었을 테고요. 해부학적으로 이성애자와 동성애자의 어깨 구조의 차이는 없습니다. 다만 공을 던지는

데 사용하는 근육 등은 남녀가 다르다고 생각되는데 이는 어려서부터의 학습에 의한 것으로 추정됩니다. 참고로 운동선수들 중에도 동성애자는 많습니다. 커밍아웃한 수많은 프로 운동선수들이나 성소수자들의 올림픽인 '게이 게임즈' 등은 위 질문이 우문이라는 걸 방증하는 예가 되겠네요.

 게이들은 탑과 바텀으로, 혹은 남성 역할 여성 역할로 나눠지겠죠?

우선, 탑과 바텀은 여성적이거나 남성적인 성적 역할에 의해 나누어지는 것이 아니라, 성행위를 할 때 더 많은 즐거움을 가질 수 있는 위치를 선호하는 것 뿐입니다. 물론, 삽입의 능동과 피동에서 오는 행위의 역할 분담은 있을 수 있으나 행위는 행위일 뿐입니다. 그리고 삽입성교를 하지 않는 게이들도 많습니다.
제가 만나본 게이 중에는 저처럼 탑과 바텀의 위치 모두를 즐기는 이가 많더군요. 후훗. 제 테크닉이 너무 뛰어나서일까요? 아무튼 동성애자를 단두 부류로, 그것도 남성 역할과 여성 역할로 나누는 것은 이성애자 중심의 사고방식일 겁니다.

 마돈나(혹은 기타 퀴어 아이콘)를 좋아하는 사람들은 다 게이인가요?

왕년의 뮤지컬 스타 주디 갈란드를 비롯해 바브라 스트라이샌드, 카일리 미노그, 셰어, 마돈나, 한국의 엄정화에 이르기까지 게이 아이콘으로 알려진 연예인들은 많습니다. 연예인이 아니더라도 드라큘라, 배트맨, 성 세바스찬 등이 게이 아이콘으로 유명합니다. 마돈나를 좋아하는 사람이 게이일 확률이 높을 수는 있습니다. 하지만, 마돈나를 좋아한다고 다 게이는 아니겠지요. 그럼 가이 리치는 게이인가? 개인적으로 그러면 좋겠네요.

게이들은 다 '석호필'이나 리키 마틴처럼 꽃미남인가요?

흠, 저 역시 게이들이 다 꽃미남이었으면 좋겠어요.

그런데 석호필이나 리키 마틴 같은 게이 뿐 아니라 이성애자 연예인 중에서도 꽃미남은 많지 않나요? 주류가 비주류인 소수 그룹을 바라볼 때, 모든 측면을 이해하려고 노력하기보다는 눈에 띄는 일부분만을 선택해서 보기 쉽습니다. 그러한 습성 때문에 소수자는 다수자의 편견에 부딪칠 때가 많지요. 게이들이 다 석호필이나 리키 마틴처럼 꽃미남이라는, 어떻게 보면 긍정적인 이런 편견 역시 언론이나 영상매체 등을 통해서 부각된 특정 인물에만 집중하기 때문이겠죠. 다른 어느 그룹처럼, 게이 그룹 안에는 저 같은 꽃미남도 있고 추남도 있답니다.

게이들은 에이즈나 성병을 전파시키지 않나요?

노노노! 설마 얼마 전 ㅈ일보에 난 허무맹랑한 기사를 보고 그대로 믿으신 건 아니겠죠? 1980년대 초, 서양에서(특히 미국) 에이즈의 유행은 대도시에 자리잡고 있던 성소수자 커뮤니티, 특히 게이 남성들이 처음으로 사회로부터 집중 조명받은 계기가 되었습니다. 그 이후에도 에이즈는 기독교계나 보수 세력이 게이들을 비난할 때 정치적으로 이용되었고요. 결국 지금까지도 에이즈나 성병은 게이 커뮤니티를 논할 때마다 부정적으로 선택되어 그 커뮤니티를 대표하는 것처럼 사용되는 경우가 왕왕 있습니다. 하지만 에이즈는 성별이나 정체성에 상관없이 보균자나 감염인과 안전하지 않은 성관계를 할 때 감염될 수 있으며 일상생활에서 쉽게 감염되는 바이러스도 아닙니다. 말도 안 되는 그 신문은 신발장 정리할 때나 사용하시고요, 이 책의 190페이지 '게이가 본 언론2'를 읽어보거나 부록에 있는 HIV 관련 단체를 한번 방문해보세요.

게이들은 전부 패션 감각이 뛰어난 것 같아요.

일반인들이 게이들은 패션 감각이 뛰어나다고 생각하는 이유는 유명한 패션 디자이너 중 많은 이들이 게이이고 게이 아이콘들이 패션의 중심으로 자리잡는 경우가 많기 때문일 거예요. 물론 게이들이 감수성이나 미적, 예술적 감각이 뛰어나다는 연구는 많이 이루어져 왔고, 그 배경에는 자라온 환경이나 사회적 영향이 크다는 심리학적 측면의 연구도 있습니다. 또 게이들은 이성애자에 비해 자신을 관리하는 데 시간이나 노력을 투자하는 경우가 많겠죠. 그런데 학문적 연구를 떠나서, 일반인들이 게이의 패션 감각을 높이 사는 이유는 성정체성이 벽으로 작용하지 않는 패션계에서 차별 없이 능력을 펼친 게이들의 노력이 빛을 본 결과일 것입니다. 솔직히 저 같은 경우에는 패션에 별로 관심도 없고 패션 감각도 꽝이랍니다. 그럼에도 트레이닝복만 걸치고 나가도 패션모델로 착각하더라고요. 후후훗.

게이들은 남자면 무조건 다 좋아하지 않나요?

예전에 제가 어떤 이성애자 남성에게 커밍아웃을 했더니 자기를 좋아하는 걸로 착각하고 겁에 질려 도망치더군요. 나 원 참. 이성애자 남자들은 길거리나 지하철에서 만나는 모든 여성에게 나이, 외모, 체형 상관없이 '자동적으로' 사랑에 빠지나요? 이성애자 여자들도 세상 모든 남자에게 곧장 넘어가나요? 짝사랑에 대한 노래와 이야기가 시공간을 불문하고 수도 없이 나오는 걸 보면, 오히려 그 반대가 진리 아닐까요?

실제로 게이들의 취향은 굉장히 다양하고 세밀합니다. 예를 들면 뚱뚱한 사람만을 좋아하는 게이도 있고 마른 사람만을 좋아하는 게이도 있으며 남성성이 많은 사람을 좋아하는 게이도 있고 반대로 여성성이 많은 사람을 좋아하는 게이도 있습니다. 이처럼 게이들의 성향이나 취향은 매우 다양하기 때문에 남자면 무조건 좋아할 것이라고 추측하는 것은 그릇된 편견입니다. 그러니 이성애자 남성들이여, 착각하지 마시길!

동성애는 치료받을 수 있는 정신질환 아닌가요?

결론부터 말하자면, 동성애는 질병으로 분류되지 않

으며, 따라서 동성애 자체는 치료할 필요가 없다는 겁니다. 과거 컴퓨터 과학의 아버지라 불린 앨런 튜닝(이 분도 게이였다는 사실 혹시 알고 계셨나요?)이 성적 지향 전환 치료 중 안타깝게 자살한 예에서도 알 수 있듯이, 동성애를 치료한다는 가설은 아무런 과학적 근거가 없고 오히려 부작용을 낳을 뿐이랍니다. 제가 공부를 좀 했는데요, 1997년과 1998년에 걸쳐 미국의 심리학회, 정신의학회 및 상담학회는 동성애적 성향에 대해 혐오와 죄책감을 강요하는 치료를 제외하도록 권고하였고, "동성애는 정신질환이 아니기에 전환할 필요가 없다"는 점과 "동성애로 인한 문제는 사회의 편견과 차별에서 기인한다"는 공식입장을 발표했답니다. 물론 어떠한 사회적 스트레스나 외부환경에 의해 심적 고통을 겪는 사람이 있을 수 있듯이, 성정체성과 관련된 사회적 낙인과 편견으로 심적 고통을 겪는 사람들은 있을 수 있고 이런 경우 심리 치료를 받을 수는 있겠지요. 어때요? 이제 치료해야 할 것은 동성애가 아니라 사회적 낙인과 편견이라는 거 아시겠죠?

게이들의 가정환경에는 특별한 것이 있다던데요?

게이들은 폭력적 아버지 혹은 애착이 강한 어머니 밑에서 자랐다, 게이들 중에는 막내가 많다, 혹은 장남이 많다 등 동성애자의 가정환경을 둘러싼 편견은 꽤 많습니다. 그런데 그게 사실이라면, 한국처럼 가부장적이고 애착이 강한 어머니가 많은 사회에 전 세계에서 게이가 가장 많아야 하지 않을까요? 네? 질문을 철회한다고요? 당연히 그러셔야죠.

부연하자면 이와 같은 편견들은 후천적인 외부 요인에 의해 게이가 된다고 생각하는 관점을 전제로 합니다. 또 무언가 비정상적인 것, 고쳐야 할 것이라는 관점을 전제로 하고요. 이에 대한 설명은 아래 13번 질문에서 자세하게 답할게요.

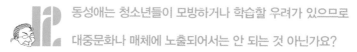

동성애는 청소년들이 모방하거나 학습할 우려가 있으므로 대중문화나 매체에 노출되어서는 안 되는 것 아닌가요?

오오, 또 비슷한 질문이네요. 개 풀 뜯어먹는 소리 하지 마세요. 굉장히 평범한 이성애적 환경에서 평범한 교육을 받고 자란 제가 뼛속까지 게이라는 건 동성애가 학습된다는 논리로는 설명하기 힘들지 않을까요?

호모포비아를 갖고 있는 이들 혹은 일부 종교집단에서는 동성애가 인간의 본성에 반하는 죄이며 전염 혹은 학습되는 것이라고 합니다. 학습되는 것이 아니라면 동성애자가 왜 갑자기 늘어나느냐는 거죠. 과거에는 눈에 띄지 않았던 동성애가 텔레비전이나 영화 같은 매체에 많이 등장한 것은 사실입니다. 그런데 이는 사회적 소수자로서 탄압받아왔던 동성애자들이 오랜 세월 인권을 위해 노력한 끝에 얻어낸 결과물이며, 동성애자들이 더 크게 하고 싶은 말을 하는 것 뿐이지 갑자기 그 숫자가 많아진 것은 절대 아닙니다.

청소년들을 동성애로부터 보호해야 한다는 것 역시 앞서 설명한 대로 청소년의 성을 부정하고 나아가서는 청소년의 인권을 무시하는 폭력적 주장에 불과합니다.

동성애는 선천적인 건가요, 후천적인 건가요?

정답은 아직 아무도 모른다는 것입니다. 네네, 며느리도 몰라요. 다만, 이성애가 존재하듯 동성애 역시 과거에도 존재했고 현재 당신 곁에도 있으며, 미래에도 존재할 것이라는 사실만은 분명합니다.

사실상 동성애의 원인을 밝히려는 질문은 '무엇이 어떤 사람은 동성애자로 만들고 어떤 사람은 이성애자로 만드는가?'라는 의문에서 출발한다고 봐야겠죠. 하지만 대다수의 사람들은 왜 동성애자가 되는지에만 관심을 가지고 그 원인을 찾으려 합니다. 이러한 시도는 동성애를 질병이나 장애라고 보는 시각, 또한 고치려는 의지를 나타내는 것에 다름 아닙니다. 이성애자들은 자신이 언제부터 이성애자가 되었는지 원인은 무엇인지 따지지 않습니다. 이는 이성애를 자연스럽게 보기 때문이겠죠. 이성애가 자연스러워 보이는 딱 그만큼, 동성애도 자연스럽답니다.

게이들은 성욕이 왕성하고 성적으로 문란해 보여요.

글쎄요, 당신이 만나본 게이들이 모두 자양강장제나 정력제를 복용하나보죠? 개인에 따라 다르겠지만, 게이들은 결혼이라는 사회적 틀에 속해 있지 않고 싱글로 지내는 시간이 많으므로 성적으로 활발할 수는 있을 것입니다. 살아가는 동안 다양한 인간관계를 모색하고 실천할 수도 있고요. 그런데 이런 견해의 이면에는 동성애자와 관련한 성병에 대한 편견이라든가, 대중매체가 보도하는 동성애자와 관련된 내용이 성에 관한 것에만 집중되어 있다는 사실이 숨어 있지는 않을까요? 혹시 당신은 '게이'하면 일단 섹스부터 연상하지 않나요?

15 게이 커플은 오래 가기 힘들다면서요?

앞 질문과 비슷한 질문이네요. 솔직히 그리고 정확히 답하자면, 게이 커플은 관계를 해소하는 데 있어서, 결혼이라는 제도에 속해 있는 이성애자들에 비해 자유롭다고 말할 수는 있겠네요. 이성애자의 경우 커플 관계를 맺게 되면 둘만의 사랑 이외에도 주변의 다양한 사회적 지지 혹은 구속을 받게 됩니다. 관계에 문제가 생기면 상담할 사람도 많고, 주위에 롤모델도 많을 테지요. 하지만 성소수자들은 그렇지 않습니다. 관계를 맺는 일, 어려움을 이겨내는 일, 혹은 헤어지는 일까지도 오로지 두 사람의 힘으로 해결해야 합니다. 그것도 남들의 시선을 피해서 말입니다. 그럼에도 제가 아는 게이들 중에는 10년 넘은 장수 커플도 제법 많답니다.

그나저나 자녀가 있는 기혼자들 중에 '내가 애만 아니었으면 이 웬수랑 당장 헤어질 텐데…'라고 생각해보지 않은 사람 있으세요?

16 게이들에게는 '게이더'(gayda)가 있다면서요?

게이더? 게이들끼리 서로를 알아보는 능력을 말하는

것이지요. 혹자는 옷차림, 헤어스타일, 말투, 손동작, 시선 등으로 누군가가 게이일지 아닐지를 추측하며 술안주 삼는 이들도 있더군요. 어떤 커뮤니티에 속한 멤버는 그 커뮤니티의 특성을 잘 알고 있기 마련이므로, 섞여있어도 그 커뮤니티의 멤버를 더 잘 알아볼 수 있지 않을까요? '게이더'는 모든 커뮤니티가 가지고 있을 법한 그런 특성을 게이에 적용시켜 파생된 용어인 듯 싶습니다. 해외에서 한국 관광객이 눈에 띄고 서로 잘 알아보는 것도 비슷한 이치 아닐까요? 사람들이 저를 보고 '게이일 줄 알았다', '너는 걸어다니는 커밍아웃이다' 이런 말을 하기도 하더군요. 하지만 '게이더'란 주로 외모나 행동에서 받는 주관적 느낌으로 하는 추측이므로 맹신하면 개망신 당하는 수가 있습니다.

게이들은 생물학적 여성이 되고 싶어 하나요?

저런, 공부 좀 하셔야겠네요. 스스로를 생물학적 여성으로 인식하는 사람은 트랜스젠더, 실제로 성전환수술을 받은 사람은 트랜스섹슈얼(성전환자)이라고 합니다. 다음 챕터에 나오는 용어사전을 참고하시기 바랍니다.

게이들은 왜 여장하는 걸 좋아하나요?

'트랜스베스타잇'(Transvestitie)은 성정체성의 하나라기보다는 상대 성의 의상을 즐겨 입는 성향의 사람을 말하는 것입니다. 최근에는 정신의학적 용어에서 시작된 '트랜스베

스타잇'보다는 '크로스 드레서'(cross dresser)라는 말이 더 자주 사용됩니다. 여장하는 이들 중에는 이성애자도 많습니다. 게이의 성을 가지고 여장하는 걸 좋아할 수는 있겠지만, 여장을 좋아한다고 게이는 아닙니다. 저요? 저는 민낯이 아름답기 때문에 여장은 좋아하지 않아요. 다만 이분법적인 성구별을 갖고 놀기 위해서 '드랙'을 하면서 놀기는 해요. 당신들이 생각하는 남성과 여성의 구별이라는 게 얼마나 가변적이고 불안한 것인지 느껴보라고, 놀아보는 거죠. 같이 해보실래요?

 그럼에도 게이들은 여성적이고, 레즈비언들은 남성적이지 않나요?

정말 집요하군요. 그렇다면 여성적인 이성애자 남성과 남성적인 이성애자 여성들은 어쩌라고요? 좋습니다. 한 번 더 설명해드릴게요. 우리는 어릴 때부터 '사내애가 계집애처럼~' 또는 '여자애가 이렇게 해야지' 식의 말을 자주 경험했습니다. 사람들은 부지불식간에 이러한 사회적 강요를 내면화하여 자신과 타인을 남성적인 것과 여성적인 것으로 구분하며 이에 맞지 않으면 거부하거나 불편해하기도 하지요. 당신도 그렇지 않나요?

여성성과 남성성을 무 자르듯 나누는 것은 사람들의 다양한 개성을 무시하고 틀에 박힌 방식으로 살도록 강요하는 것이 될 수 있습니다. 이는 게이, 레즈비언 뿐 아니라 이성애자들에게도 마찬가지입니다. 만약 이성애자인 당신이 자신의 몸에 잘 맞지도 않는 전통적인 성 역할에 집착하는 대신, 융통성 있는 성 역할을 받아들인다면 보다 행복해질 수 있을 거예요. 정말로요.

20 게이들은 우울하게 산다? vs 게이들은 파티를 좋아한다?

이 질문에 대한 답은 게이 커뮤니티의 어떤 모습이 현대 대중매체에서 더 많은 조명을 받느냐를 생각하면 답을 찾을 수 있을 거예요. 평범하게 일상을 보내는 게이는 대중의 관심을 끌지 않을 테고 조금은 더 자극적인, 극단적으로 우울하거나, 화려한 파티를 즐기는 게이들이 게이 커뮤니티를 대표해서 소개되는 경향이 있지요. 물론 우울한 게이도, 화려한 파티를 즐기는 게이도 있을 수 있겠지만, 그들이 게이 커뮤니티를 대표한다고 말하기에는 무리가 있습니다. 제가 아는 모든 게이들은 모든 이성애자와 마찬가지로 가끔은 우울하고 때로는 파티를 즐기며 일상에서는 평범한 생활을 누리고 있습니다. 당신처럼요.

21 게이들은 누구나 항문성교를 하나요?

게이는 성정체성이지, 특정 행위로 대표될 수 없습니다. 항문성교를 하지 않는 게이도 많이 있으며, 이성애자 중에도 항문성교를 즐기는 이들은 많습니다. 다시 말해, 게이는 누구나 항문성교를 하는 것이 아니라, 게이 중에는 이성애자와 마찬가지로 항문성교를 즐기는 이들도 있다고 말하는 게 올바른 표현입니다.

저는 어떠냐고요? 꽤 무례하군요. 자기의 성은 아주 비밀스럽게 여기면서 게이들의 성에 대해서는 편견을 갖거나 쉽게 말하는 당신. 당신의 은밀한 성적 판타지나 성생활부터 털어놓아 보실래요? 소문내지는 않을게요.

성경에 동성애는 죄악이라고 했으므로 기독교인 중에는 게이가 없겠죠?

종교는 본인의 의지에 따라 선택하는 것입니다. 게이들이 기독교인이 될 수도, 되지 않을 수도 있겠지요. 하지만, 동성애를 배척하는 분위기가 많은 기독교계에서 동성애자로 살아가기란 쉽지 않습니다. 따라서 기독교 커뮤니티 안에 동성애자의 수가 비교적 적거나 있더라도 노출되지 않을 수는 있겠죠. 분명한 것은, 기독교의 교리가 혹은 종교의 힘이 동성애자를 이성애자로 바꾸는 능력이 있기 때문에 기독교인 게이를 보기 힘든 것은 결코 아니라는 겁니다. 게이 교인을 환영하며 동성애를 죄로 생각하지 않는 기독교의 종파도 있답니다. 모쪼록 우리 사회도 기독교와 동성애를 둘러싼 많은 오해와 갈등이 치유되고 화합하게 되기를 기원합니다. 후훗, 나 꽤 말 잘하지 않나요?

언론의 보도나 범죄기사, 영화 등을 보면 게이들 중에는 소아성도착자(Paedophilia)가 많은 것 같던데요?

쯧쯧, 저급한 영화를 너무 열심히 보셨군요. 이러한 편견은 '게이=문란, 퇴폐, 없어져야 할 존재 vs 소아=순수, 보호해야 할 대상'이라는 전제가 깔려 있음이 분명합니다. 이러한 전제를 가지고 양극의 가치로 대표되는 소아와 게이와의 상관관계를 찾으려면, 악한 게이에게 겁탈당하는 소아의 그림이 그려지는 것은 불 보듯 뻔하지 않을까요? 이런 시각은 과학적으로 아무런 인과관계가 없을 뿐더러 다분히 호모포비아적인 전제와 논리가 빚어낸 대표적인 편견의 예일 거예요.

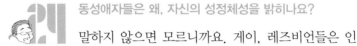

동성애자들은 왜, 자신의 성정체성을 밝히나요?

말하지 않으면 모르니까요. 게이, 레즈비언들은 인종이나 성별처럼 눈으로 구별할 수 없잖아요. 사람은 누구나 자신이 간직한 내면의 진실과 겉으로 드러나는 모습이 하나가 되어야만 뚜렷한 자신을 확립할 수 있다고 합니다. 가족이나 친구, 동료뿐 아니라 무심하게 묻는 택시기사의 질문에도 솔직해질 수 없다면, 스스로에 대한 부정적 이미지를 가질 수밖에 없겠지요. 또 본인이 느끼는 사랑과 신뢰를 솔직하게 표현하지 못하면 스트레스가 쌓여 결국 육체적, 정신적으로 건강을 해칠 것이고요. 그래서 동성애자들은 자신을 밝힐 준비를 하게 됩니다. 자신을 숨긴 채 죄책감, 수치심, 고통 속에서 지내는 대신에 당당하고 솔직하게 살기 위해서 비이성애적 성정체성을 공개하는 일, 즉 커밍아웃은 개인의 삶에 있어서 대단히 중요한 일입니다. 그러니주위에서 혹시 커밍아웃을 하는 친구나 가족, 동료가 있다면 꼭 같이 축하해주세요. 물론 호들갑스럽게 떠들거나 선전할 필요까진 없겠지만요. 커밍아웃이라는, 서로를 이해하는 과정을 통해서 당신과 그 사람 모두 삶의 질이 높아지고, 삶의 목적이 더 분명해지게 될 거예요.

사회 구성원으로서의 의무라뇨? 세금도 내고 병역의 의무, 직장생활도 잘 하고 있는데요? 혹시 사회 구성원의 재생산을 말하는 건가요? 결혼해서 아이를 낳고 양육하지 않는다는 점에서 사회 구성원으로서 의무를 다하지 않는다고 생각한다면, 결혼과 출산, 양육이 모든 사회 구성원의 절대적 의무는 아니며, 동성애자가 아닌 사람들 중에도 결혼을 선택하지 않거나 결혼 유무를 떠나 아이를 낳지 않고 사는 이들도 많다는 것부터 기억해주세요.

동성애자 권리운동은 인간이 그 자체로 소중한 존재라는 것, 단지 동성애자란 이유만으로 타인으로부터 미움을 받거나 무시당하지 않아도 된다는 것, 사회에서 차별을 받거나 권리를 침해당해선 안 된다는 것을 주장할 뿐입니다.

그래도 결혼해서 양육을 해야 한다고요? 좋은 제안이네. 동성간 파트너십이나 결혼, 입양부터 보장해주세요. 그럼 제 파트너랑 진지하게 상의하고 고려해보지요.

퀴어 아카데미
게이 컬처 용어 사전

게이 gay __ 주로 남성 동성애자를 지칭하는 말로 쓰이며 서구에서는 남녀 동성애자를 포괄하는 용어로 사용하기도 한다. 19세기 후반 미국의 동성애자들이 호모섹슈얼(homosexual)이라는 단어에서 풍기는 병리적인 이미지를 벗겨내기 위해서 '기쁜'이라는 의미를 자발적으로 사용하면서 널리 쓰이게 된 말이다.

게이 게임즈 gay games __ 비성소수자(일반인)들의 성소수자에 대한 존중과 이해를 도모하기 위해 4년마다 열리는 국제적 규모의 비경쟁 성소수자 스포츠-문화 행사. 1982년 미국 샌프란시스코에서 의학박사였던 톰 와델(Tom Waddell)에 의해 '성소수자 올림픽'을 표방하며 시작되었으며, 국제올림픽위원회에서 올림픽 명예실추라는 이유로 '올림픽'이라는 단어를 쓰지 못하게 하여 게이 게임즈로 이름을 바꾸었다. 성정체성이나 실력의 차이에 상관없이 누구나 참가할 수 있으며 2010년에는 독일 쾰른에서 제8회 대회가 열렸다.

게이더 gaydar __게이와 레이더(rayder)의 합성어로 말을 하지 않고서도 성정체성을 파악하는 능력을 말한다. 주로 외모나 행동에서 받는 주관적 느낌이 기준이 된다.

게이 아이콘 gay icon __유독 게이들에게 사랑과 숭상을 받는 상징 같은 존재 혹은 우상. 뮤지컬 스타 주디 갈란드를 비롯해 바브라 스트라이샌드, 배트 미들러, 셰어, 마돈나 등 대중연예인부터 영국의 고(故) 다이애나 왕비 같은 사람들도 게이 아이콘일 수 있다.

역사적으로 최초의 게이 아이콘으로 추정되는 인물은 회화나 문학, 음악 속에 자주 등장하는 로마시대의 병사 성 세바스찬이며 오스카 와일드, 마리 앙투아네트와 랑바르 공녀 등도 게이 아이콘 혹은 레즈비언 아이콘으로 추앙받아왔다. 드라큘라나 배트맨 등 문학 속의 인물이나 만화 혹은 영화 속의 인물이 게이 아이콘이 되기도 한다.

이들이 어떤 공식 심사를 거쳐서 '게이 아이콘'으로 선정되는 것은 아니며, 게이들에게 유독 어필하는 부류이거나 일상적인 것과는 완전히 다른 스타일의 소유자이기 때문으로 추정된다. 엘리자베스 테일러나 다이애나 왕비의 경우 이들이 에이즈 문제에 많은 관심을 가지고 큰 공헌을 한 것이 게이들의 사랑을 받게 된 요소 중 하나라고 할 수 있다. 한국의 경우 게이 클럽에서 음반 쇼케이스를 가진 적도 있는 배우 겸 가수 엄정화가 대표적인 게이 아이콘으로 볼 수 있다.

겟 GET __ 엘지비티코리아에서 발행하는 남성 동성애자를 대상으로 한 라이프스타일 매거진. 2008년 1월 월간지로 창간해서 계간지로 변경, 10호까지 발행되었으나 2010년 4월 휴간 발표 후 더 이상 발행되지 않고 있다.

국제 성소수자 혐오 반대의 날 __ 'International Day Against Homophobia and Transphobia'의 영어 약자를 따서 'IDAHO'라고도 한다. 1990년 세계보건기구(WHO)가 동성애를 정신질환 목록에서 삭제한 것을 기념하여 제정되었으며, 성소수자라는 이유만으로 차별받거나 혐오의 대상이 되는 것을 적극적으로 반대한다는 의지를 담아 세계 각국에서 기념하고 있다.

기갈 __ 은어. 기갈난 듯한 행동이나 끼. 기갈의 사전적 의미는 '배고픔과 목마름'이지만 게이 커뮤니티에서는 주로 '기갈을 부린다'는 관용어로 흔히 사용되며 기갈난 사람처럼 성깔을 부리거나 끼를 떠는 일의 의미로 통용된다. 한편 좀 더 긍정적 의미로 '범접할 수 없는 아우라를 가진 끼'를 일컫기도 한다.

길녀 __ 은어. 주로 길거리에서 크루징하는 게이를 일컫는 말.

꽃띠 __ 은어. 게이 커뮤니티에서 나이가 젊은 사람을 일컫는 말로 1990년대 이전에 많이 사용되었다.

끼/끼순이 __ 은어. 여성스러움이 과장된 말투나 몸짓. 끼가 많은 사람을 '끼스럽다'라고 표현하거나 '끼순이'라고 속되게 부르기도 한다.

남색 男色 __ 남성간의 성행위.

다이크 Dyke __ 여성 동성애자 혹은 여성 동성애를 가리키는 속어다. 원래 남성적인 여성을 경멸하는 의미를 가지고 있었지만 20세기 말과 21세기 초에 많은 레즈비언들이 대외 행사에서 적극적으로 이 단어를 사용하면서 점차 긍정적인 의미로 받아들이게 되었다. 지금은 긍정적인 의미로 남성적인 여성을 나타내거나 단순히 여성 동성애자를 의미하는 것으로 받아들여지고 있다.

대식 對食 __ 조선시대 궁중에서 궁녀들끼리 성행위를 하는 것을 대식이라 불렀으며 '밴대질'이라고도 했다.

더덕 __ 은어. 여장, 혹은 화장. 드랙(drag)이라는 말이 보편화되기 전에

'더덕을 때린다'는 관용어로 게이 커뮤니티에서 많이 사용되었다.

데뷔___은어. 게이 커뮤니티에 처음 들어오는 일 혹은 동성애자 대상 유흥업소나 모임에 처음 가는 일.

돔/섭___사도마조히즘 관계의 dorminance, submission에서 파생된 말로 돔은 지배자 역할, 섭은 피지배자 역할을 뜻한다.

동성애___자신과 같은 성을 사랑하는 성적 지향을 말한다. 여기서 사랑이란 정서적, 성애적으로 끌리는 것을 포함한다. '동성애자'는 동성애를 반복적으로 경험하며 형성한 성적 정체성을 말한다. 최근 서구에서는 이런 행위자를 성정체성을 배제한 MSM(men who have sex men), WSW(women who have sex women)라고 지칭하기도 한다. '동성연애'라는 말은 '동성애'에 비해 협소하고 편협한 의미를 담고 있어 사용하지 않는 추세다.

동성애자 인권운동협의회___한국 최초의 동성애자 단체 연합기구로 1995년 6월26일 친구사이, 끼리끼리, 컴투게더, 마음001이 결성하였다. 이후 동성애자 여름인권학교, 동성애자 차별교과서 개정촉구집회 등의 활동을 벌이다 1998년 한국동성애자단체협의회가 생기면서 통합 흡수되었다.

동성애자 차별반대 공동행동 __ 퀴어영화제 조직위원회, 동성애자 인권연대, 연예인 홍석천 씨를 비롯한 19개 단체에서 2001년 7월 만든 연대 기구. 인터넷 내용등급제 폐지, 청소년보호법 개정 등을 목적으로 결성하여 활동했다.

드랙 drag __ 여장 혹은 남장. 드랙 퀸(drag queen)은 여장한 사람, 드랙 킹(drag king)은 남장한 사람을 말하며, 이들의 노래, 춤, 모창, 립싱크 등의 퍼포먼스를 드랙 쇼(drag show)라고 한다. 성소수자 사회에서 드랙은 단순한 여장/남장이라기보다 과장된 남성성과 여성성을 표현함으로써 생물학적 성정체성의 경계를 흐리는 정치적, 사회적 의미를 포함해 적극적으로 활용되기도 한다.

때짜 __ 탑(top) – p.263 참조

땍땍하다 __ 은어. 외모나 말투, 행동이 남성스럽다.

라브리스 Labrys __ 8천년 전에 만들어진 양날 도끼의 이름으로 아마존의 여전사들이나 모계 사회였던 미노안 사회의 여성들이 사용했다고 알려져 있다. 여성들의 힘을 나타내는 상징물로 많은 레즈비언들과 여성주의자들에게 사용되고 있다.

람다 lamda __ 그리스 문자에서 차용했으며 1970년 뉴욕동성애자활동 간 연합에서 동성애자 해방의 상징물로 채택하여 오늘에 이르렀다.

레드 리본 __ 에이즈 감염인들의 인권을 보호하고 지지하며 이해하고 있음을 의미하는 상징물로 1991년 미국에서 사용되기 시작해 전 세계로 퍼져나갔다.

레인보우 __ 1978년 샌프란시스코 게이 퍼레이드에서 사용되기 시작해 전 세계적으로 가장 유명한 성소수자의 상징물이 되었다. 도로 양측에서 행진하기 위해 무지개색에서 남색을 뺀 여섯 가지 색을 사용했다가 그대로 정착되었으며 인간의 다양성을 상징한다.

레주파의 〈L양장점〉 __ 2005년 8월 서울 마포 FM에서 시작된 국내 최초의 성소수자 대상 라디오방송. '레주파'는 레즈비언 주파수라는 뜻의 레즈비언 제작팀이며, 지금도 매주 수요일 자정에 음악 프로그램 〈L양장점〉을 방송하고 있다.

레즈비언 Lesbian __ 여성 동성애자를 지칭하는 말로 고대 그리스 시대에 여성들의 동성애가 성행했던 레스보스 섬의 이름에서 유래한 용어다. 레스보스 섬은 고대 그리스의 레즈비언 시인 사포(Sappho)가 살았던 섬으로, 사포는 자신의 시에서 여성의 아름다움과 소녀들에 대한 자신

의 사랑을 표현했던 것으로 유명하다. 이 때문에 여성 동성애를 '사피즘'
(sapphism)이라고도 한다.

마짜 ___ 바텀(bottom) - p.250 참조

마초(남성우월주의자) 혹은 마초이즘 ___ 마초(macho)는 스페인어로
남자를 뜻하고, 라틴 아메리카에서는 성적 매력이 물씬 풍기는 남성을 의
미한다. 여기서 파생된 마초이즘은 '남자는 모든 면에서 여자들보다 우월
하다고 믿는 남자의 행위, 남자다움, 남자로서 의기'라는 뜻이다. 주로 남
성적 기질을 지나치게 강조해 남자로 태어난 것이 마치 여자를 지배하기
위한 특권이라도 되는 듯이 행동하는 가부장적이고 권위주의적인 남성들
을 지칭할 때 비판적으로 사용된다. 한국 사회에서도 마초(남성우월주의
자)는 전통, 미풍양속의 미명하에 가부장제와 군사문화를 체화하여 수평
적인 양성평등을 부정, 외면하고, 기득권자로서 계급의식을 버리지 못하
며, 인종차별, 지역차별, 학력차별 등 모든 종류의 차별을 당연시하는 사
람 혹은 그런 행동방식을 일컬을 때 사용된다.

무지개 인권상 ___ 한국게이인권운동단체 친구사이가 제정한 성소수자
인권상으로 2006년부터 당해 연도에 성소수자 인권 신장에 큰 역할을 한
사람을 선정하여 해마다 수여하고 있다. 그동안 '공익변호사그룹 공감'의
정정훈 변호사, 노회찬 전 국회의원, 최현숙 전 진보신당 성정치위원회

위원장, '성적소수문화환경을위한모임 연분홍치마'의 김일란 감독, 〈인생은 아름다워〉 김수현 작가 등이 수상한 바 있다.

바지씨 ___ 원래는 남자 애인을 속되게 이르는 말로 한국 최초의 여성 동성애자 커뮤니티로 알려져 있는 여자택시운전사회(여운회)에서 남성의 역할을 하는 사람들을 지칭하기 위해 처음 사용하였다. 하지만 여성 동성애자보다는 트랜스젠더에 더 가까운 의미로 사용되었다. 1990년대 이후부터는 부치(butch)라는 말이 통용된다.

바텀 bottom ___ 은어. 게이들 사이의 성행위나 항문 성교시 삽입당하는 역할을 선호하는 사람. 성관계를 할 때 수동적 역할을 하거나 여성성이 강한 게이를 바텀이라 부르기도 한다. 1990년대 이전에는 '마짜'라고 불렸으나 현재는 외래어인 '바텀'(bottom)이 주로 통용된다. 한편 탑/바텀/올로 게이를 분류하는 것에 의미를 두지 않는 게이들도 많고 항문 성교를 하지 않는 게이들도 많다.

박타다 ___ 은어. 섹스를 하다.

버디 buddy ___ 1998년 2월 도서출판 해울에서 창간했으며 한국 최초로 정식 출판등록한 동성애 전문지. 성소수자 전반의 정보, 문화, 라이프스타일 등을 다루었으며 2004년 12월 24호로 종간되었다.

벅차다 __ 은어. 바람둥이처럼 행동하다. 혹은 바람둥이다. 또는 난잡스 럽다. 데이트를 자주 하거나 남자관계가 복잡한 사람을 '벅찬년'이라고 속 되게 이르기도 한다.

번개 __ 은어. 원나잇스탠드를 위한 블라인드 데이트. 혹은 음주나 대화 등을 목적으로 모르는 사람들끼리 만나는 경우도 번개라 부른다. 1대1로 이루어지는 번개 뿐 아니라 한 사람의 진행자 아래 불특정 다수가 모여서 게임 등을 진행하며 노는 단체 번개, 게이 커뮤니티 단체의 누군가가 갑 자기 주선하는 만남 등 모든 종류의 예정되지 않은 불특정 다수의 만남을 포괄하여 번개라고 부르기도 한다.

베어 bear __ 몸에 체모가 많고 체중이 많이 나가는 게이. 1980년대 미 국 샌프란시스코의 게이 커뮤니티에서 젊고 미끈하지 않은 게이들, 특히 블루칼라나 시골 출신의 덩치 큰 게이들이 클럽을 만들면서 그들만의 하 위문화가 생겼고, 게이 커뮤니티 내 은어로 정착되었다. 한국에서는 주로 뚱뚱한 체격의 게이를 통칭하여 베어라고 부른다.

보갈 __ 은어. 속어. 성매매 여성을 비하하는 속어인 '갈보'에서 앞뒤를 바 꾼 말로 1990년대 이전 남성 동성애자들이 스스로를 비하하는 말로 사용 했으며 지금도 부정적인 의미로 가끔 사용된다.

보갈삼거리 __ 종로3가 낙원상가 입구 쪽 게이바가 밀집된 작은 삼거리를 일컫는 속명으로 게이들 사이에서 붙여진 이름이다.

보릿자루 __ 일종의 무가지로, 1998년 10월 이반생활정보지 형태로 시작되었다. 정식으로 등록된 출판물은 아니었으나 전국의 게이바에 배포되면서 게이 커뮤니티의 '선데이서울'이라는 별명까지 얻으며 읽혀졌다. 한때 200페이지 가량의 잡지 형태로 발전하기도 했으며 2004년 여름 47호까지 명맥을 이어갔다.

부치 butch __ 레즈비언 관계에서 전통적인 남성의 역할을 하는 사람을 말한다. 넓게는 남성스러운 스타일을 의미하기도 하고 성관계시 적극적이고 리드하는 사람을 의미하기도 한다. 부치-팸 관계에 대해서 이성애적 성역할을 따라하는 것에 불과하다 하여 이 단어를 사용하는 것에 반대하는 의견도 있으며, 반대로 이성애주의를 해체한다고 주장하는 의견도 있다. 또 모든 레즈비언 관계를 부치-팸으로만 해석하는 것은 무리가 있다.

비역 __ 고어. 남성간의 성행위를 낮춰서 부르는 속어. 계간(鷄姦)이라고도 한다.

서울퀴어영화제 __ 국내에 본격적인 퀴어시네마를 소개하기 위해 개최되었던 비영리 비경쟁 국제영화제. 서동진, 박기호 등 게이 레즈비언들이 모인 퀴어영화제 사무국에서 준비하여 1997년 개최하려 했으나 상영관이었던 연세대학교 동문회관의 비협조로 열리지 못했고, 1년 후인 1998년 10월 아트선재센터에서 제1회 서울퀴어영화제가 개최되었다. 2년 후 제2회 영화제까지 개최된 후 중단되었으며 '퀴어아카이브'라는 소규모 영화상영회로 재정비되어 꾸준히 퀴어영화를 소개하기도 했다.

성별정체성 gender identity __ 개인이 정의하는 자신의 사회적, 심리적 성별로 당사자의 생물학적 성별과 일치하지 않을 수도 있다.

성소수자 차별반대 무지개행동 __ 2007년 정부가 입법하려 했던 차별금지법에 '성적지향' 항목이 삭제된 것에 대응하기 위해 성소수자 활동가, 단체, 커뮤니티 대중이 결성했던 '차별금지법 대응 및 성소수자 혐오, 차별 저지를 위한 긴급 공동행동'의 후신이다. 동인협, 한동연, 동차공 등 과거의 연대조직에 비해 다양한 방식의 활동을 전개하고 있으며 지금도 인권포럼 등의 행사를 주최하며 연대체로 유지되고 있다.

성적 지향 sexual orientation __ 다른 사람에 대한 정서적이고 성적인 끌림을 말하며 대상은 동성, 이성, 양성일 수 있다. 동성 또는 양성에 대한 성적 지향은 정신질환이 아니며 치료를 통해 변화하지 않는다는 것이 정신의학계 및 심리학계에서 확인된 내용이다.

수동모 __조선후기 남자들로만 이루어져 전국을 유랑하며 공연했던 민중놀이패인 남사당패에서 동성애 관계가 성행했던 것으로 알려져 있으며, 이때 남자 역할을 하던 광대를 수동모라 불렀다.

스톤월 항쟁 __1969년 6월28일 뉴욕 그리니치빌리지의 스톤월이라는 게이바에서 당시 게이 아이콘이었던 배우 주디 갈란드의 죽음을 추모하기 위해 모여 있던 게이들이 경찰의 폭행에 반발하며 일으킨 시위. 경찰의 폭력에 맞서 게이, 레즈비언과 드랙 퀸들은 머리핀 등을 던지며 항거했다. 이 시위는 수일간 이어지면서 각 지역으로 퍼져나갔으며 보다 전투적이고 정치적인 성소수자 운동단체들의 결성을 촉발했다. 이듬해 스톤월 항쟁을 기념하기 위해 벌인 행진은 후일 퀴어 퍼레이드의 출발이 되기도 했다.

스트레이트 __'일반'과 함께 이성애자를 지시하는 구어다. 때로는 편협하거나 보수적인 성적 취향을 지닌 사람을 의미하기도 한다.

스파르타쿠스 __국내에 서양식 게이클럽 문화의 시작을 알린 이태원 클럽. 1996년 문을 열었고, 가라오케식 게이바에 익숙하지 않은 젊은 동성애자들에게 큰 반향을 일으키며 이태원 시대의 서막을 장식했다. 스파르타쿠스의 성공은 지퍼, 캘리포니아, 지스팟, 펄스 등 대형 게이 디스코클럽의 유행으로 이어졌다.

식성/식   은어. 마음에 드는 스타일. 성적 호감을 느끼는 스타일. 게이들의 식성과 관련해서는 많은 은어들이 분화되어 있다. 한 예로 체형에 따라서 말라(마른 사람), 슬림(약간 마른 사람), 스탠(평균 체형), 통(통통한 사람), 뚱(뚱뚱한 사람), 건장(건장한 사람) 뿐 아니라 통근육, 근육건장, 근육말라, 슬림근육 등 다양하게 조합해서 사용하고 있다. 누가 보더라도 호감을 주는 사람은 만식(만인의 식성)이라 부르고 자신의 이상형과 완전히 부합할 때는 올식이라고도 말한다.

아우팅 outing   본인의 의사와는 상관없이 타인에 의해 자신이 성적소수자임이 밝혀지는 일.

암동모   조선후기 남자들로만 이루어져 전국을 유랑하며 공연했던 민중놀이패인 남사당패에서 동성애 관계가 성행했던 것으로 알려져 있으며 이때 여자 역할을 하던 광대를 암동모라 불렀다.

야오녀   야오이 만화나 소설, 혹은 남성들 간의 사랑을 담은 만화, 소설, 영화 등을 좋아하는 여성. 2000년대 초반 일본 야오이 문화가 국내 젊은 여성들 사이에서 유행하면서 게이 커뮤니티에서 이들을 칭하는 말로 사용했다. 현재의 게이 커뮤니티에서는 게이를 좋아하거나 게이와 친하게 지내는 여성을 의미하는 패그해그(fag-hag)와 동일한 의미로 사용된다. 1990년대 이전에는 일본어인 '오코게'라고 부르기도 했다.

양성애자 bisexual ___ 남성과 여성 모두에게 정서적, 성적으로 끌리는 사람을 말한다.

에이즈 AIDS ___ 인간면역결핍바이러스(HIV, human immunodefi-ciency virus)에 감염된 상태로 수년간 서서히 면역체계가 저하됨으로 인해 각종 기회감염을 일으키는 증후군이다. 1980년대 초반 미국의 게이 커뮤니티에서 이 병이 집단적으로 보고되면서 '게이돌림병'이라는 편견을 가져왔고 이러한 편견은 지금까지도 계속되고 있다. HIV는 수혈이나 안전하지 않은 성관계, 수직감염 등으로 감염되며 동성애자만의 질병이라는 편견은 옳지 않다. 처음 발견되었을 때 불치의 병으로 알려진 에이즈는 현재 각종 바이러스 증식억제제의 개발로 당뇨나 고혈압 등과 마찬가지로 만성질환의 개념으로 바뀌고 있다.

엑스존 ___ 1997년 6월6일 개설된 게이 웹사이트로 동성애자 생활가이드와 삶을 공유한다는 취지를 표방했다. 2000년 8월 정보통신윤리위원회에서는 엑스존을 청소년보호법에 의한 청소년유해매체물로 결정했다. 이듬해 이 사실을 알게 된 엑스존 측은 행정처분 무효확인소송을 제기했으나 패소했고 항소, 상고심에서도 패소했다. 한편 국가인권위원회에서는 2003년 4월 청소년보호위원회에 청소년유해매체물 심의기준에서 동성애 조항을 삭제할 것을 권고했고, 2004년 5월 청소년보호법 개정안에서 동성애 조항은 삭제되었다.

오까마 ___ 트랜스젠더. 일본어로 게이를 뜻하는 말로 국내에서는 1990년대 이전 여장남자나 트랜스젠더를 지칭하는 말로 사용되었다.

오준수 ___ 1964~1998. 성소수자 활동가 겸 에이즈예방 활동가. 1993년 친구사이와 레즈비언상담소의 전신인 '초동회' 창립멤버로 친구사이 부회장, 사무실장 등으로 활동했으며 1998년 에이즈 합병증에 따른 간염으로 사망했다. 저서로는 〈겨울허수아비도 사는 일에는 연습이 필요하다〉(1993, 도서출판 성림)가 있다.

올 all ___ 은어. 성행위나 항문 성교시 삽입하거나 삽입당하는 두 가지 역할을 다 선호하는(할 수 있는) 사람. 1990년대 이전에는 '전차'라고 했다. 한편 탑/바텀/올로 게이를 분류하는 것에 의미를 두지 않는 게이들도 많고 항문 성교를 하지 않는 게이들도 많다.

왕언니 ___ 은어. 대개 게이 커뮤니티에서 경험이 풍부하고 나이도 많으며 탁월한 기갈로 후배들에게 영향력을 행사하는 사람을 지칭한다.

이반 ___ 성적소수자. 한국의 동성애자들이 스스로를 부르는 말로 이성애자들을 '일반'(一般)으로 일컫는 것과 구별해서 '이반'(二般)이라고 한 것이 현재에 이르게 되었다. 1990년대 후반 한국에서 성소수자 운동이 시작되면서 '이반'은 이성애자들과 다른[異] 사람들이라는 의미의 '異般'으로 확대되어 사용되기 시작했고, 2000년대 이후 이성애제도에서 벗어난 성적 소수자 전반을 포괄하는 의미로 이해되며 '퀴어'(queer)의 번역어로 사용되기도 한다. 한편 이반이라는 말이 통용되기 전에는 '이학년'이라는 용어도 사용되었다.

이성애주의 __ 이성애가 다른 모든 성적 지향보다 우월하다고 믿고, 모든 사람이 이성애자가 되는 것이 바람직하다고 생각하고 행동하는 것을 일컫는다. 이러한 이성애적 전제에 따라 이성애적 관계를 규범으로 보고 다른 모든 형태의 성 행위를 이 규범에서 벗어난 일탈로 보는 경향을 '이성애규범성'이라고 한다.

일틱 __ 일반틱, 일반(이성애자)과 '~tic'이라는 영어가 결합된 말로 이성애자처럼 보이는 게이를 일컫는 말이다. 주로 인터넷 게시판에서 자신을 소개할 때 많이 사용된다.

전차 __ 올(all) – p.257 참조

젠더문학닷컴 __ 2000년대 초반 한국에서 성소수자문학을 개척하기 위해 한중렬 등이 만든 문학사이트로 이후 게이문학닷컴, 퀴어문학닷컴, 젠더문학으로 명칭을 변경했다. 게이문학무크지를 비롯한 전자책 발간 이후 퀴어문학의 가능성을 모색하며 여러 권의 창작소설, 소설집을 출판한 바 있으며 전자책 서비스 지원 사업도 하고 있다.

지보이스 Gvoice __ 2003년 11월 시작된 국내 최초, 유일의 게이합창단. 게이자긍심 향상을 기치로 한국게이인권운동단체 친구사이 내 소모임으로 시작하여 2010년까지 5회의 정기공연을 비롯해 창작음반 제작, 성소수자 커뮤니티 행사 찬조출연 등의 활동을 벌이고 있다.

찜방 __ 게이들이 크루징이나 성관계를 하기 위해 가는 휴게텔.

청소년 동성애자 인권학교 __ 이중의 편견에 시달리는 청소년기의 성소수자들을 대상으로 성정체성에 대한 자긍심을 갖게 하고 소통하기 위해 1998년 8월 친구사이 등이 주축이 되어 시작한 청소년 동성애자 대상 교육 프로그램. 9회인 2007년까지 진행되었다. 이후 청소년 성소수자 커뮤니티에서 유사한 성격의 프로그램을 자체적으로 준비하여 진행하고 있다.

초동회 __ 1993년 12월 결성된 한국 최초의 동성애자 인권운동단체. '초록은 동색이다'라는 의미로 이름을 짓고 활동하다 이듬해 초 게이인권운동단체 친구사이와 레즈비언인권운동단체 끼리끼리(현 레즈비언상담소의 전신)로 분리되었다.

최현숙 __ 1957~. 국내 최초로 커밍아웃한 정치인. 민주노동당 성소수자 위원장, 진보신당 성정치위원회 위원장을 지냈고 2008년 진보신당 후보로 종로구 지방선거에 입후보했다. 비록 의회 진출은 실패했지만 그의 출마와 선거운동은 한국에서 성소수자의 정치참여 가능성을 보여주었다는 점에서 획기적인 일로 평가된다.

치마씨 __ 원래 여자 애인을 속되게 이르는 말로 한국 최초의 여성 동성애자 커뮤니티로 알려져 있는 여자택시운전사회(여운회)에서 여성 역할을 하는 사람들을 지칭하기 위해 처음 사용하였다. 하지만 당시의 치마씨들은 동성애자로서 자신을 받아들이지 못하고, 자신이 사랑한 사람이 우연히 여자였을 뿐이라고 생각했다. 1990년대 이후부터는 팸(femme)이라는 말이 통용된다.

캠프 camp __ 프랑스의 슬랭 'se camper'에서 유래한 단어로 원래의 뜻은 '과장된 맵시의 포즈를 취하는 일'이다. 1909년 옥스퍼드사전에 처음 등장한 이 단어는 이후 '노동자 계급 게이 남성의 미적 취향이나 행동'이란 뜻으로 진화되었다. 1960년대 이후 포스트모더니즘의 성장과 함께 적극적으로 사용되기 시작해서 현재 대중문화나 미학을 논할 때 빠지지 않는 요소가 되었다. 작가이자 페미니스트인 수잔 손탁에 의하면 캠프는 한마디로 정의내릴 수 없는 것으로 인위성, 천박함, 순진한 중산층의 자만, 충격적인 과도함 등이 주된 요소라고 한다(1964, camp Susan Sontag).

대표적인 퀴어문화 중 하나인 드랙(drag) 역시 넓은 의미의 캠프 문화로 볼 수도 있다. 일반적으로는 과장된 남성성 혹은 여성성을 드러내는 것을 캠프 혹은 캠피하다(campy)는 식으로 이야기한다.

커밍아웃 coming out __ 'to come out of the closet'(벽장 밖으로 나오다)라는 표현에서 유래한 것으로 개인이 자신의 성적 지향 또는 성별정체성을 인정하고 긍정적으로 인식하여 직접 남에게 알리는 과정을 말한다.

퀴어 queer __ 성소수자에 대한 총칭. 원래 '괴짜의', '이상한'을 뜻하는 이 단어는 과거 동성애자를 가리키는 멸시적인 속어였으나 1980년대 미국 등지의 급진적인 동성애자 인권운동 진영에서 이 용어와 개념을 긍정적이며 전복적인 방식으로 재정의하여 사용함으로써 오늘날 부정적인 함의는 거의 사라졌다.

퀴어락 Korea queer archive __ 성적소수자와 관련된 국내외의 역사적, 문화적, 사회적인 기록물을 수집, 정리, 보존하고 이용하는 것을 목적으로 한국성소수자문화인권센터에서 만든 아카이브. 퀴어(queer)와 아카이브(archive)의 합성어.

퀴어문화축제 Korean queer festival __ 한국에서 매년 5~6월경 열리

는 국내 최대 규모의 성소수자 축제. 퍼레이드, 영화제, 파티, 전시회, 세미나 등의 행사를 통해 적극적으로 스스로의 존재를 드러내고 권리를 주장하며 다양한 문화행사를 개최한다. 2000년에 시작되어 현재 10회까지 진행되었다.

퀴어 시네마(퀴어영화) queer cinema __ 1992년 9월 〈사이트 앤 사운드〉에 실린 루비 리치의 '뉴퀴어시네마 감독들에 대한 개관과 전망'이란 글에서 사용된 후 동성애자의 권익을 보호하거나 동성애를 주제로 다룬 영화를 지칭하는 용어로 자리잡기 시작했다. 이후에는 모든 성소수자들의 욕망과 에로티시즘, 인종, 성, 계급 차이의 정치학을 다루는 영화를 일컫는 용어로 광범위하게 사용되고 있다.

퀴어 시네마는 저예산의 실험적인 극영화가 대부분이기 때문에 비교적 새롭고 진보적인 영화를 찾는 암스테르담, 선댄스, 토론토 영화제 등을 통해 알려지기 시작했으며 현재는 세계 각국에서 200여 개의 퀴어영화제가 개최될 만큼 영화계의 큰 흐름 중 하나로 자리잡았다. 우리나라에서는 1994년 박재호 감독의 〈내일로 흐르는 강〉이 최초로 개봉된 본격 퀴어시네마다. 이후 〈마스카라〉(이훈, 1995), 〈로드무비〉(김인식, 2002), 〈철없는 아내와 파란 만장한 남편 그리고 태권 소녀〉(이무영, 2002), 〈후회하지 않아〉(이송희일, 2006) 등의 장편영화를 비롯해 〈소년, 소년을 만나다〉(김조광수, 2008) 등의 단편영화까지 꾸준히 제작되고 있다.

퀴어 퍼레이드(프라이드 마치) queer parade __게이, 레즈비언, 트랜스젠더 등 성소수자들의 자긍심을 높이기 위한 퍼레이드로 전 세계에서 해마다 열리고 있다. 1970년 스톤월 항쟁 1주년을 기념하기 위해 미국 각 도시에서 시위와 행진을 벌인 것이 매년 확장되어 전 세계로 퍼져나갔고 각 지역마다 성격은 조금씩 다르나 정치적 시위의 성격과 축제의 성격이 결합되어 있다.

크로스 드레서 cross dresser, CD __자신의 성과 반대되는 성의 옷차림, 복장을 즐겨 입거나 선호하는 사람. 크로스 드레서가 반드시 동성애자인 것은 아니다.

크루징 cruising __길거리나 화장실, 극장, 공원 등의 공공장소 혹은 게이 대상 업소 등을 돌아다니며 데이트 상대를 찾는 일. 과거 서울 지역의 경우 시외버스터미널 화장실이나 옥상, 바다극장, 파고다극장, 극동극장 등의 극장, 종묘공원, 남산공원 등에서 크루징이 성행했으나 인터넷이 생기면서 최근에는 공공장소에서 크루징을 하는 사람이 드물어졌다.

탑 top __은어. 성행위나 항문 성교시 삽입하는 역할을 선호하는 사람. 성관계시 능동적 역할을 하거나 남성성이 강한 게이를 탑이라 부르기도 한다. 1990년대 이전에는 '때짜'라고 불렸으나 현재는 외래어인 '탑'(top)이 주로 통용된다. 한편 탑/바텀/올로 게이를 분류하는 것에 의미를 두지 않는 게이들도 많고 항문 성교를 하지 않는 게이들도 많다.

트랜스젠더 transgender __ 타고난 생물학적 성과 스스로 인식하는 성
이 다른 사람을 말한다. 성전환수술 여부와 상관없이 생물학적 남성이 스
스로를 여성으로 인식하는 것은 MtoF(Male to Female), 생물학적 여성
이 스스로를 남성으로 인식하는 것은 FtoM(Female to Male)이라고 한다.
트랜스섹슈얼은 호르몬 투여와 수술을 통해 자신의 몸을 스스로 인지하
는 젠더와 일치하게 바꾸는 사람, 즉 성전환자를 이른다.

파고다극장 __ 1980년대 'P극장'이란 익명으로 〈선데이서울〉 등의 잡지
에 자주 등장했던 게이들의 크루징 장소. 바다극장, 극동극장과 함께 많
은 남성동성애자들의 만남의 장소가 되었으나 현재는 사라지고 없다.

팸 femme __ 레즈비언 관계에서 전통적인 여성의 역할을 하는 사람을
말한다. 넓게는 여성스러운 스타일을 의미하기도 하고 성관계시 리드를
받는 사람을 의미하기도 한다. 부치-팸 관계에 대해서 이성애적 성역할
을 따라하는 것에 불과하다 하여 이 단어를 사용하는 것에 반대하는 의견
도 있으며 반대로 이성애주의를 해체한다고 주장하는 의견도 있다. 또한
모든 레즈비언 관계를 부치-팸으로만 해석하는 것은 무리가 있다.

핑크 트라이앵글 pink triangle __ 제2차 세계대전 때 나치 수용소에서

동성애자들을 구분하기 위해 분홍색 역삼각형의 표식을 만들어 달았다는 데서 유래했으며, 나치에 희생당한 동성애자들을 기억하고 자긍심을 기리기 위해 1970년대 이후부터 성소수자 커뮤니티에서 사용되었다. 현재 무지개 깃발과 함께 게이 프라이드의 심벌로 널리 알려져 있다.

한국동성애자연합회(한동연) ___친구사이, 끼리끼리 등 9개 성소수자 단체가 2002년 7월26일 결성한 성소수자 인권연대 기구. 이전에 존재했던 연대기구인 한국동성애자단체협의회의 한계를 보완하기 위해 만들어졌으나 뚜렷한 활동 없이 해소되었다.

한국동성애자단체협의회(한동협) ___1998년 6월29일 종묘공원에서 공식출범식을 가진 후 수년간 한국 성소수자 단체의 연합체 역할을 한 기구. 친구사이, 끼리끼리, 대학동성애자인권연합(동인련의 전신) 등의 인권단체를 비롯해 또 하나의 사랑, 레인보우 등의 통신모임, 퀴어영화제 사무국, 버디 등의 문화기구, 대학교 동성애자모임, 트랜스젠더 모임, 기독교 모임, 지역 모임 등이 망라되어 있었다.

호모 homo ___19세기 중반 이후 동성애를 정신질환의 일종으로 분류하면서 등장한 병리학적 용어 homosexual의 준말이다. 원래 동성애를 종교적, 도덕적으로 비난하는 의미로 사용되던 '소도미', '남색'을 대신하여 사용하게 된 의학적 용어였으나 점차 동성애와 동성애자를 비하하는 의미

를 갖게 되었다. 1990년대 이전 한국에서는 남성 동성애자를 일컬어 '호모'
라 칭했고 트랜스젠더를 일컬어 '게이'라 부르는 것이 일반적이었다.

호모포비아 homophobia __동성애혐오/공포. 동성에게 애정과 성욕
을 느끼며 끌리는 일에 대한 공포나 증오 등의 불편한 감정을 말한다. 호
모포비아가 심해지면 혐오범죄로 이어져 동성애자가 심리적으로나 육체
적으로 상처를 받을 수도 있다.
이성애자 뿐 아니라 동성애자나 양성애자 역시 이성애 중심적인 사회에
서 성장하며 호모포비아를 갖게 되기도 한다. 이러한 자기혐오를 '내면화
된 호모포비아'(internalized homophobia)라고 한다. 대부분의 동성애
자는 뿌리 깊은 수치심의 피해를 입은 바 있는데, 수치심은 타고난 것이
아니라 인간관계와 학습, 경험에 의해 주입되는 것으로서 다양한 외부요
인의 영향을 받을 수 있다. 이러한 내면화된 호모포비아는 우울증과 낮은
자아존중감 및 다른 심리적 어려움을 야기할 수 있다.
한편 트랜스포비아(transphobia)란 트랜스젠더인 사람들에 대한 공포나
증오 등의 불편한 감정을 말하며 호모포비아와 마찬가지로 폭력, 차별,
괴롭힘 등 다양한 방법으로 발현될 수 있다.

호모힐 homo hill __은어. 이태원의 와이낫, 퀸즈 등의 게이클럽이 모
여 있는 언덕진 골목을 부르는 속어.

홍석천 __1971~. 배우. 국내 최초로 커밍아웃한 연예인. 2000년 공개적으로 커밍아웃하여 당시 출연중이던 프로그램에서 퇴출당하며 사회적으로 큰 이슈가 되었다. 그의 커밍아웃은 보수적 한국사회에서 성소수자에 대한 인식을 한 걸음 전진시킨 일로 평가된다. 2004년 타임지 선정 '아시아의 젊은 영웅 20인' 중 한 사람으로 선정되기도 했다.

글로리홀 Glory Hole __은어. 자위나 구강성교, 엿보기 등을 위해 공중화장실 등의 칸막이 벽에 뚫은 구멍을 말한다. 정확한 어원은 알 수 없으나 영국 항구 지역 게이 하위문화에서 시작되었다고 보기도 한다. 온라인 게이 커뮤니티가 성장하기 전 한국의 공중화장실에서도 간간이 볼 수 있었다.

IDAHO __국제 성소수자 혐오 반대의 날 – p.244 참조

LGBT __성소수자. lesbian, gay, bisexual, transgender의 총칭. LGBT에서 queer, intersexual, asexual까지 포함시킨 LGBTQIA라는 용어도 사용되고 있다.

Gay Culture

+α

부록

게이 104명에게 묻다

설문조사 보고서 2010

〈게이컬처홀릭〉 편집위원회에서는 한국에서 살아가고 있는 게이들의 문화와 라이프스타일을 조사하기 위해 2010년 2월부터 5월까지 총 104명의 게이들과 설문 인터뷰를 진행했습니다. 대면 인터뷰와 서면 인터뷰, 이메일 인터뷰를 통해 진행하였고 응답자 대부분이 성심성의껏 질문에 답해주었습니다. 이 설문조사 보고서는 이렇게 진행한 인터뷰를 분석한 결과입니다.

설문 결과 한국 게이들의 문화, 라이프스타일, 고민 등에 대해 의미있는 답변을 얻을 수 있었으나, 이 설문은 인구통계학상의 과학적 기준에 따라 진행된 것이 아니므로, 한국의 게이 혹은 게이문화를 대변한다고 볼 수는 없습니다. 또 설문 지역은 주로 종로이고, 인터뷰 대상 중 약 50%는 한국게이인권운동단체 '친구사이' 회원들이었으므로 이를 통계자료로 사용하기는 어렵습니다. 하지만 많은 게이들이 공감할 만한 내용, 다양한 게이들의 생각을 접할 수 있는 자료로서는 충분한 가치가 있다고 생각합니다. 자 그러면, 설문에 참여한 104명의 게이들은 어떤 생각, 어떤 생활을 하고 있는지 함께 살펴볼까요?

▶▶ 연령

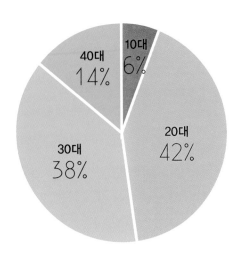

▶▶ 직업

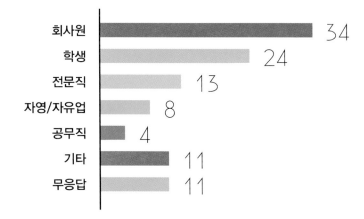

---

comment 설문 응답자는 주로 활동이 많은 20~30대 게이들 중심이었으며, 직업은 회사원과 학생의 비율이 가장 높았습니다.

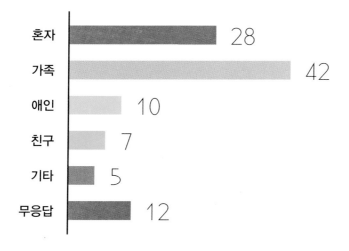

▶▶현재 누구와 함께 살고 있습니까?

혼자	28
가족	42
애인	10
친구	7
기타	5
무응답	12

comment 가족과 함께 살고 있는 게이들이 가장 많았고, 그 다음은 혼자 생활한다는 답변이 많았습니다. 애인과 함께 알콩달콩한 동거 생활을 함께하고 있는 커플도 10명이나 되네요. 물론 가족과 함께 혹은 혼자 살고 있는 게이들이 모두 '솔로'라는 뜻은 아니에요.

▶▶ 취미는 무엇입니까?(복수 응답)

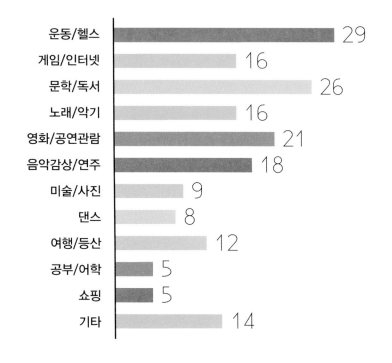

취미	응답
운동/헬스	29
게임/인터넷	16
문학/독서	26
노래/악기	16
영화/공연관람	21
음악감상/연주	18
미술/사진	9
댄스	8
여행/등산	12
공부/어학	5
쇼핑	5
기타	14

comment 2009년 한국 갤럽에서 전국의 만 13세 이상을 대상으로 조사한 설문조사에서 한국인이 가장 즐기는 취미는 등산, 독서, 음악감상, 운동/헬스, 영화관람의 순으로 나타났습니다. 남성의 경우 등산, 운동, 축구 순으로 나타났고, 여성은 음악감상, 등산, 독서 순이었죠. 설문에 응답한 게이들은 일반 남자들에 비해 운동, 독서, 음악, 영화감상 등 다양한 분야의 취미를 골고루 향유하는 것으로 나타났습니다. 즐기는 운동 항목도 일반 남성이 가장 좋아하는 운동인 축구를 꼽은 게이는 응답자 중에 없었습니다. 게이들이 모두 축구를 싫어하는 것은 아니지만 전반적으로 썩 좋아하지는 않는 것 같군요.

▶▶당신의 게이 라이프 중 가장 많은 시간을 할애하고 있는 것은 무엇인가요?

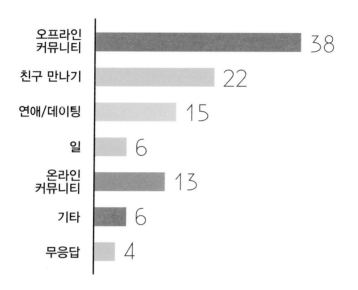

오프라인 커뮤니티	38
친구 만나기	22
연애/데이팅	15
일	6
온라인 커뮤니티	13
기타	6
무응답	4

comment 이 질문에서 '게이 라이프'란 게이로서 성적 정체성을 편안하게 드러내 놓고 활동하는 시간과 공간을 의미합니다. 답변을 보면 '오프라인 커뮤니티 활동'이 가장 많은 비율을 차지하고 있는데, 이는 설문 대상이 주로 '친구사이' 회원이었기 때문일 것입니다. 주목할 만한 점은 온라인이든 오프라인이든 게이들이 주로 '커뮤니티'를 중심으로 활동하고 있다는 것이에요. 게이 커뮤니티에 존재하는 크고 작은 모임들은 게이들에게 있어 정말 숨통을 틀 수 있는 안식의 공간이거든요.

►► 당신은 어떤 게이 커뮤니티 활동을 하고 있나요?
(복수 응답)

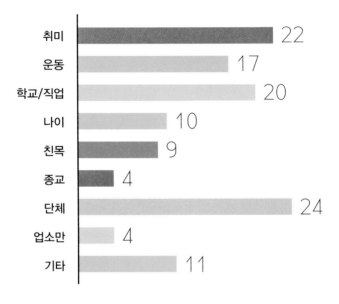

활동	응답 수
취미	22
운동	17
학교/직업	20
나이	10
친목	9
종교	4
단체	24
업소만	4
기타	11

comment 게이들의 커뮤니티 활동은 단체, 취미, 운동, 학교, 직업, 나이, 친목 등 다양한 분야에서 이루어집니다. 물론 종교 모임도 있지요. 또 별다른 활동을 하지 않고 주로 술집이나 카페만 왕래하는 게이들도 있습니다. 혹시 일상에서 답답함을 느끼고 있는 '초보 게이'들이 있다면 업소도 좋지만 자신의 취향에 맞는 커뮤니티 활동을 권하고 싶네요.

▶▶당신은 어떤 친구들이 많은가요?

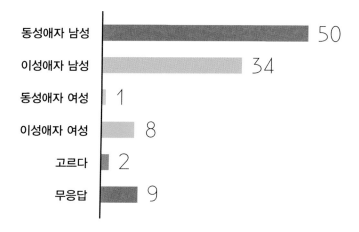

동성애자 남성	50
이성애자 남성	34
동성애자 여성	1
이성애자 여성	8
고르다	2
무응답	9

comment 게이들에게 가장 편안한 상대는 역시 자신을 이해해줄 수 있는 게이 남자친구
인가 봅니다. 다음은 이성애자 여자친구보다 이성애자 남자친구가 많다는 답변이 더 많네
요. 여자친구가 더 많다는 게이들도 꽤 보이는군요.

▶▶당신은 건강 관리나 스트레스 관리를 어떻게 하고 있습니까?

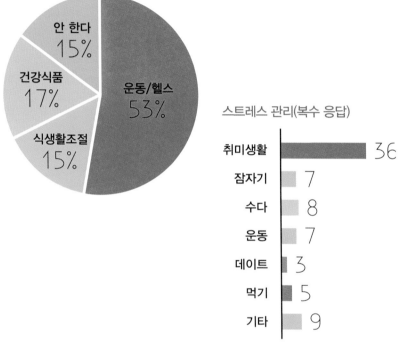

건강 관리(복수 응답)

안 한다 15%

건강식품 17%

식생활조절 15%

운동/헬스 53%

스트레스 관리(복수 응답)

취미생활	36
잠자기	7
수다	8
운동	7
데이트	3
먹기	5
기타	9

취미생활은 주로 음악 감상, 영화/공연 관람, 등산/여행 등.

comment 건강 관리는 운동/헬스, 스트레스 관리는 취미생활로 하고 있다는 응답이 가장 많았습니다. 하지만 건강 관리를 전혀 하지 않거나, 먹는 것으로 스트레스를 해소하는 위험한 게이들도 보이네요. 스트레스 받을 때 '수다'로 푸는 게이들도 꽤 있습니다. 남자들의 수다, 밤을 새워도 모자라지요.

▶▶당신이 외모 중 남에게 잘 보이기 위해 신경 쓰는 부분은 무엇인가요?

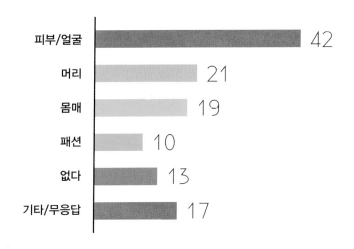

부분	수
피부/얼굴	42
머리	21
몸매	19
패션	10
없다	13
기타/무응답	17

comment 남녀노소를 불문하고 피부와 얼굴은 가장 신경 쓰는 부분이지요. 좀 더 구체적인 설문에서는 약 40%가 넘는 게이들이 기본적으로 5가지 화장품을 사용한다는 사실도 밝혀졌습니다. 물론 화장품을 전혀 쓰지 않거나 12가지 이상을 사용하는 게이들도 소수 있었지요.

▶▶ 게이들이 일반 남자들에 비해 패션 센스가 있다고 생각하나요?

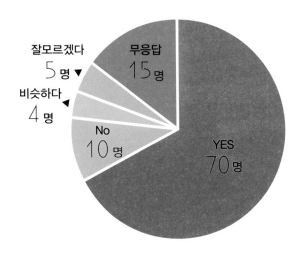

잘모르겠다
5 명 ▼

무응답
15 명

비슷하다
4 명 ◀

No
10 명

YES
70 명

게이들이 선호하는 패션 스타일은?

정장, 댄디한 스타일과 편안한 캐주얼 스타일을 선호한다는 답변이 가장 많았습니다. 자기에게 어울리는 깔끔한 스타일, 심플하고 튀지 않는 스타일, 스키니하고 트렌디한 스타일을 선호하는 사람도 있었고요. 소수 의견으로는 바람막이용, 무조건 관리가 편한 옷, 거지풍, 동네아저씨 스타일, 액세서리 선호, 명품, 노출이 많은 옷 등이 있었습니다.

- -

comment 많은 게이들은 게이들이 일반 남자에 비해 패션 센스가 있다고 생각했습니다. 그리고 선호하는 패션 스타일은 자신과 어울리는 편안한 스타일이라는 대답이 가장 많았어요. 게이라고 하면 게이 퍼레이드에서의 화려한 코스튬을 상상하는 분들이 있는데, 평소에는 대부분 얌전하답니다. 가끔씩 멋을 내는 것이죠.

▶▶어떤 사람을 보고 게이 같다고 느낀 경우가 있다면, 무엇 때문인가요?

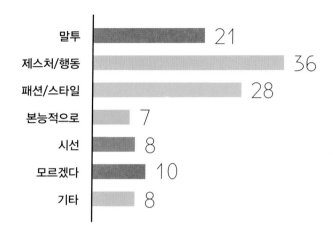

말투	21
제스처/행동	36
패션/스타일	28
본능적으로	7
시선	8
모르겠다	10
기타	8

comment 게이라는 걸 알아볼 수 있는 제스처나 행동, 패션이나 말투가 있을까요? 여성 스러운 제스처나 패션, 말투는 간혹 게이라는 오해를 사곤 합니다. 하지만 설문을 진행하 면서 게이일 것 같다고 의심되지만, 요즘은 일반 남자들도 그런 사람들이 많아서 알 수 없 다는 의견이 많았습니다. 하지만 일부 소수 고능력자들은 본능적으로 알 수 있다는 대답도 했어요.

▶▶현재 음주와 흡연을 하고 있나요?

| 음주와 흡연 | 음주만(54명) | 음주+흡연 (23명) | 77 |

둘 다
하지않는다 — 13

무응답 — 14

comment 조사 결과 술을 마시는 게이들은 많았지만, 담배를 피우는 게이들은 적은 것으로 나타났습니다. 금연이 대세여서인지, 흡연이 피부 관리의 최대의 적이어서인지 그 이유는 알 수가 없네요. 횟수와 주량에 대한 질문도 했는데, 술자리는 일주일에 1~2회가 가장 많은 것으로 나타났고 주량은 소주 1~2병이 가장 많은 것으로 나타났어요.

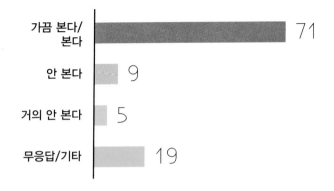

▶▶당신은 게이 포르노를 보나요?
본다면 어느 정도 즐겨 보나요?

- 가끔 본다/본다 **71**
- 안 본다 **9**
- 거의 안 본다 **5**
- 무응답/기타 **19**

---

comment 2006년 서울신문이 리서치 전문업체 엠브레인에 의뢰해 20~50대 남성 260 명을 설문조사한 결과 96.9%가 성인 동영상을 본 경험이 있거나 현재도 보고 있다고 응답 했다고 합니다. 성인 남성들 대부분에 해당하는 수치죠. 그렇다면 이번 설문에 참여한 게 이들은 어떨까요?

응답자의 약 70%가 게이 포르노를 가끔 보거나 자주 보는 것으로 나타났습니다. 게이 포르노를 보지 않거나 거의 안 본다는 응답은 약 10%를 차지했고요(응답자 중 10대도 포함). 게이들 역시 한국 성인 남성들의 포르노 지수(?)에 뒤지지 않는 것 같습니다. 응답자 중에 는 하루에 5편을 본다는 초마니아급 게이도 있었고, 본 적이 없거나 절대 보지 않는다는 선비급 게이도 있었습니다.

▶▶당신은 커밍아웃을 했나요?

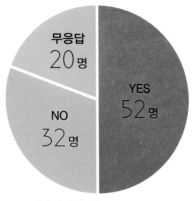

무응답
20명

NO
32명

YES
52명

게이 외에 단 1명에게라도 스스로
커밍아웃을 한 적이 있는 경우

커밍아웃 대상

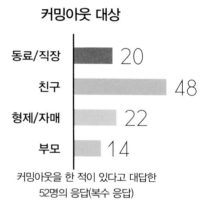

동료/직장   20
친구   48
형제/자매   22
부모   14

커밍아웃을 한 적이 있다고 대답한
52명의 응답(복수 응답)

comment 커밍아웃은 게이들에게 있어, 살면서 계속되는 하나의 과제와도 같습니다.
커밍아웃을 하지 않은 게이라도 커밍아웃에 대한 고민은 늘 가지고 있지요. 104명의 게이
들은 어떨까요. 커밍아웃을 한 적이 있느냐는 질문에는 약 50%가 한 번이라도 커밍아웃을
한 적이 있다고 대답했고, 커밍아웃의 대상은 친구라는 답변이 가장 많았습니다. 그리고
커밍아웃을 한 게이 중 가족에게 커밍아웃한 경우도 약 30%나 되었습니다. 드라마는 TV
에서 뿐 아니라 이렇게 현실 속에서도 진행되고 있답니다.

▶▶ 커밍아웃을 할 때(커밍아웃을 생각할 때) 가장 힘들었던 점, 두렵게 생각되었던 점은 무엇인가요?

주변 사람들과의 관계 단절

관계의 변화에 대한 두려움

직장이나 동료들에게서의 불이익

사회적 편견과 오해에 찬 외부의 시선

주요 답변

- 커밍아웃 이후 혼자가 되지는 않을까 하는 두려움이죠.
- 친구로서 소중한 사람을 잃거나, 그 사람이 나를 있는 그대로 받아들이지 못하는 것이 아닐까요.
- 눈 앞에서 보게 될 경멸이나 욕설 등 직접적인 폭력, 혹은 나를 필요 이상으로 너무 불쌍히 여기진 않을까 하는 우려도 되요.
- 반응이 무서웠죠. 평범한 사람들은 게이라고 하면 정신병자나 성적으로 문란한 변태라고 생각하니까.
- 핸디캡이 오픈되는 것이죠. 불이익을 당하는 것. 흔히 이반들을 여성적이거나 문란하다고 생각하고, 에이즈와 연관짓죠.
- 내가 원하지 않는 방식으로 아웃팅하면 어떻게 하나 하는 걱정이 들죠.

---

comment 커밍아웃을 할 때, 게이들은 누구나 위와 같은 고민과 걱정을 합니다. 첫 번째 커밍아웃에 성공했다고 해서 두 번째가 꼭 잘 되리라는 보장도 없지요. 혹시 주위의 누군가가 여러분에게 커밍아웃을 한다면, 자연스럽게 잘 받아주기를 바랍니다. 상대방은 정말 당신을 믿고 마음을 여는 것이거든요. 그리고 아웃팅(상대방의 동의 없이 상대방의 성정체성을 타인에게 이야기하는 것)은 절대로 안 됩니다. 그건 기본적인 예의예요.

▶▶커밍아웃 전후의 차이점이 있다면 어떤 것인가요?

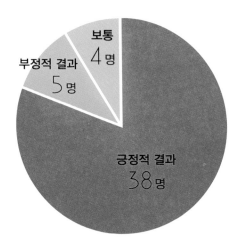

● 긍정적 결과

－무엇보다도 스스로 거짓말을 하고 있다는 죄책감을 느낄 필요 없이 내 자신을 그대로 보여주고 받아들일 수 있게 되어서 좋았습니다.

－전 다행히도 대부분의 사람들이 인정해주고 더 친해지게 되었어요.

－오히려 잘 해주고 가까워졌어요. 되게 편해졌죠. 지금은 그 친구와 모든 이야기가 가능해요.

－솔직하게 내 이야기를 할 수 있어서. 숨기지 않아도 되는 것이 좋죠. 자긍심과 자신감도 훨씬 많이 생겼어요.

－더 이상 결혼하라거나 여자친구 안 사귀냐는 이야기를 안 해요.

－비단 게이로서뿐 아니라, 한 개인으로서 내 삶에 확신을 얻었습니다. 즉, 세상에 나를 이해해주는 사람이 있다는 것입니다.

－친구들이 게이를 보는 이미지가 좀 더 좋게 바뀐 것 같아요.

－다 잘 받아주었어요. 별 차이 없이 똑같이 대해주었고, 오히려 좀 더 생각해주는 것 같아요.

● 부정적 결과

−커밍아웃했던 친구와 이제는 친구가 아닌, 남이나 다름없는 사이가
   되었습니다.
−일시적이나마 거부와 관계 단절을 경험했으며, 감정적 앙금이 그 후에도
   지속되고 있어요.
−부모님과는 대화를 좀 피하려고 해요. 자꾸 언쟁이 생겨서요.

● 보통

−큰 차이는 없었어요.
−커밍아웃을 하고 난 후에도 관계가 특별히 달라지지 않았어요.

comment 설문 결과에서는 다행히도 커밍아웃의 결과가 긍정적이었다는 의견이 압도적
으로 많았습니다. 물론 뼈아픈 실패의 경험을 가지고 있는 사람들도 있었습니다. 하지만 실
패를 하더라도 멈춰서는 안 되겠지요. 자긍심과 자신감, 삶에 대한 확신과 정말로 나를 이해
해줄 수 있는 친구를 둘 수 있는 기회를 놓치게 되는 것이니까요.

▶▶ 게이로 생활하면서 가장 불편한 점은 무엇인가요?

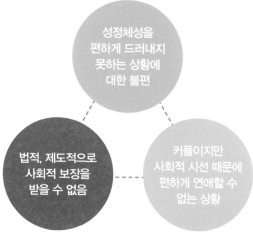

성정체성을 편하게 드러내지 못하는 상황에 대한 불편

법적, 제도적으로 사회적 보장을 받을 수 없음

커플이지만 사회적 시선 때문에 편하게 연애할 수 없는 상황

결혼, 보험, 주택 마련, 출산과 입양, 파트너에 대한
보호자 권리 등을 사회적으로 보장받지 못함

법적·제도적 부분

-애인과 함께 살고 있다 보니 의료보험이나 보금자리 주택 마련처럼
 기혼자에게만 기회가 주어지는 제도가 불편하다고 생각합니다.
 부부처럼 살고 있지만 법적으로 보장받는 것은 아무 것도 없죠.
-게이 결혼 부분이죠. 파트너가 아플 때 보호자가 될 수 없고 보험도 안
 되요.
-인공수정, 대리모를 통한 아이의 출산과 입양이 가능하면 좋겠지요.
-지금도 말이 많지만 군형법 문제나 인식에 있어서 수정되어야 하는
 부분이 가장 많다고 생각해요.
-동성애 가족구성권, 노후생활보장, 게이 실버타운 등이죠.

생활적 부분

─정체성을 쉽게 드러내지 못하는 것이요. 주변에서 결혼 이야기 나오는
 게 가장 불편하죠.

─거리를 다닐 때, 공공장소에서 데이트를 할 때 애인이랑 애정표현을
 못하는 점이요.

─커밍아웃하지 않은 동료, 친인척들에게 이성애자인 척 연기를 해야
 한다는 것입니다.

─아무 이유 없이 경멸과 혐오와 증오의 대상이 될 수 있다는 억울함과
 공포를 느껴야 한다는 점이요.

comment 게이들의 불편은 언제나 일상 속에 존재합니다. 법적/제도적 문제점은 차치하
고라도 당장 살면서 쉽게 정체성을 드러내거나 애인과 애정표현하기조차 힘든 것이 현실이
죠. 이러한 불편을 야기하는 여러 가지 사회적, 문화적 차별에 절망하는 게이들도 있습니다.
하지만 쉽게 좌절하기 말기를. 많은 선배 게이들의 노력으로 우리의 목표를 천천히 하나씩
이루어 왔으니까요. 이러한 불편이 옛 이야기가 되는 날이 빨리 오면 좋겠습니다.

▶▶당신은 게이로서 어떤 노후생활을 보내고 싶은가요?

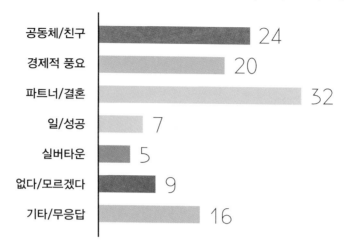

공동체/친구	24
경제적 풍요	20
파트너/결혼	32
일/성공	7
실버타운	5
없다/모르겠다	9
기타/무응답	16

<u>주요 답변</u>

-오래 함께할 수 있는 애인과 친구가 있다면 그들과 함께 여행이나 다니고 같이
 즐겁게 사는 것이 최고라고 생각하고 있죠.

-동반자 혹은 친구들과 노후를 같이 보내고 싶어 함께 살 수 있는 공동체를
 생각해요.

-외국으로 이민 가서 게이 결혼해서 살고 싶어요. 법적보장이 되는 나라로요.
 입양해서 가족을 이루고 싶어요.

-거주할 집과 함께 늙어 갈 반려자가 있으면 좋겠어요. 동성애자 입양이
 가능해지면 그 부분도 고려하고 있습니다.

-애인이랑 같이 편안히 늙어가면 좋겠습니다.

-제도적인 부분에서 노후에 간병이 보장되면 좋겠습니다. 아쉽게도 보호자는
 혈연/친족 관계만 가능하고, (게이)애인이나 (게이)친구는 보호자가 될 수
 없어요. 이러한 부분에 대한 개선도 필요합니다.

추천!
성소수자 관련 도서 목록

일러두기

– 본 책 Gay Culture Land에서 언급된 도서는 제외.

– 외국 서적의 경우, 가급적 저자 및 서명의 원어(제3국어 원작인 경우, 가급적 영역본 서명 추가) 병기.

– 외국 서적의 경우, 절판 여부와 무관하게 국문 번역판이 있는 경우로 제한.

– 총서의 경우, 가급적 총서명도 병기.

– 2판, 개정판, 증보판 등 동일 서적의 판본이 복수인 경우, 가급적 최신판으로 제한.

『**동성애**』(Idées reçues: Les homosexuels) 공자그 드 라로크(Gonzague de Larocque), 정재곤 역, 고정 관념 Q 총서, 웅진 지식 하우스, 2007.

동성애의 원인과 선택 여부, 동성애자의 성 생활과 에이즈의 연관성 여부, 동성애자와 종교의 관계, 동성애자와 자녀 양육의 적절성 여부 등 일반인이 갖기 쉬운 편견과 오해를 바로잡는 안내서다.

『**불편해도 괜찮아—영화보다 재미있는 인권 이야기**』 김두식, 창비, 2010.

흔히 보는 TV 드라마와 영화를 통해 성소수자를 포함하는 다양한 약자들이 '인간'으로서 마땅히 누려야 하나 종종 그러지 못하는 인권, 일반인들의 편견과 오해를 쉬우면서도 깊이 있게 논의한다.

『**플라스틱 여인**』 김비, 동아일보사, 2007.

『여성 동아』 장편 소설 공모 당선작으로, 트랜스젠더 주인공이 '평범한' 남들과 마찬가지로 자기만의 사랑과 가족을 찾기 위해 방황하며 고군분투하는 과정을 감동적으로 그린다.

『**커밍아웃 프롬 더 클로젯(Coming out from the Closet)—가족 중에 동성애자가 있을 때**』 김준자, 화남 출판사, 2010.

주로 미국에서 성소수자들이 특히 가족 및 신앙과 관련해 겪는 고통과 곤경을 보여주며, 재미 동포이자 기독교도인 저자가 동성애자인 아들로 인해 겪은 고뇌와 심경의 변화를 그린 수기.

『**성서가 말하는 동성애—신이 허락하고 인간이 금지한 사랑**』(What the Bible

Really Says about Homosexuality) 다니엘 A. 헬미니악(Daniel A. Helminiak), 김강일 역, 도서 출판 해울, 2003.

기타 아브라함계 종교인 유태교 및 회교와 마찬가지로 기독교는 동성애를 명시적으로 죄악시하나, 현직 신부이자 신학자인 저자는 그 근거라는 성경이 동성애를 단죄하지 않는다는 점을 입증한다.

『버디(Buddy)』 1~24호 도서 출판 해울 편집부 편, 도서 출판 해울, 1998~2003.

아쉽게도 현재는 종간 상태이나, 정식 출판사 등록 및 시중 서점 판매를 통해 선보인 한국 최초의 종합 성소수자 문화 잡지. 국내 성소수자 담론 및 인권 운동의 결실 중 하나로 볼 수 있다.

『인권을 외치다』 류은숙, 푸른 숲, 2009.

2007년 유엔 인권 위원회에서 선보인 성적 지향 및 성별 정체성 관련 국제 인권 조약인 요그야카르타 원칙 등 세계 인권의 개념 정립과 발달에 중요한 문서의 번역과 해설을 제공한다.

『거미 여인의 키스』(Kiss of the Spider Woman/El beso de la mujer araña)
마누엘 푸익(Manuel Puig), 송병선 역, 세계 문학 전집 37권, 민음사, 2000.

영화화되기도 한 이 소설에서 여성성이 강하고 옛 할리우드 영화 팬인 남성 동성애자와 마초적인 반정부 혁명가가 군부 독재 치하 아르헨티나의 감옥에서 만나 점차 서로 이해하며 변하게 된다.

『두 엄마―거의 행복한 어느 가족 이야기』(Dues mares: Mares, i si sortim de l'armari?/Dos madres: Mamás, y si salimos del armario?) 무리엘 비야누에바 페라르나우(Muriel Villanueva i Perarnau), 배상희 역, 낭기열라, 2008.

2005년에 동성 결혼 및 입양이 합법화된 스페인에서 여성 동성애자 부부인 두 어머니 밑에서 자란 저자의 자전적 소설로, 가족의 진정한 의미는 그 형태가 아니라 본질에 있다는 진리를 보여준다.

『성적 다양성―두렵거나 혹은 모르거나』(The No-nonsense Guide to Sexual Diversity) 바네사 베어드(Vanessa Baird), 김고연주 역, 아주 특별한 상식 NN 10권, 이후,

2007.
동성애자, 양성애자, 트랜스젠더, 이성 복장 착용자(크로스드레서), 인터섹스(간성) 등 다양한 성소수자 역시 '인간'으로서 마땅히 인권을 누려야 하며 차이가 차별이 돼서는 안 됨을 강조한다.

『변태 천사—살색 난무 게이 코믹』 변천, 절대 교감, 2007.
'꽃미남' 커플을 등장시키며 이상화 또는 우상화하는 일부 순정 만화와 달리, 국내 남성 동성애자들의 애환과 명암을 야하고 웃기면서도 슬프며 가볍지만은 않게 그린 만화다.

『10대의 섹스, 유쾌한 섹슈얼리티—10대와 어른, 섹슈얼리티로 소통하다』 변혜정, 한채윤 외, 동녘, 2010.
'정력제', '접대' 문화, 성 상납, 매춘이 횡행하면서도 표면상 점잖 빼며 본격적인 성 교육은 도외시하는 2중적인 한국 사회에서 민감한 주제인 10대의 성적 지향 등 성적 결정권을 논의한다.

『5 리터—피의 역사 혹은 피의 개인사』(Five Quarts: A Personal and Natural History of Blood) 빌 헤이스(Bill Hayes), 박중서 역, 사이언스 북스, 2008.
동성애자이자 HIV 감염인이 애인인 저자는 신화, 문학, 과학 등을 통해 피에 대한 인류의 관점과 관습을 살펴보면서 동성애와 에이즈에 대한 편견과 오해, 그리고 성소수자로서의 애환을 그린다.

『지금 우리는 미래를 만들고 있습니다—올바른 차별 금지법 제정을 위한 뜨거운 투쟁의 기록』 성소수자 차별 반대 무지개 행동, 사람 생각, 2008.
비록 동성애 혐오적 기독교도들의 방해로 좌절됐지만, 장애, 피부색, 학력, 성적 지향 등으로 인한 차별을 포괄적으로 금지하는 법안 제정을 위한 성소수자 인권 단체들의 눈물겨운 노력을 그린다.

『다큐멘터리 북 3 × FTM—세 성 전환 남성의 이야기』 성적 소수 문화 환경을 위한 모임 연분홍 치마, 그린비, 2008.
성소수자 인권 운동 단체 연분홍 치마가 여성에서 남성으로 성 전환한 인물 세 명에 대한 다큐멘터리 〈3 × FTM〉을 제작하며 만난 주인공들의 가슴 아프면서도 당당한 변화를 그린다.

『재미난 집─어느 가족의 기묘한 이야기』(Fun Home: A Family Tragicomic)

앨리슨 벡델(Alison Bechdel), 김인숙 역, 글논그림밭, 2008.

유명한 미국 레즈비언 만화가인 저자의 자전적 작품. 동성애자로서 힘겨워하던 주인공은 장의사인 아버지가 가족에 대해 냉담하고 자살까지 한 원인이 숨겨진 동성애 정체성 때문이었다는 것을 알게 된다.

『Is It a Choice? 동성애에 관한 300가지 질문』(Is It a Choice? Answers to the Most Frequently Asked Questions about Gay and Lesbian People)

에릭 마커스(Eric Marcus), 연세 대학교동성애자 모임 컴투게더 역, 박영률 출판사, 2006.

2000년 번역판의 개정판으로, 일반인이 동성애에 대해 갖는 궁금증, 오해, 편견을 해소하고 바로잡으며 주변에서 동성애자를 만나게 될 때 취해야 할 태도를 제시하는 안내서다.

『남자, 남자를 사랑하다─꽃다운 소년에 열광한 중국 근세의 남색 이야기』(明淸 社會 性愛/Male Homoerotic Sensibilities in Late Imperial China) 우춘춘

(吳存存/Wu Cuncun), 이월영 역, 학고재, 2009.

고정 관념과 달리 일본은 물론이고 중국에서도 남성간 동성애가 금기시되기는커녕 문화적 유행이기까지 한 시대가 적잖은데, 저자는 명청대에 중국을 휩쓴 남성 동성애 현상을 살펴본다.

『동성애의 심리학』 윤가현, 학지사, 1997.

주요 종교와 심리학에서의 동성애, 동성애 원인에 대한 학설, 전통적 성 역할과 동성애자의 실생활, 커밍아웃, 유명한 남녀 동성애자 등의 주제를 망라하는 국내 초기 동성애 연구서다.

『섹슈얼리티와 법』 이준일, 세창 출판사, 2009.

섹슈얼리티와 관련해 트랜스젠더, 동성애자, HIV 감염인·에이즈 환자의 세 가지 소수자 집단의 애로 사항을 살펴보고 성별 정정권, 혼인권, 건강권 등 이들이 마땅히 누려야 할 권리를 논의한다.

『**퀴어 미학—공연 문화 퀴어 읽기**』 전준택, 고려 대학교출판부, 2008.

여장 남자, 남장 여자가 흔할 뿐 아니라 현대에 퀴어적으로 재해석되는 셰익스피어 연극에서 시작해 디바, 남성 합창단, 뮤지컬, 연극 등 현대 공연 문화의 동성애 및 퀴어 코드를 읽어낸다.

『**진화의 무지개—자연과 인간의 다양성, 젠더와 섹슈얼리티**』(Evolution's Rainbow: Diversity, Gender, and Sexuality in Nature and People) 조안 러프가든(Joan Roughgarden), 노태복 역, 뿌리와 이파리, 2010.

생물학 교수인 저자는 인간뿐 아니라 동물간에도 성별과 성적 행동 · 지향이 상당히 다양한 이유를 살펴보며, 기존의 과학이 성별 2분법에 사로잡혀 성적 다양성을 '비정상' 취급했다고 비판한다.

『**타고난 성, 만들어진 성—여자로 길러진 남자 이야기**』(As Nature Made Him: The Boy Who Was Raised as A Girl) 존 콜라핀토(John Colapinto), 이은선 역, 바다 출판사, 2002.

출생 직후 의료 사고로 성기가 절단된 후 강제로 여자로 길러지면서 불편과 고통을 겪다 결국 자기 원래 성별을 알게 되고 찾아가는 이 실존 인물의 얘기는 성별에 대해 다시 생각하게 해준다.

『**오렌지만이 과일은 아니다**』(Oranges Are not the Only Fruit) 지넷 윈터슨 (Jeanette Winterson), 김은정 역, 모던 클래식 10권, 민음사, 2009.

BBC 드라마로도 만들어진 작가의 자전적 소설. 엄격하고 폐쇄적인 기독교 교파 집안에 입양된 주인공은 동성애 정체성으로 인해 악마에게 씌웠다고 박해 받지만, 꿋꿋하게 자신을 찾아간다.

『**역사 속의 성적 소수자**』(Becoming Visible: A Reader in Gay and Lesbian History for High School and College Students) 케빈 제닝스(Kevin Jennings) 편, 김길님 역, 이연 문화, 1999.

동성애자, 트랜스젠더, 이성 복장 착용자 등 성소수자들이 생각보다 많았고 보편적이었음을 보여주며 시대와 공간에 따라 얼마나 다양한 정의와 대우를 받았는지 세계사를 통해 살펴본다.

『젠더의 채널을 돌려라』 퀴어 이론 문화 연구 모임 WIG, , 사람 생각, 2008.
여장 남자와 남장 여자, 성 전환 수술, 법적 성별 정정 등 트랜스젠더를 둘러싼 다양한 현상과 사안을 논의함으로써 '남성성', '여성성', 그리고 2분법적 성별 구분에 대해 다시 생각하게 해준다.

『레즈비언 선택』(Lesbian Choices) 클로디아 카드(Claudia Card), 강수영 역, 여성학강의 6권, 인간 사랑, 2004.
여성 동성애자간의 우정, 호모포비아(동성애 혐오증), 커밍아웃, 아웃팅, 가학 피학성 성애(SM), 레즈비언 문화 등 여성 동성애자로서 대면하는 현상과 사안에 대해 논의하는 안내서다.

『키스 해링 저널』(Keith Haring Journals) 키스 해링(Keith Haring), 강주헌 역, 작가 정신, 2010.
국내에서도 전시회가 개최된 바 있는 미국 미술가의 일기로, 예술의 대중화에 매진했을 뿐 아니라 동성애자로서 성소수자 인권 운동에 투신했으며 에이즈와 투병한 저자의 애환을 진솔하게 그린다.

『The Gay 100—소크라테스에서 마돈나까지』(The Gay 100: A Ranking of the Most Influential Gay Men and Lesbians, Past and Present) 1~2권 폴 러셀(Paul Russell), 이현숙 역, 사회 평론, 1996.
고대에서 현대에 이르는 서양의 유명한 남녀 동성애자를 소개함으로써 성소수자란 평범한 시민일 뿐 아니라 각계 각층에서 활약하며 위대한 업적을 남기기도 하는 '인간'임을 다시금 일깨워준다.

『동성애의 역사』(Mauvais genre? Une histoire des representations de l'homosexualité) 플로랑스 타마뉴(Florence Tamagne), 이상빈 역, 이마고, 2007.
서구 역사에서 동성애에 대한 정의와 태도가 남성간의 숭고한 애정에서 종교적 죄악, 도덕적 타락, 정신적 질병, 예술적 광기 등으로 시대마다 변해간 과정과 이유를 문학 예술을 통해 보여준다.

『성적 소수자의 인권』 한인섭 외, 사람 생각, 2002.
성소수자들의 인권을 법적으로 살펴보는 국내 최초의 연구서로, 주로 법 사회학과 법 여성학을 통해 성소수자들이 처한 상황과 '인간'으로서 마땅히 누려야 할 권리와 보호에 대해 논의한다.

『한채윤의 섹스 말하기-한국 최초의 레즈비언 섹스 가이드북』 한채윤, 도서 출판 해울, 2000.
서구와는 달리 이성애자용 성 교육서조차 적은 현실에서 발간된 국내 최초의 여성 동성애자용 섹스 가이드. 편견과 오류를 해소하며 건강하고 즐거운 성 생활을 누릴 수 있도록 안내한다.

『나는 아직도 금지된 사랑에 가슴 설렌다』 홍석천, J-pub, 2000.
국내 최초 커밍아웃 연예인 홍석천의 첫 번째 수기. 2000년에 자신이 동성애자임을 공개한 직후 부당하게 모든 방송에서 퇴출돼 수 년간 고생했으나, 현재는 사업가이자 연예인으로 활약 중이다.

『핑크머니 경제학』 이리에 아쓰히코, 김정환 역, 아르고나인, 2009.
영국의 '핑크파운드'(성소수자의 경제력)를 분석함으로써 동성애자 시장을 활용한 영국 경제의 성장과정과 영국의 동성애자들이 사회적/정치적 힘을 얻어가는 과정을 흥미롭게 보여준다.

『하느님과 만난 동성애』 숨 프로젝트, 한울, 2011.
동성애 혐오를 노골적으로 드러내는 일부 기독교 세력과 반대지점에 서 있는 목회자가 말하는 성경에 대한 해설과, 동성애자 기독교인들이 들려주는 자신들의 종교 생활에 대한 다양하고 진솔한 고백들이 수록되어 있다.

『하늘을 듣는다』 윤가브리엘, 사람 생각, 2011.
동성애자이자 에이즈감염인인 윤가브리엘이 격월간 인권잡지 〈세상을 두드리는 사람〉에 연재한 자전적 수필 '윤가브리엘의 노래이야기'를 다듬어 엮은 책. 중복소수자로서 저자가 겪어온 삶과 인권에 대한 이야기를 만날 수 있다.

성소수자와 함께하는
단체들

성소수자인권단체

성소수자의 차별에 반대하고 인권을 향상시키기 위한 다양한 사업과
활동을 벌이고 있는 단체들.

동성애자 인권연대_ lgbtpride.or.kr

성적소수문화환경을 위한 모임 연분홍치마_ pinks.or.kr

한국게이인권운동단체 친구사이_ chingusai.net

한국레즈비언상담소_ lsangdam.org

한국성적소수자문화인권센터_ kscrc.org

다양한 인권단체들의 연대단체

반차별공동행동_ chachacha.jinbo.net

성소수자차별반대 무지개행동_ lgbtact.org

인권단체연석회의_ hrnet.jinbo.net

차별금지법제정연대_ ad-act.net

문 화 및 언 론

성소수자의 이슈와 삶을 다양한 예술 장르나 문화, 언론활동 등을 통
해 드러내며 대중들과 소통하고 있는 단체들.

레주파의 L양장점_ cafe.daum.net/lezpa

여성주의저널 일다_ ildaro.com

젠더문학닷컴_ cafe.daum.net/gendermuhak

지보이스(G_voice)_ chingusai.net/bbs/zboard.php?id=chorus

풍물패 바람소리_ baramsory.com

풍물패 소담술(소리로 담근 술)_ cafe.daum.net/sodamsul

한국퀴어문화축제_ kqcf.org

한국퀴어아카이브 퀴어락_ queerarchive.org

맥놀이_ cafe.naver.com/maknoli

여성 및 인권단체

공익변호사그룹 공감_ kpil.org

언니네트워크_ unninetwork.net

인권운동사랑방_ sarangbang.or.kr

장애여성 공감_ wde.or.kr

한국성폭력상담소_ sisters.or.kr

한국여성민우회_ womenlink.or.kr

종교

차별 없는 세상을 위한 기독인 연대_ cafe.naver.com/equalchrist.cafe

HIV/ AIDS

HIV/AIDS 감염인 차별에 반대하고, 인권향상과 권리를 위한 활동
을 벌이고 있는 단체들.

HIV/AIDS 인권연대 나누리플러스_ aidsmove.net

러브포원_ love4one.com_

한국HIV/AIDS감염인연대 '카노스'_ kanos.org

아이샵(iSHAP)_ ishap.org

(사단법인 한국 에이즈 퇴치연맹의 동성애자 에이즈 사업부로 상담, 검사, 예방홍
보 등의 활동을 진행)

정치

민주노동당 성소수자위원회_ lgbt.kdlp.org

진보신당 성정치위원회_ cafe.daum.net/sexpolitics

온라인 커뮤니티

이반시티 / 남성동성애자 포털사이트_ ivancity.com

티지넷 / 여성동성애자 포털사이트_ tgnet.co.kr

미유넷 / 여성동성애자 온라인 커뮤니티_ miunet.co.kr

학교

고려대학교 '사람과 사람'_ queerkorea.org

경북대이반모임 '키반스'(KIVANS)_ kivans.org

서울대학교 '큐이즈'_ queerinsnu.com

연세대학교 '컴투게더'_ queeryonsei.net

이화 레즈비언인권운동모임 '변태소녀 하늘을 날다'

blog.naver.com/ewhabyunnal

중앙대학교 '레인보우피쉬'_ cafe.daum.net/cau-2van

한국외국어대학교 'hufsanevan'_ cafe.daum.net/hufsanevan

성소수자 청소년 단체 및 프로그램

라틴_ cafe.daum.net/Rateen

무지개 학교 놀토반_ lgbtpride.or.kr

(동성애자인권운동단체에서 진행하는 성소수자 청소년 대상 프로그램)

10대 여성 이반 거리 이동 상담_ kscrc.org

(여성 이반 상담 및 위기 개입 프로그램)

〈게이컬처홀릭〉 편집위원회

초기기획_ 몽
자문 및 코디네이션_ 코러스보이

 # 1차 편집위원회(파트별 기획 및 기초자료 조사)
기즈베, 데미지, 똘찐, 막시무스, 몽, 미르, 성치, 소랍,
싱클레어, 원석, 이쁜이, 적이, 코러스보이

들어가며_ 몽

Gay Culture Report
게이, 한국을 살다_기즈베, 막시무스, 성치, 재경
게이가 본 언론_코러스보이
또 하나의 우리_똘찐, 미르, 소랍, 적이

Gay Culture Guide
성소수자의 제도적 현실_가람
이성애자 상담실_나미푸, 라이카, 코러스보이
게이 컬처 용어 사전_코러스보이

Gay Culture+α
게이 104명에게 묻다_몽, 싱클레어, 이쁜이

미디어에 나타난 게이 조사_데미지, 원석
전문가 원고 섭외_기즈베, 몽, 코러스보이
파트별 원고 감수_데미지, 몽, 코러스보이

1차 원고 자문_ 가람, 김조광수, 라이카, 목메, 한중렬

 # 2차 편집위원회 : 1차 편집위원회의 원고를 토대로
수정 및 추가 원고 작성
기즈베, 데미지, 똘찐, 몽, 성치, 재경, 코러스보이

Gay Culture Report
게이, 한국을 살다_코러스보이
게이, 한국을 살다 일러스트레이션_김지윤
게이가 본 언론_코러스보이
또 하나의 우리_똘찐, 성치

Gay Culture Guide
성소수자의 제도적 현실_가람
이성애자 상담실_코러스보이
이성애자 상담실 일러스트레이션_샌더
게이 컬처 용어 사전_디오, 재경, 코러스보이

Gay Culture+α
게이 104명에게 묻다_몽
추천! 성소수자 관련 도서 목록_데미지
성소수자와 함께하는 단체들_디오, 재경

Gay Culture Land
게이, 패션계를 움직이다~패션 아이콘 원고_늦봄, 코러스보이
우리들의 샅터, 게이 해방구 원고_라이카, 창현, 코러스보이
우리들의 샅터, 게이 해방구 사진 촬영_몽, 차돌바우, 칫솔

전문가 원고 섭외_ 똘찐, 천, 코러스보이

2차 원고 교정_ 가람, 갈라, 기즈베, 데미지, 똘찐, 라이카, 몽, 재경, 코러스보이

그리고,
수많은 지지를 보내준 친구사이 회원들.